PUCCINI
La
Bohème

オペラ対訳
ライブラリー

プッチーニ
ラ・ボエーム

小瀬村幸子=訳

音楽之友社

本シリーズは、従来のオペラ対訳とは異なり、原テキストを数行単位でブロック分けし、その下に日本語を充てる組み方を採用しています。ブロックの分け方に関しては、実際にオペラを聴きながら原文と訳文を同時に追うことが可能な行数を目安にしております。また本巻の訳文は、原文を伴う対訳としての観点から、原文と訳文が対応していくよう努めて逐語訳にしてあります。その結果、日本語として自然な語順を欠く箇所もありますが、ご了承ください。

目次

あらすじ　5
台本のテキストについて　9
原作序文／台本作家の序文　12

《ラ・ボエーム》対訳
第1幕　QUADRO PRIMO　17
この「紅海」め、おれをぐしょぐしょにし、凍えさせる
　　Questo Mar Rosso mi ammollisce e assidera（マルチェルロ）………… 19
おろせ、おろせ、作家を！
　　Abbasso, abbasso l'autor!（コルリーネとマルチェルロ）…………… 26
よろしいかな？　Si può?（ベノア）…………………………………… 34
ラテン区でモミュスが我われを待ってるぜ
　　Al Quartiere Latin ci attende Momus（ショナール）……………… 44
興がのらない　Non sono in vena（ロドルフォ）……………………… 48
なんと冷たい可愛い手〔冷たい手を〕　Che gelida manina（ロドルフォ）… 55
そうですわね。みんなわたしのことをミミっていいます〔わたしの名はミミ〕
　　Sì. Mi chiamano Mimì（ミミ）……………………………………… 57
優美なおとめよ、甘きおもざしよ〔愛らしいおとめよ〕
　　O soave fanciulla, o dolce viso（ロドルフォ）……………………… 62

第2幕　QUADRO SECONDO　67
オレンジ、ナツメヤシ！　栗が焼けてるよ！
　　Aranci, datteri! Caldi i marroni!（行商人たち）…………………… 69
誰を見ているの？…　Chi guardi?...（ロドルフォ）…………………… 80
パルピニョール、パルピニョール！
　　Parpignol, Parpignol!（女の子たちと男の子たち）………………… 85
飲もう！
　　Beviam!（ミミ、ロドルフォ、マルチェルロ、ショナール、コルリーネ）… 90
わたしがちょっとひとりで街を行くと〔ムゼッタのワルツ〕
　　Quando men vo soletta per la via（ムゼッタ）……………………… 101
誰がこんなものたのんだのだ?!　Chi l'ha richiesto?!（コルリーネ）…… 111

第3幕　QUADRO TERZO　121

おうい、ちょいと！　番兵はいるんだ！… 開けてくださいよう！
　Ohè là! le guardie!... Aprite!（清掃夫たち）………………………… 124
ミミ?!　Mimì?（マルチェルロ）………………………………………… 130
マルチェルロ、よかった！　Marcello, finalmente!（ロドルフォ）………… 135
さようなら！〔ミミの別れ〕　Addio!（ミミ）………………………… 141
それでは、ほんとうにおしまいなのだね！…
　Dunque: è proprio finita!...（ロドルフォ）…………………………… 143

第4幕　QUADRO QUARTO　151

「箱型馬車」でか？　In un *coupé*?（マルチェルロ）…………………… 153
ミミよ、きみはもうもどってこない〔もう帰らないミミ〕
　O Mimì, tu più non torni（ロドルフォ）……………………………… 155
何時ころだろう？　Che ora sia?（ロドルフォ）……………………… 157
ムゼッタ！　Musetta!（マルチェルロ）………………………………… 166
古き外套よ、聞くがいい　Vecchia zimarra, senti（コルリーネ）………… 174
みんな出ていって？　わたし眠ったふりしていたの
　Sono andati? Fingevo di dormire（ミミ）…………………………… 176
ああ！　どうしよう！　ミミ！　Oh! Dio! Mimì（ロドルフォ）………… 179

訳者あとがき　187

あらすじ

第1幕

　今日はクリスマス・イヴ、だがパリのあるアパルトマンの屋根裏部屋ではいつもながらボヘミアンの詩人ロドルフォと画家マルチェルロがそれぞれの仕事をしている。いや、したくとも寒さのために画家の手はかじかみ、詩人は窓から見える家々の暖炉の煙が羨（うらや）ましくて、集中できない。暖のほしいふたりはロドルフォの劇作の原稿を暖炉にくべることにする。炎にうっとりしかけたところへ哲学者コルリーネが入ってきて、イヴには質屋が休みで本を換金できなかったと嘆く。が、思いがけない火を見て彼も仲間に加わり、三人で冗談を交わしつつ暖炉を囲む。それもしばし、紙の炎は儚（はかな）く消える。そこへ音楽家ショナールがふたりの店員に薪（たきぎ）、葡萄酒、豪勢な食べ物、葉巻などを運ばせてくる。彼は銀貨もばらまいて、なぜ羽振りが良いか語ろうとするが、他の三人はそんなことには耳を貸さず、喜び勇んで目の前の品々に飛びつき、早くもテーブルの用意を始める。仲間の勝手に腹を立てるものの、ショナールはイヴともあれば家で食前酒を祝い、それからラテン区へ繰り出して食事をしようと誘う。そこで一同、葡萄酒を手に。と、ドアをノックする音。家主である。三か月分の家賃を払えという。マルチェルロを中心に四人は家主を追い払う作戦に出る。彼に酒を飲ませ、おだて、ついに浮気話を口にさせ、それを捉えて良俗に反すると怒って見せ、なかば脅してドアの外へ追いやる。そこでいよいよラテン区へ向かうことに、軍資金はショナールの稼ぎを皆で分け合って。だが、ロドルフォは原稿執筆のために数分ひとり部屋に残るといい、三人は一足先に下へおりて門番のところで彼を待つことにする。

　ロドルフォは仕事にとりかかるが気乗りしない。するとノックの音とともに女性の声が…　近くの部屋の女性が風で手にしたロウソクが消えてしまったので火を貸してほしいという。彼女を招き入れようとすると、咳き込んで、一瞬、彼女は気を失う。ロドルフォはためらいがちに介抱し、そして回復した彼女は火をもらって立ち去る。が、すぐ戻ってきて、鍵を忘れたという。探す間もなく、風でまた彼女の、次いでロドルフォのロウソクの火も消えてしまう。ふたりは暗闇で床に落ちたらしい鍵を探し始めるが、そのうち

手探りする手が触れ合う。これを機にロドルフォは自分が詩人であることを語り、知らぬ彼女に抱いた感情を吐露する。つづいて相手の女性にも自己紹介を求める。彼女はミミと呼ばれていることを明かし、刺繍の仕事をするお針子だという。好きなのは詩、独り暮らしであっても春が来れば幸せだとも。折から差し込む月の光に照らされた美しいミミ。ロドルフォは感動のあまり彼女を抱擁し、接吻する。ミミは恥じらいながらもロドルフォに応える。外からは仲間の待ち遠しがる声がする。ロドルフォは先に行くように、カフェ・モミュスで落ち合おうと叫ぶ。

愛の感動をさらに確認したいロドルフォだが、ミミは彼の仲間に同行しようと… ふたりは生まれたばかりの愛に満ちて外へ出ていく。

第2幕

第1幕から間もないクリスマス・イヴの賑わいに沸くラテン区。広場は商店や屋台がランプで色とりどりに飾られ、さまざまな種類、階層の人々があふれ、明るい喧騒が渦巻いている。四人の仲間とそこへ加わったミミはそれぞれ群集にもまれながら、カフェを目指す。途中ショナールはラッパを、コリーネは外套と古本を、ロドルフォはミミにピンクのボンネットを買う。ひとりマルチェルロは心楽しまず、皮肉っぽい態度でいる。恋人のムゼッタと、もう何度にもなるが、別れたからである。そのうち三人はカフェに到着、外にテーブルを用意させる。食事の注文をしかけたところへロドルフォがミミを連れてやってきて、彼女を仲間に紹介する。あたりは玩具売りと子供たちが現れたりして賑やかだが、愛のつわものを任じるボヘミアンたちはミミを迎えてそれぞれ自らの愛の見識を披露する。そのとき突然、マルチェルロが衝撃を受ける。ムゼッタがパトロンの老人とやってきたのだ。ムゼッタはわざわざボヘミアンたちの近くに席を取ると、自分の魅力に抗することができる男などいないとマルチェルロを挑発、彼は彼女を無視して恋の鞘当(さやあて)となる。それをコルリーネとショナールは揶揄しながら、ロドルフォはミミにひたむきでない恋は許せないといいながら眺める。けれど本心はマルチェルロを愛しているムゼッタのこと、口実を作ってパトロンを追い払うと彼の胸へ飛び込む。めでたしであるが、ボーイが高額の勘定書きを持ってくる。ちょうど軍隊の帰営のパレードが来合わせたのを幸い、人々に紛れて四人はムゼッタとミミを連れて姿を消す。老人のパトロンが戻ってくると、残って

いたのは勘定書きだけである。

第3幕
　小雪の散る二月のある寒い夜明け、パリの町外れのアンフェール関税徴収所にはぽつぽつ通行人が訪れ始めている。近くの居酒屋にはまだ居残る客がいるらしい。すると、ミミが現れる。居酒屋にいるはずのマルチェルロを探しにきたのだ。たまたま居酒屋から出てきた下働きの女にマルチェルロという画家を呼んでほしいとたのむ。彼に会うと、ミミはロドルフォとの関係を打ち明ける、彼の愛が深いために嫉妬も大きい、嫉妬ゆえに彼は自分を苛むと。マルチェルロは、彼とはいっそ別れてしまえ、自分とムゼッタの愛のように気楽なほうが幸せだと。話すうちにミミはひどい咳に襲われる。
　ロドルフォは、じつは、居酒屋へ来ていた。直接会って火花を散らすことを避けさせたいマルチェルロはミミに家へ帰るようにうながす。だが彼女はその場を離れがたく、近くの木陰に身を隠す。居酒屋から出てきたロドルフォはマルチェルロに話し出す、ミミとの愛は耐え難いので別れたい、ミミは浮ついた気の多い女だからと。それを彼の本心と信じないマルチェルロに問い質されると、ロドルフォは真実を語る。ミミはすでに病いが重く、貧乏暮らしでは治してやりようがないというのだ。その言葉が聞こえたミミは咳き込み、すすり泣く。ミミがいることに気づいたロドルフォは自分の発言を取りつくろい、彼女を慰める。そのとき居酒屋からムゼッタの笑い声が聞こえてくる。マルチェルロは彼女がほかの相手と楽しんでいると思い、居酒屋へ駆け込んでいく。ふたりきりになるとミミはまたもとの自分の家へもどるといい、それならとロドルフォも別れよう… だがふたりとも、明るく孤独感に悩むことの少ない春になったらと… しみじみと立ち去るふたり、一方マルチェルロとムゼッタはまたも激しい言い争いをして決裂する。

第4幕
　第1幕と同じ屋根裏部屋で、以前同様、ロドルフォとマルチェルロは仕事に精を出している。いや、そう見せようとしているが、ふたりとも思いはどうしても別れた恋人へ… ロドルフォは羽振りのよさそうなムゼッタに出会ったと告げる。マルチェルロはミミが贅沢な馬車で行くのを見たと。彼女たちが幸せならそれで良かろうと、互いに痩せ我慢をして仕事に没頭しようと

するが、やはり恋の名残は去らず、マルチェルロはムゼッタのリボンを、ロドルフォはミミのボンネットを取り出して思い出にひたる。気づくともう昼飯時、食料を持ってくるはずのショナールの噂をしたら、彼とコルリーネが現れた。粗末な食事だが、四人のボヘミアンは遊び心でそれを楽しみ、さらに舞踊シーン、決闘シーンを演じてはしゃぐ。そこへムゼッタが血相を変えて入ってきて、病状の悪化したミミといっしょだという。ロドルフォはミミをベッドに寝かせ、介抱し、ミミは彼といっしょにいたいと彼の首を抱く。ムゼッタの話では、囲われていた子爵の息子のもとを出てさ迷っているミミに出会ったら、すでに容態が悪く、ロドルフォのところで死にたがっていたので連れてきたのだった。

　ロドルフォに再会できたミミは気持ちが安らぐ。居合わせた彼の仲間に挨拶したり、マルチェルロにムゼッタの優しさを語ったりする。マルチェルロはムゼッタに彼女の耳飾り(イヤリング)を売って医者と薬をとたのまれて、コルリーネは外套を質入れするために、ショナールも恋人をふたりだけにするために、またムゼッタは手を冷たがるミミに贈ろうと自分のマフを取りにいくために部屋を出ていく。誰もいなくなると、ミミは目を開き、ロドルフォに語る、彼女にはロドルフォこそ愛、命のすべてと。再び愛の確認をしたふたりは最初の出会いの場面を思い出して語り合う。だが間もなくミミはベッドにくずおれる。ロドルフォが驚きの声を発したちょうどそのときショナールがもどってくる。さらにマルチェルロとムゼッタも。マルチェルロは医者が来る、薬も手に入れたと差し出す。ムゼッタはミミにロドルフォのプレゼントとしてマフをわたすと、聖母マリアに祈りを捧げはじめる。ミミは眠ったように見える。しかしショナールがベッドに近づいてみるとミミはすでに息がない。彼はマルチェルロにそれを告げる。まだ気づかぬロドルフォはミミの顔に日の光があたるのを防ぐためにショールを広げている。コルリーネがもどってきて彼に容態をたずねる。落ち着いていると答えながら、ムゼッタが薬ができたと合図するのでそっちへ行こうとしてショナールとマルチェルロの異様なようすが目に入る。そして悟る、ミミが死んだと。ロドルフォはミミの名を呼びながら息のない彼女の上に身を投げる。三人の仲間とムゼッタもそれぞれに悲しみにくれ、あるいは泣き、あるいは床に膝を落とす。

台本のテキストについて

　この《ラ・ボエーム》の台本テキストは、いくつか明らかな綴りの間違いや印刷上の誤植と判断される箇所に訂正を加えながら、音楽学者、フランチェスコ・デグラーダ（Francesco Degrada）による1988年の『校訂版ラ・ボエーム』を基底としたリコルディ社出版の総譜から、このオペラ対訳ライブラリーのために新たに作成したものです。総譜の歌詞とト書きを底本としたのは演奏に沿うテキストをと考えてです。

　《ラ・ボエーム》の台本となりうるテキストには、少しばかり入り組んだ情況があります。というのはテキストのソースがいくつかあるからで、それは譜面に付されたものとして先ず作曲者の手稿である自筆総譜、そこから起こされたヴォーカルスコア２版、貸譜用の最初の総譜、その後に出版された総譜、台本として存在するものとして、台本作家たちの希望によって出版されたと考えられる２版です。

　自筆総譜はリコルディ社の資料館に保存されていて、デグラーダによれば歌詞テキストは修正がここかしこ、未だ不確定な言葉や詩句も見られます。これの書きあがったのが1895年12月10日、そして１か月後の1896年１月９日にはもうヴォーカルスコア第１版が刷りあがっています。自筆譜とヴォーカルスコア第１版のあいだには、短期間の仕上げが理由の読み誤りや誤植もふくめて違いが散見されます。1898年になって、ヴォーカルスコアは作曲者の補筆・加筆も得て第２版が出版され、ヴォーカルスコアとしてはこれが今日まで底本となっています。その間に貸譜用として総譜が出ますが、これもデグラーダによると、どの時点でどのような経過で編纂されたか特定できません。それから20年あまり、1920年に作曲者の要請を受け、またその承認を得たうえで第１版後にほどこされた変更や修正を整理し、見直し、第２版が出版されます。

　台本は、1896年２月１日の初演に合わせて、初演地がトリノであったところからトリノ版とも呼ばれる第１版が出版されます。台本テキスト作成の過程で作曲者と台本作家のあいだに大小さまざま、大はある幕の有無、小は単語の語尾の母音切断まで意見の相違があったことを思うと、台本作家としてはヴォーカルスコア出版に平行して台本出版をリコルディ社に望んだと、これもデグラーダの見解です。初演後、語句にとどまらずにドラマ構成が変わるほどの変更、補筆が加えられることになりますが、それを受けてヴォーカルスコア同様、台本も1898年に第２版の出版となります。台本としては、これが現在に至ります。

　そして1988年、先にのべたように、デグラーダが自筆総譜、ヴォーカルスコア、２つの総譜を、わずかしか残っていない関連資料とともに検証し、校訂版総譜出版の運びとなりました。デグラーダはこの校訂版作成の方法論や手稿とそれ

までの総譜（ヴォーカルスコアに関しては総譜のサブとしての存在であるため取り立てて言及がありませんが）の丹念な対照と検証の過程、その結果の両者の相違点を諸処で発表しています。が、それらは譜上の音楽面の相違で、歌詞とト書きのテキストに関しては主として句読点への言及です。とはいえ、この校訂版総譜はあたうる限り諸譜面と資料を検証してくれているわけで、演奏に沿う歌詞とト書きであろうとするとき、これを底本とするのが最も作曲者の意図に近いと考えられます。

　しかし《ラ・ボエーム》という作品は、すんなり作曲家と台本作家の共同作業が進んだ結果かというと、数多く残された作曲者、出版元、台本作家間の書簡が示すように、ときに協力の終焉まで心配されるほどの両者のせめぎ合いの所産でもあるようです。というわけで、校訂版総譜に依ったこの台本テキストですが、そこへ至る作曲家と台本作家それぞれの意図を歌詞とト書きからたどりたいときそれが可能になるように、校訂版総譜と相違がある場合、作曲家の手稿、トリノ版の台本、第２版の台本を、それぞれ〈手〉、〈台〉トリノ版、〈台〉と省略記号を用いてすべて註で示すことにしました。この３者のうち手稿の特徴はト書きが大まかで非常に少ないことです。音楽評論家、髙崎保男氏のご意見では、作曲者が当然あるべきと考えるものはわざわざ譜面に記入しなかったこともありうるというわけで、トリノ版台本、第２版台本と手稿が異なる形で現れる場合は註にしましたが、台本にあって手稿にト書きとしての記述のない場合は、台本と同様のト書きがあって可と解して、原則としてト書きなしとの註は入れませんでした。総譜と台本のテキストの相違に関する註は、かなり煩雑でかなりのスペースを占めることになりますが、作曲者と台本作家の共同作業の跡を知るうえで某かの参考になればと考えます。

　台本冒頭と各幕前のミュルジェールの原作からの抜粋は、これは譜面である総譜等にはなく、台本作家によって台本にのみ付されているものです。この台本テキストでは、原作とオペラの関連をわずかにでも知るのに役立つならと考え、この部分を台本から移して記載しました。

ラ・ボエーム
La Bohème

4幕のオペラ
Opera in quattro quadri

音楽＝ジャコモ・プッチーニ
Giacomo Puccini（1858－1924）
台本＝ジュゼッペ・ジャコーザ
Giuseppe Giacosa（1847－1906）
ルイージ・イルリカ
Luigi Illica（1857－1919）

原作＝アンリ・ミュルジェールの
小説『ボヘミアンの生活』より

作曲年＝1893～95年
初演＝1896年2月1日、トリノ王立劇場
台本＝リコルディ社の総譜に基づく

原作序文

...pioggia o polvere, freddo o solleone, nulla arresta questi arditi avventurieri...

La loro esistenza è un'opera di genio di ogni giorno, un problema quotidiano, che essi pervengono sempre a risolvere con l'aiuto di audaci matematiche...

Quando il bisogno ve li costringe, astinenti come anacoreti — ma, se nelle loro mani cade un po' di fortuna, eccoli cavalcare in groppa alle più fantasiose matterie, amando le più belle donne e le più giovani, bevendo i vini migliori ed i più vecchi e non trovando mai abbastanza aperte le finestre onde gittar quattrini; poi — l'ultimo scudo morto e sepolto — eccoli ancora desinare alla tavola rotonda del caso ove la loro posata è sempre pronta; contrabbandieri di tutte le industrie che derivano dall'arte, a caccia da mattina a sera di quell'animale feroce che si chiama: lo scudo.

La Bohème ha un parlare suo speciale, un gergo... Il suo vocabolario è l'inferno de la retorica e il paradiso del neologismo...

Vita gaia e terribile!...

(H. Murger, prefazione alla Vie de Bohème)

…雨も土埃(つちぼこり)も、寒さも酷暑も、何物もこの向こう見ずな冒険好きたちをとどめはしません…

彼らの生活は毎日が天才の業であり、日々生じる悩みであり、彼らはそれを常に大胆なる数学の助けをもってしてなんとか解決するにいたるのです…

窮乏が彼らをそうさせるとき、隠遁者のように禁欲的に ── ところが彼らの手に少しの富が落ちると、彼ら、それっとばかりに、もっともとっぴな狂気の背に飛び乗り、もっとも若くあってもっとも美しい女を愛し、いちばん古くあっていちばん上等なワインを飲み、そこから金(かね)を放り出そうとするとどんな窓もじゅうぶん開いているように思わないほど。でもそれから ── 最後の金貨・銀貨の一枚が消えて失せると ── さても彼ら、また再び彼らのためのナイフとフォークが必ず並んでいる行き当たりばったり運命の円卓で晩餐ということに。芸術に由来するすべての仕事の山師である彼ら、彼らは朝から晩まであの「銭」という名の獰猛な獣を狩っているのです。

ボヘミアンの生活には特別な言葉遣いやら仲間言葉やらがあります… その語彙は修辞学の地獄で、そして新造語の天国です…

楽しくも恐るべき生活！…

(H.ミュルジェール⁽¹⁾作『ボヘミアンの生活』⁽²⁾序文から)

註
(1) Murger という姓は、フランス語の発音の原則に従えばミュルジェ [myrʒɛ] である。が、19世紀にはこれをドイツ起源としてドイツ風に語尾の"r"を入れて発音する風習があり、Henry Murger はこれを採り入れて、自身の姓をミュルジェール [myrʒɛːr] と呼んでいた。そこでこの台本ではミュルジェールと記した。なお名の綴りについても、本来フランス語では Henri であるが、ミュルジェールは英語式に Henry としている。
(2) オペラの台本作家はここに見るように、原作となった小説のタイトルを "La Vie de Bohème"、つまり「ボヘミアンの生活」としているが（この対訳書の中扉にある原作の記述もこのタイトルに同じ）、ミュルジェールの小説の原題は "Scènes de la vie de bohème" とあり、「ボヘミアンの生活情景」である。小説から劇作家バリエールの協力を得て芝居ができるが、そちらのタイトルが "La vie de bohème ― ボヘミアンの生活"。だがオペラの原作となったのは芝居より小説の方。台本作家としては、恐らく小説と舞台劇のタイトルを区別せずに用いたのだろう。

台本作家の序文

　Gli autori del presente libretto, meglio che seguire a passo a passo il libro di Murger (anche per ragioni di opportunità teatrali e soprattutto musicali), hanno voluto ispirarsi alla sua essenza racchiusa in questa mirabile prefazione.

　Se stettero fedeli ai caratteri di personaggi, se furono a volte quasi meticolosi nel riprodurre certi particolari di ambiente, se nello svolgimento scenico si attennero al fare del Murger suddividendo il libretto in "quadri ben distinti", negli episodi drammatici e comici essi vollero procedere con quell'ampia libertà che — a torto o a ragione — stimarono necessaria alla interpretazione scenica del libro più libero forse della moderna letteratura.

　Però, in questo bizzarro libro, se de' diversi personaggi sono e balzano fuori vivi, veri e nettissimi i singoli caratteri, s'incontra spesso che uno stesso carattere prenda diversi nomi, s'incarni quasi in due persone diverse.

　Chi può non confondere nel delicato profilo di una sola donna quelli di Mimì e di Francine? Chi, quando legge delle "manine" di Mimì più "bianche di quelle della dea dell'ozio", non pensa al manicotto di Francine?

　Gli autori stimarono di dover rilevare una tale identità di caratteri. Parve ad essi che quelle due gaie, delicate ed infelici creature rappresentassero nella commedia della Bohème un solo personaggio cui si potrebbe benissimo, in luogo dei nomi di Mimì e Francine, dare quello di: Ideale.

G.G. — L.I.

　私どもこの台本の作者としては、ミュルジェールの著作を文字通りにたどるよりむしろ（演劇上の、そしてとりわけ音楽上の都合という理由もあってだが）この称賛に値する序文に盛り込まれた著作の本質的精神を発想の拠りどころにしようということになった。

　作者は、原作の登場人物たちの性格に忠実であったとはいえ、情景のいくつかの部分を再現するにあたってはしばしばほとんど小心翼々、注意に注意したとはいえ、ドラマ展開ではミュルジェールの手法に従って台本構成を「はっきり性格の異なる複数の幕」に分け、ドラマティックな挿話とコミカルな挿話に区別したとはいえ、近代文学でおそらくもっとも思いのまま自由な著作の脚色にあたっては、制約のない自由さをもってすることが必要と考え、―― これが誤りか正しいかは別にして ―― そうした態度で書き進めようとしたのだった。

　それにしても、この奇抜な著作には、さまざまな何人もの登場人物が存在し、彼らそれぞれの性格が生き生きとして、真実味を帯び、非常に明解に躍り出てくるようであるが、その一方、ある同じ性格が異なる名をまとい、別のふたりの人物として現れてくるようなことにしばしば出会うのである。

　誰が、ミミとフランシーヌ[1]の横顔をただひとりの女性の繊細な横顔として重ね合わさずにいられようか？　誰が、「怠惰の女神の手より白い」ミミの「かわいい手」のことを読んだとき、フランシーヌのマフを思い浮かべずにいられようか？

　台本作者としては、こうした性格の同一性を強調するのがよいと考えた。作者にはこの明るく、繊細で、不幸なふたりの娘はオペラ《ラ・ボエーム》の劇中では、ミミやフランシーヌという名の代りに「理想（イデアーレ）」と名づけることもじゅうぶんできる、ひとりの登場人物であるかに思われたのであった。

G.G. — L.I.

註
(1) フランシーヌはミュルジェールの原作『ボヘミアンの生活情景』の18章「フランシーヌのマフ（Le Manchon de Francine）」のヒロイン。この章は、純真可憐な薄幸のお針子フランシーヌとまさにボヘミアンの代表格のような彫刻家ジャック・D何某の悲恋を、ジャックが死の床にいた施療院の同室の１人が回想するという形で描かれた挿話である。フランシーヌとジャックは同じアパルトマンの同じ階に住んでいて、おたがいその存在を知っているが接触はない。ある春の宵、ジャックは独り暮らしのメランコリーに襲われてパイプを燻らしているが、フランシーヌはなぜか陽気に家へもどる。ところが部屋

の前で中庭から吹き込んだ風で明りが消えてしまう。7階を行ったり来たりは大変と、あたりを見るとジャックの扉から光が射している。夜の訪問者にジャックは驚くが、フランシーヌは部屋へ一歩踏み入ってタバコの煙に息を詰まらせ気を失う。ジャックは戸惑いながら介抱し、気づいたフランシーヌは事情を話し、明りをもらって帰ろうとする。そこへ風が。2人の明りは消え、2人は暗がりで佇む。本当はジャックのポケットにマッチがあったが、それを隠したまま、暗がりでフランシーヌが落としてしまった鍵を探すことになる。けれど手探りでは鍵は見つからず、雲間から月明かりが射すのを待つことにする。その間に2人は語らい、そしてそこに2人にとって初めての恋が芽生える。月が顔を出し、夢心地から覚めたフランシーヌは鍵を見つけるが、そっとそれを家具の下に押しやる。
　2人は半年あまり、愛し合って暮す。が、フランシーヌは肺病だった。ジャックの友人の医者に診てもらうと、木の葉が色づくころまでの命とのこと。彼女は、それはまだ先のこと、それに愛があれば死にはしないと恋人に告げる。ジャックはいっそいつも木の葉が緑の常緑樹の世界へ行こうと。
　が、秋も深まり、万聖祭の前夜、医者はもう手立てはないとジャックに告げる。彼は前からフランシーヌが欲しがっていたマフを買いに出る。するとフランシーヌは医者に秋の夜長をもう1晩だけでも生かしてとたのむ。そして翌日の昼、手が冷たいのでマフをとつぶやく。それが彼女の臨終の言葉だった。手はマフの中にあった。
　ジャックには恋人のフランシーヌこそ芸術のイデア、彼女を永遠の輝きとして残すために作品にしたいと望む。けれど悲しみはあまりに大きい。それを心配する医者や仲間は彼を力づけ（作品の構成としては、作品全体の主役格のロドルフがジャックの知り合いの1人として彼を励ます場面がある）、いくらか落ち着きを得たころ、マリというフランシーヌにどこか似た娘に出会う。彼女に慰められるかに感じたものの、むしろ喪失感がいっそう深まり、ジャックは病を得て早春のある日、フランシーヌを天使に見立てた彫像を完成することなく、施療院で死んでいく。

登場人物および舞台設定

ミミ Mimì	……………………………………………………	ソプラノ
ムゼッタ Musetta	………………………………………………	ソプラノ
ロドルフォ（詩人）Rodolfo, poeta	………………………………………	テノール
マルチェルロ（画家）Marcello, pittore	………………………………	バリトン
ショナール（音楽家）Schaunard, musicista	……………………	バリトン
コルリーネ（哲学者）Colline, filosofo	……………………………	バス
パルピニョール（行商人）Parpignol, venditore ambulante	………	テノール
ベノア（家主）Benoit, padrone di casa	…………………………	バス
アルチンドーロ（国務院参議）Alcindoro, consigliere di stato	……	バス
税関兵の軍曹 Sergente dei Doganieri	…………………………	バス

学生たち―お針子たち―市民たち―男女の出店の物売りたち
Studenti―sartine―Borghesi―Bottegai e Bottegaie

行商人たち―兵士たち―カフェのボーイたち
Venditori ambulanti―Soldati―Camerieri da Caffè

男の子たち、女の子たち、等々
Ragazzi, Ragazze, ecc., ecc.

舞台：1830年頃、パリ

主要人物登場場面一覧

役名 \ 幕	第1幕	第2幕	第3幕	第4幕
ミミ	▬▬▬▬	▬▬▬▬	▬▬▬▬	▬▬
ロドルフォ	▬▬▬▬	▬▬▬▬	▬▬▬▬	▬▬▬▬
ムゼッタ		▬▬	▬▬	▬▬
マルチェルロ	▬▬▬	▬▬▬▬	▬▬▬▬	▬▬▬▬
ショナール	▬			▬▬▬
コルリーネ	▬			▬▬▬
ベノア	▬			
パルピニョール		▬		
アルチンドーロ		▬▬		

第1幕 ※
QUADRO PRIMO ※

　※通例、≪ラ・ボエーム≫に関しても舞台構成の段落は、他の多くのオペラと同様に"幕"という用語が用いられている。この対訳でもそれに倣って全4幕、第1幕、第2幕、第3幕、第4幕とした。が、"幕"にあたるイタリア語はATTO（為すこと、行為等から発した意味で、舞台上で展開される行為とでも言えるか…）である。≪ラ・ボエーム≫で舞台構成に選ばれている語は、ここに見るようにQUADRO（四角いもの、四角く区切られた姿等から発して、ある情景、場景、絵画等の意味になる）である。これからすると、より原語に則すれば、≪ラ・ボエーム≫では全4つの"QUADRO＝情景"として、ここは"第一の情景"、そして続く"第二の情景"、"第三の情景"、"第四の情景"ということになるだろう。

QUADRO PRIMO
第 1 幕

《...Mimì era una graziosa ragazza che doveva particolarmente simpatizzare e combinare cogli ideali plastici e poetici di Rodolfo. Ventidue anni; piccola, delicata... Il suo volto pareva un abbozzo di figura aristocratica; i suoi lineamenti erano d'una finezza mirabile...

Il sangue della gioventù correva caldo e vivace nelle sue vene e coloriva di tinte rosee[1] la sua pelle trasparente dal candore vellutato della camelia...

Questa beltà malaticcia sedusse Rodolfo... Ma quello che più lo rese innamorato pazzo di madamigella Mimì furono le sue manine che essa sapeva, anche tra le faccende domestiche, serbare più bianche di quelle della dea dell'ozio.》[2]

《…ミミは、ロドルフォが抱く造形と詩情の理想にとりわけ好ましく、似合わしいといってよい、そんな可愛らしい娘であった。当年22歳、小柄で、華奢で… その顔は貴婦人の肖像のスケッチを思わせたが、というのも目鼻立ちが驚くほどの上品さであったのである…

青春の血潮は彼女の血管を熱く、生き生きと駆けめぐり、そして彼女の透き通った、ツバキの花弁のまるでビロードのような白さの肌にバラ色をそえていた…

この病的な美しさはロドルフォを魅惑した… だがなにより彼をミミ嬢に夢中にさせたのは、家事をしながらも、ミミが怠惰の女神の手より白くしておくことを心得ていた彼女の可愛い手であった。》

IN SOFFITTA
屋根裏部屋で

Ampia finestra dalla quale si scorge una distesa di tetti coperti di neve. A sinistra un camino. Una tavola, un armadietto[3], una piccola libreria[4], quattro sedie, un cavalletto da pittore[5], un letto[6]: libri sparsi, molti fasci di carte, due candelieri.

Uscio nel mezzo, altro a sinistra.

広々大きな窓、そこから雪に覆われた家々の屋根の連なりが見渡せる。左手に暖炉。テーブル、小型の戸棚、小さい本箱それぞれ一つ、椅子四脚、画架一揃い、ベッド一台、散らばった本、多くの紙の束、燭台二つ。

正面に出入り口、左手にもう一つ。

(1) 〈台〉"rosse=赤い"としている版も見られるが、原作を参照すると「バラ色」とある。
(2) 台本の各幕冒頭にその幕に関連して原作からの抜粋が添えられていることは「台本のテキストについて」(P.10) に記したが、この一文は原作14章「ミミ嬢 (Madmoiselle Mimi)」からの記述。この章にミミとロドルフォの恋と同棲生活、ミミが貴族の許へ去って2人が別れる経緯が語られている。因みに原作に語られたミミの特徴でここに見られないのは、青い瞳、豊かな栗色の髪、自分に都合の悪い時にふと見せる薄情な性格を表すとも言えそうな残忍な顔つき。なお、原作ではミミに関して、20章「ミミに上昇の翼が (Mimi a des plumes)」、22章「ロドルフとミミ嬢の恋の終末 (Épilogue des amours de Rodolphe et de mademoiselle Mimi)」等がある。
(3) 〈台〉"armadio=戸棚"としている。
(4) 〈台〉になし。
(5) 〈台〉この後に "con una tela sbozzata=下絵が描かれたキャンバスの乗った" とある。
(6) 〈台〉"ed uno sgabello=さらにスツール1脚"。

第1幕

(Rodolfo guarda meditabondo fuori della finestra. Marcello lavora al suo quadro: Il passaggio del Mar Rosso, colle mani intirizzite dal freddo e che egli riscalda alitandovi su di quando in quando, mutando, pel gran gelo, spesso posizione)

(ロドルフォ、物思いに耽りながら窓の外を眺めている。マルチェルロは寒さにかじかんだ手で自作の画、「紅海の渡渉」に取り組んでいるが、時折、その手の上に息を吹きかけて暖め、凍りつくような寒さのためにしばしば身のおき場を変えている)

Marcello
マルチェルロ

(seduto, continua a dipingere)[1]
Questo Mar Rosso mi[2] ammollisce e assidera
come se addosso mi piovesse in stille.
(si allontana dal cavalletto per guardare il suo quadro)

(座って、画を描き続ける)

この「紅海」[3]め、おれをぐしょぐしょにし[4]、凍えさせる、まるでおれの背中にポタポタ降ってくるみたいに。

(自分の絵を眺めるために画架から離れる)

Per vendicarmi, affogo un Faraon[5]!
(torna al lavoro)
(a Rodolfo)
Che fai ?

復讐するため、ファラオ[6]でも溺れさせるか!

(仕事に戻る)

(ロドルフォに)

何してるんだ?

---

(1) 〈台〉ト書きなし。
(2) 〈手〉m'ammollisce としている。mi と m' で、意味上は変わらないが、次の単語の語頭の音との関連で音節の数が1つ違ってくる(とはいえ、この音節の数え方は文法上のもので、イタリア語の詩の韻律上の分節法によればどちらも同じ音節数である。イタリア語の韻文の韻律法に関しては「歌うイタリア語ハンドブック―森田学著―ショパン」に詳しい記述が見られ、参照されると興味深いことだろう)。〈手〉は〈台〉に比して1音節減じた ma~ を求め、その後、〈総譜〉で再び1音節増へ戻って mia~ の形に定まったのだろう。mia~ とするか ma~ とするかの違いに関心が示されたようだが、両者は台詞の語調の印象が多少異なり、音楽にも微妙に影響があるように思われる。そこでこの対訳では、総譜の歌詞をテキストにしているが、台本との間に、また作曲者の手稿との間に母音の省略に関して差異がある場合、それをすべて註に記すことにする。
(3) 旧約聖書の出エジプト記14、モーゼに率いられて出エジプトを決行するイスラエル人が、行く手を遮る紅海にモーゼの祈願により開けた海中の道を渡って追い来るエジプト軍から逃れる記述があるが、その情景を描く絵画。
(4) ammollisce は「ぐしょぐしょにする」の意で、その抽象的意味は「気力をくじく」となり、ここでマルチェルロは気力を失うと言っているのであるが、原文は次の「ポタポタ降ってくる」という言葉に掛けているので、「ぐしょぐしょ」のまま訳出した。
(5) 〈台〉Faraone としている。《ラ・ボエーム》のテキストでは、ここの例に見るように、音楽が、つまり総譜では、台本のテキストに単語の語尾切断を求めている例が少なくないようである。単語の語尾切断は、これによって語調がかなり変わり、となると作曲者の歌詞に対する語感と関連があると思われる。そこでこの対訳では〈総譜〉と〈台〉、また〈手〉とも、語尾切断で違いがある場合は、すべて註に記すことにする。
(6) 古代エジプトの国王の称号。

Rodolfo
ロドルフォ

(*volgendosi un poco*)[1]
Nei cieli bigi
guardo fumar dai mille
comignoli Parigi[2]
(*additando il camino senza fuoco*)
e penso a quel poltrone
d'[3] un vecchio caminetto ingannatore
che vive in ozio come un gran signor[4]!

（ちょっと振り向いて）
灰色の空に
けむり昇らせるのを眺めてる、無数の
煙突からパリの町が、
（火の気のない暖炉を指さして）
そして思いを馳せてる、あの怠け者に、
老いぼれた嘘つき暖炉の、
あいつは大殿様よろしく無為に暮してる。

Marcello
マルチェルロ

Le sue rendite oneste
da un pezzo non riceve.

やつは正当なもらい、
だいぶ前から受け取ってないんだ。

Rodolfo
ロドルフォ

Quelle sciocche foreste
che fan sotto la neve?

あの気のきかぬ森ども、
雪の下で何してるのやら？

Marcello
マルチェルロ

Rodolfo, io voglio dirti un mio pensier profondo:
(*soffiando sulle dita*)[5]
ho un freddo cane.

ロドルフォ、おれはおまえに述べたい、わが深遠なる思考を、
（指に息を吹きかけながら）
おれは恐ろしく寒い。

---

(1) 〈台〉このト書きなし。
(2) 〈台〉はここに , があり、〈総譜〉にはない。この場合、カンマのあるなしで意味に違いはないだろう。このようにカンマの有無で意味上差異が生じないと思われる場合は、主観的に過ぎるとのご批判もあるだろうが、有無をすべて註にするとあまりに煩雑になるため、以後、註で特別に示すことはしない。
(3) 〈台〉<u>di</u> un vecchio
(4) 〈台〉<u>signore</u>
(5) 〈台〉なし。

第1幕

Rodolfo ロドルフォ	*(avvicinandosi a Marcello)* Ed io, Marcel, non ti nascondo che non credo al sudor[1] della fronte.

（マルチェルロに近づきながら）
ならぼくは、マルチェルロ、きみに隠さないよ、
額に汗なんて信じちゃいないってこと。

Marcello マルチェルロ	Ho diacciate le dita... quasi ancor[2] le tenessi immollate, giù in quella gran ghiacciaia che è il cuore di Musetta. *(lascia sfuggire un lungo sospirone, e tralascia di dipingere, deponendo tavolozza e pennelli)*

おれは凍えてる、
指が… まるでまだ浸したままにしているみたいに、
ムゼッタの心というあの大きな氷室のなかに。
（長い大溜息をつき、それから絵を描くのをやめてパレットと筆をおく）

Rodolfo ロドルフォ	L'amor[3] è un caminetto che sciupa troppo...

恋はあまりに多くを焼きつくす暖炉だ…

Marcello マルチェルロ	...e in fretta![4]

…それもすぐさま！

Rodolfo ロドルフォ	...dove l'uomo è fascina...

…そこでは、男は薪(たきぎ)の束で…

Marcello マルチェルロ	...e la donna è l'alare...

…で、女は薪の台で…

Rodolfo ロドルフォ	...l'uno brucia[5] in un soffio...

…片方は瞬時に燃えあがり…

Marcello マルチェルロ	...e l'altro sta a guardare.

…そしてもう片方は眺めている。

Rodolfo ロドルフォ	Ma intanto qui si gela...

しかしその間にここで人は凍え…

Marcello マルチェルロ	...e si muore d'inedia![6]

…そして飢え死にする！

---

(1) 〈台〉sudore
(2) 〈手〉意味は変らないが le dita come ancor。また〈台〉では ancora。
(3) 〈台〉L'amore
(4) 〈手〉(pensieroso＝物思わしげに) と、ト書きあり。
(5) 〈手〉abbrucia だが、意味は同じ。
(6) 〈台〉文末を!...としている。〈総譜〉、〈台〉、〈手〉のテキストの文末の処理が．か！か...か!...か?!...であるか対照して調べたが、その結果の差異をすべて註にすることはあまりに煩雑に思われ、主観的とのご批難もあろうが、差異に大きな意味があると考えられる場合以外は、以後、註に記すことは略す。

Rodolfo ロドルフォ	Fuoco ci vuole...	
	火が必要だ…	
Marcello マルチェルロ	*(afferrando una sedia e facendo atto di spezzarla)* Aspetta... sacrifichiam la sedia! *(Rodolfo[1] impedisce energicamente[2] l'atto di Marcello)*	
	(椅子を一脚つかんで、それをばらばらに壊そうとしながら) 待ってろ… 椅子を犠牲にしよう！ (ロドルフォはマルチェルロの行為を激しい勢いで止める)	
Rodolfo ロドルフォ	*(con gioia, per un'idea che gli è balenata)[3]* *Eureka*[4]! *(corre al tavolo[5] e di sotto ne leva un voluminoso scartafaccio)*	
	(良い考えが閃いたために喜んで) よし、これだ！ (テーブルのところへ走っていき、そこの下から分厚い紙束を取り出す)	
Marcello マルチェルロ	Trovasti?	
	何かあったか？	
Rodolfo ロドルフォ	Si! Aguzza l'ingegno. L'idea vampi in fiamma.	
	いかにも！ 働かせろ、 才知を。芸術の着想に炎と燃えてもらうんだ。	
Marcello マルチェルロ	*(additando il suo quadro)* Bruciamo il Mar Rosso?	
	(自分の絵を指さしながら) 「紅海」を燃やすのか？	

---

(1) 〈総譜〉ではこのト書きを譜上のロドルフォのパートに付している。そのため主語が明記されなくともこれがロドルフォの行為と理解できる。台本のテキストでは impedisce と動詞のみでは主語が誰であるか文法上1人ならず可能性がありうるため（もちろん前後関係から1人を確定できるだろうが）、〈総譜〉にない主語 Rodolfo を補足した。この先にも、ここに見るのと同じような場合、主語を補足した箇所がいくつかあるが、それを1つ1つ註に記すことはしない。
(2) 〈台〉con energia だが、意味に違いはない。
(3) 〈台〉(ad un tratto Rodolfo esce in un grido di gioia ad un'idea che gli è balenata. ＝突然、ロドルフォは閃いたアイデアのために喜びの叫びを上げる) としている。
(4) ギリシア語をローマ文字書きにした一種の感嘆詞。"heuriskein＝見つける"の完了時制1人称単数の heureka から、何かを発見したり分った時に発する"見つけた、分った、これだ、しめた"といった意味の喜びの叫び。古代ギリシア時代、シチリア島のシラクーザ王から王冠が純金であるかどうか調べるよう命じられたアルキメデスが、ついに浮力の法則を発見した時にこう叫んだといわれる。
(5) 〈台〉alla tavola とあるが、意味は同じ。他にも〈総譜〉では tavolo、〈台〉では tavola としている箇所があるが、このオペラの小道具のテーブルとしては意味に大した差異はなく、そのため以後この違いを註に取り上げることはしない。"di sotto＝下から"は台本になし。

第1幕　23

Rodolfo ロドルフォ	No. Puzza la tela dipinta. Il mio dramma, l'ardente mio dramma ci scaldi.

いいや。臭いよ、
描いちまったカンバスは。ぼくのドラマに、
燃えるようなぼくのドラマに暖めてもらおう。

Marcello マルチェルロ	*(con comico spavento)* Vuoi leggerlo forse? Mi geli.

（おどけた様子でびっくりして）
もしや読もうっていうんでは？　おれを凍らす気か[1]。

Rodolfo ロドルフォ	No, in cener la carta si sfaldi e l'estro rivoli a' suoi[2] cieli. *(con importanza)*[3] Al secol gran danno minaccia, è Roma[4] in periglio!

いや、ひらひら紙が灰と化し
そして詩情がまた彼の天空へ飛びゆくようにってことさ。
（勿体をつけて）
この世にとり大いなる損失の恐れあり、
なれどローマが危機とあれば！

Marcello マルチェルロ	*(con esagerazione)*[5] Gran cor!

（大袈裟に）
大いなる心よ！

Rodolfo ロドルフォ	*(dà a Marcello una parte dello scartafaccio)* A te l'atto primo.

（マルチェルロに下書き原稿の束の一部を渡す）
きみに第一幕を。

Marcello マルチェルロ	Qua.

こっちへ。

Rodolfo ロドルフォ	Straccia. *(batte un acciarino, accende una candela e va al camino con Marcello)*

千切ってくれ。
（火打金を打ち、ロウソクに火をつけ、それからマルチェルロと暖炉のところへ行く）

---

(1)「凍らす」は「ぞっとさせる」という意味にもなる。
(2)〈台〉、〈手〉ai suoiとしている。
(3)〈台〉(con enfasi tragica＝悲劇を思わせる誇張を込めて) としている。
(4)〈台〉Ma Roma è in periglio... "Ma＝だが" と接続詞を入れているが、意味合いは同じ。
(5)〈台〉ト書きなし。〈手〉"esagerato＝大袈裟に"。

Marcello マルチェルロ	Accendi. (*insieme danno fuoco ad una parte*[1] *dello scartafaccio buttato sul focolare, poi entrambi prendono delle sedie e seggono riscaldandosi voluttuosamente*)	

火をつけろ。
（2人一緒に炉床の上に投げ込まれた紙束の一部に火をつけ、それから2人ともに椅子を持ってきて座り、うっとりして暖をとる）

Rodolfo e Marcello ロドルフォと マルチェルロ	Che lieto baglior!

なんと喜ばしい輝き！

(*si apre con fracasso la porta in fondo ed entra Colline gelato, intirizzito, battendo i piedi, gettando con ira sul tavolo un pacco di libri legato con un fazzoletto*)[2]

（奥の戸口がけたたましい音を立てて開き、凍えて手足のかじかんだコルリーネが登場、足を踏み鳴らしながらテーブルの上にネッカチーフでくくった本の束を苛ついて投げ出す）

Colline コルリーネ	Già dell'Apocalisse appariscono i segni! In giorno di Vigilia non s'accettano[3] pegni! (*si interrompe sorpreso*,[4] *vedendo fuoco nel camino*) Una fiammata!

すでに世の終末の兆候が現れておる！
クリスマス前夜には質草を取らないんだと！
（暖炉の中に火を見て、驚いて言葉を切る）
燃える炎！

Rodolfo ロドルフォ	(*a Colline*) Zitto, si dà il mio dramma...

（コルリーネに）
しっ、ぼくのドラマが上演されている…

Marcello マルチェルロ	...al fuoco. Lo trovo scintillante.[5]

…火の中で。
ドラマがキラめいているのが分る。

Rodolfo ロドルフォ	Vivo. (*il fuoco diminuisce*)

生き生きと。
（火が弱くなる）

---

(1) 〈台〉"quella parte＝その部分" とあるが全体の意味として違いはない。
(2) 〈手〉(entra rumorosamente Colline＝コルリーネが騒がしい音をたてて登場) とのみ。
(3) 〈台〉non si accettano
(4) 〈台〉この後のト書きはなし。
(5) 〈台〉この1行をコルリーネに振り分けている。

Colline[1] コルリーネ	Ma dura poco. だが、つづくはわずか。	
Rodolfo ロドルフォ	La brevità, gran pregio. 短きは、大いなる値打ち。	
Colline コルリーネ	(*levando la sedia a Rodolfo*[2]) Autore, a me la sedia.[3] （ロドルフォから椅子を取り上げて） 作者殿、私めに椅子を。	
Marcello マルチェルロ	Quest'intermezzi fan morir[4] d'inedia. Presto.[5] こうした幕間劇[6]は死ぬほど退屈だぞ。 早くしてくれ。	
Rodolfo ロドルフォ	(*prende un'altra parte dello scartafaccio*) Atto secondo. （さらに紙束を取り上げる） 第二幕。	
Marcello マルチェルロ	(*a Colline*) Non far sussurro. （コルリーネに） 小声もたてるなよ。	

(*Rodolfo straccia lo scartafaccio*[7] *e lo getta sul camino: il fuoco si ravviva — Colline avvicina ancora più la sedia e si riscalda le mani: Rodolfo è in piedi presso ai due, col rimanente dello scartafaccio*)

（ロドルフォ、紙束を千切って暖炉に投げ入れる、火が再び強まる ── コルリーネは椅子をさらに近づけて手を暖める、ロドルフォ、紙束の残りを手にして2人のそばに立っている）

Colline コルリーネ	Pensier profondo![8] 深遠なる思想！	
Marcello マルチェルロ	Giusto color! ふさわしき色調！	

---

(1) 〈台〉この台詞はマルチェルロ。
(2) 〈台〉a Rodolfo でなく、levandogli.「彼から」としている。このようにト書きで固有名詞であるか代名詞であるか、総譜と台本で異なる例はいくつか見られる。これについては、この先、特別な意味がなければ註で示すことは省く。
(3) 〈手〉una sedia と不定冠詞にしている。定冠詞の la の場合と大きな違いはないが、定冠詞の方がロドルフォの座っている椅子を取り上げる意味合いが強い。
(4) 〈台〉fan morire
(5) 〈台〉この Presto. を上の行の冒頭に置き、1行の台詞としている。
(6) 「幕間劇」とは火が消えてしまっていることを意味する。
(7) 〈台〉parte dello scartafaccio＝紙束の一部を、としている。
(8) 〈台〉(con intenzione di critico teatrale＝演劇批評家のつもりになって) と、ト書きあり。

Rodolfo ロドルフォ	In quell'azzurro guizzo languente sfuma un'ardente scena d'amor!
	弱々しいあの青いゆらめきのなかで 燃える恋の場面が消えてゆく！
Colline コルリーネ	Scoppietta[1] un foglio.
	紙が一枚プシュと音をたてる。
Marcello マルチェルロ	Là c'eran baci!
	あそこに口づけがあったのだ！
Rodolfo ロドルフォ	Tre atti or voglio d'un colpo udir. *(getta sul fuoco*[2] *il rimanente dello scartafaccio)*
	今度は三幕いっぺんに聞くとしよう。 （紙束の残りを火に投げ入れる）
Colline コルリーネ	Tal degli audaci l'idea s'integra.
	かくて勇敢なる者の理念は完結す。[3]
Tutti 全員	*(applaudono entusiasticamente)* Bello in allegra vampa svanir. *(la fiamma*[4] *diminuisce)*
	（熱狂的に拍手する） いいぞ、景気良い閃光となって消えるのは。 （炎が小さくなる）
Marcello マルチェルロ	Oh! Dio... già s'abbassa la fiamma.
	ああ！やれやれ… 炎は、もうおとろえていく。
Colline コルリーネ	Che vano, che fragile dramma!
	なんたる虚しき、なんたる儚き芝居！
Marcello マルチェルロ	Già scricchiola, increspasi, muor[5]!
	もうクシュッといって、ちぢれて、おわる！
Colline e Marcello コルリーネと マルチェルロ	*(il fuoco è spento)* Abbasso, abbasso[6] l'autor!
	（火が消える） おろせ、おろせ、作家を。

---

(1) 〈手〉Schioppetta un foglio とある。〈総譜〉、〈台〉の scoppietta が割合に軽いパチパチ、プチプチといった音を立てる意味であるのに対して、手稿の schioppetta は銃を発射するような激しい鋭い音を立てる意味。
(2) 〈台〉意味は同じだが、al fuoco としている。
(3) 「待ってました、まさに英断、これでこそ勇敢な者といえる」というほどの意味。
(4) 〈台〉この後に "dopo un momento＝一瞬ののちに" が付け加えられている。
(5) 〈台〉muore とある。また次のト書きは〈台〉になし。
(6) 〈台〉"sì" abbasso と、"そうだ、それ"といった一種の掛け声が入っている。そして autore としている。

(dalla porta di mezzo entrano due garzoni, portando l'uno provviste di cibi, bottiglie di vino, sigari, e l'altro un fascio di legna. Al rumore i tre innanzi al camino si volgono e con grida di meraviglia si slanciano sulle provviste portate dai garzoni[1] *e le depongono sul tavolo: Colline prende la legna e la porta presso il caminetto)*

(中央の扉から2人の店員が入ってきて、1人は食料品、葡萄酒のビン、葉巻を、もう1人は薪の束を運び込む。その物音に暖炉の前の3人は振り向き、驚きの叫び声をあげながら店員によって運び込まれた品々に飛びつき、それらを机の上に置く、コルリーネは薪を手にし、暖炉のところへ持っていく)

Rodolfo[2] *(sorpreso)*
ロドルフォ Legna!

（驚いて）
薪！

Marcello *(sorpreso)*
マルチェルロ Sigari!

（驚いて）
葉巻！

Colline *(sorpreso)*
コルリーネ Bordò!

（驚いて）
ボルドー酒！

Rodolfo Legna!
ロドルフォ
薪！

Marcello Bordò!
マルチェルロ *(comincia a far sera)*

ボルドー酒！
（日が暮れ始める）

Tutti *(Rodolfo e Marcello con entusiasmo)*[3]
全員 Le dovizie d'una fiera
il destin ci destinò.
(Schaunard entra[4] *con aria di trionfo)*

（ロドルフォとマルチェルロ、熱狂して）
祭りの椀飯振舞(おうばんぶるまい)を
天命がわれわれに賜わったぞ。
（勝ち誇った様子でショナール登場）

(1) 〈台〉dal garzone と1人の店員にしている。が、前に2人の店員との記述があり、後の店員が退場するト書きで複数になっているので、ここも店員は複数としておくのが自然だろう。
(2) 〈台〉では〈総譜〉のここから5つの台詞が、**コルリーネ: 薪！ マルチェルロ: 煙草！ ロドルフォ: ボルドー酒！** のみで、それぞれに付されたト書きなし。また〈総譜〉のこれらの台詞には (gridato=叫んで) と付されているが、これらの台詞に対する音符には符頭がない。符頭のない音符への (gridato)、(gridando)、(parlato=語るように) 等の指示は楽譜上の指示と考え、台本テキストにはト書きとして記入していない。
(3) 〈台〉ト書きなし。〈手〉(saltando=小躍りして) とト書き。
(4) 〈台〉後に "dalla porta di mezzo=真ん中の扉から" と付け加えられている。

Schaunard ショナール	*(gettando a terra alcuni scudi)*[1] La banca di Francia per voi si sbilancia. *(i due garzoni partono)*[2]	

（床に何枚かの硬貨を投げながら）
フランス銀行は
諸君のためにかたむくってものだ。
（2人の店員、退場）

Colline コルリーネ	*(Colline e Marcello raccattano gli scudi)*[3] Raccatta, raccatta!	

（コルリーネとマルチェルロ、硬貨を拾う）
拾え、拾え！

Marcello マルチェルロ	*(incredulo)* Son pezzi di latta!	

（半信半疑で）
ブリキのかけらさ！

Schaunard ショナール	*(mostrando a Marcello uno scudo)* Sei sordo? Sei lippo!? Quest'uomo chi è?	

（マルチェルロに硬貨1枚を示しながら）
おまえは耳なしか？　目がかすんでるのか？
このお方はどなただね？

Rodolfo ロドルフォ	*(inchinandosi)* Luigi Filippo! M'inchino al mio Re.	

（お辞儀をしながら）
ルイ・フィリップ[4]だ！
わが国王に敬意を表そう。

Tutti 全員	Sta Luigi Filippo ai nostri piè! *(depongono gli scudi sul tavolo)*[5]	

ルイ・フィリップがわれらの足下におわすぞ！
（テーブルの上に硬貨を置く）

---

(1) 〈手〉(tonante, gettando manciate di scudi＝雷のような大声をあげ、鷲づかみにした硬貨を投げながら)
(2) 〈台〉店員の退場 (i garzoni partono) をショナール登場の前にしている。
(3) 〈台〉(raccattando gli scudi insieme a Rodolfo e Marcello＝ロドルフォ、マルチェルロと一緒に硬貨を拾い集めながら)
(4) Louis Philippe はフランス国王。治世（1830〜48年）の間、国王の肖像が刻まれた貨幣が何種類か鋳造された。代表的なのが、écu＝エキュと呼ばれた5フラン銀貨。
(5) 〈台〉このト書きなし。

Schaunard ショナール	*(vorrebbe raccontare la sua fortuna, ma gli altri non l'ascoltano: vanno e vengono affaccendati*[1]*, disponendo ogni cosa sul tavolo)* Or vi dirò: quest'oro... o meglio argento... ha la sua brava istoria[2]!...	

(自分の成功話を語りたがるが、他の者たちは彼に耳を貸そうとしない、忙しく行ったり来たりしてすべての物をテーブルの上に置いているためである)
それでは諸君に申し上げよう、この金貨… いや正確には銀貨は… これにはちょっとした話があって!…

Marcello[3] マルチェルロ	*(ponendo la legna nel camino)* Riscaldiamo il camino!	

(暖炉に薪をくべながら)
暖めてやろう、
暖炉を!

Colline コルリーネ	Tanto freddo ha sofferto![4]	

ずいぶんと寒さに苦しんだからな!

Schaunard ショナール	Un inglese, un signor, Lord o Milord che sia, volea[5] un musicista...	

ある英国人が、あるお大尽が、貴族か、華族か、いずれにしろ、それが音楽家をほしがっていて…[6]

Marcello マルチェルロ	*(gettando via i libri*[7] *di Colline dal tavolo)* Via! Prepariamo la tavola!	

(テーブルの上からコルリーネの本を放り投げながら)
どけ!
テーブルの仕度をしようぜ!

Schaunard ショナール	Io?[8] volo!	

ぼくかい? 飛んでいったさ!

---

(1)〈台〉vanno e vengono affacendati の部分なし。その後、次のマルチェルロの台詞へのト書きをここでまとめ、3人全員の行動としてテーブルに物を置き、暖炉に薪をくべる設定にしている。
(2)〈台〉storia
(3)〈台〉ロドルフォの台詞としている。この場合、当然、薪をくべるのはロドルフォとなる。
(4)〈台〉Sofferto ha tanto freddo. の語順。語順の違いによってそれなりの意味合いの違いはもちろんあるが、意味そのものは変わらない。
(5)〈台〉"cercava=探していた"。
(6) イギリス人のエピソードは原作の12章「美女たちのおめかし (La Toilette des Grases)」に見られる。原作ではイギリス人と自称スペイン人で夜は紳士のお相手もする女優との間の出来事として、かなりエキセントリックな物語が描かれている。第2幕、ショナールは古道具屋で狩用角笛のホルンを買うが、この章に彼の楽器への言及がある。
(7)〈台〉il pacco di libri=本の包み、としている。
(8)〈手〉"Io volo…=ぼくは跳んでいった…"と、Io=ぼくは ? という疑問符なし、つまり単純に1人語りをする雰囲気にしている。

Rodolfo ロドルフォ	L'esca dov'è? 火口(ほぐち)はどこだ？
Colline コルリーネ	Là. あそこだ。
Marcello マルチェルロ	Qua.[1] ここだよ。
Schaunard ショナール	E mi presento. *(Colline e Marcello accendono un gran fuoco nel camino)*[2] M'accetta; gli domando...[3] そして応募した。 （コルリーネとマルチェルロ、暖炉に火を赤々と燃え上がらせる） 彼はぼくをやとった、で、彼氏にたずねる…
Colline コルリーネ	*(Colline e Marcello mettono a posto le vivande, mentre Rodolfo accende l'altra candela)*[4] Arrosto freddo! （コルリーネとマルチェルロ、食べ物を並べる、その間にロドルフォはもう1本ロウソクに火をつける） 冷製ローストだ！
Marcello マルチェルロ	Pasticcio dolce![5] パイ菓子だ！

---

(1)〈台〉"Prendi. ＝取れよ"としている。〈総譜〉の Qua の音符に符頭なし。
(2)〈台〉このト書きなし。
(3)〈手〉e gli domando…＝そこで彼にたずねる。総譜の演奏では、この台詞とショナールのこれに続く次の行の繰り返しの際、1度目は尋ねた内容は A quando ～と独立したセンテンス、2度目は…が：に変って a quando～となり、1センテンスとしてつながる。
(4)〈台〉(mettendo a posto le vivande＝食べ物を並べながら)となっているため、この行動はコルリーネ1人のものに解釈される。またロドルフォについてのト書きなし。
(5)〈台〉ここにこの台詞はなく、この後の台詞とその順序が〈総譜〉と多少異なり、次のようになる。
ショナール: A quando le lezioni?...＝レッスンはいつごろに？ **マルチェルロ:** (accende le candele e le mette sulla tavola＝ロウソクに何本も火をつけ、テーブルに置く) Or le candele!＝そうら、ロウソクを！ **ショナール:** Risponde: *Incominciam!*...＝彼氏、答えて曰く、「すぐ始めましょ！…」 **コルリーネ:** Pasticcio dolce!＝パイ菓子を！ ロウソクについては、〈総譜〉ではロドルフォが前の段階ですでに火をつけており、それをマルチェルロがテーブルに置くという運びにしている。

Schaunard ショナール	A quando le lezioni? *(imitando l'accento inglese nelle parole in corsivo)*[1] Risponde: "*Incominciam!...*" "*Guardare!*" (e un pappagallo m'addita al primo piano[2]), poi soggiunge: "*Voi suonare finchè quello morire!*"
	レッスンはいつごろに？ （イタリック体の単語は英語訛りを真似て） 彼氏、答えて曰く、「すぐ始めましょ！…」 「見ることね！」（そして二階にいる一羽のオウムを指さす） それからつづけて曰く、「あなた弾く、 あれ死ぬまで！」
Rodolfo ロドルフォ	Fulgida folgori la sala splendida.
	壮麗なる部屋の目映く輝かんことを。
Marcello マルチェルロ	*(mette le due candele sul tavolo)* Or le candele!
	（テーブルに2本のロウソクを置く） そうらロウソクを！
Colline コルリーネ	Pasticcio dolce!
	パイ菓子を！
Schaunard ショナール	E fu così: suonai tre lunghi dì... Allora usai l'incanto di mia presenza bella... Affascinai l'ancella...[3]
	それでこうなった、 ぼくは三日まるまる弾いた… それでもって魅力を行使した、 ぼくの男前の… つまりメイドを誘惑して…
Marcello マルチェルロ	Mangiar senza tovaglia?
	テーブル掛けなしで食べるのか？
Rodolfo ロドルフォ	*(levando[4] di tasca un giornale e spiegandolo)* Un'idea!...[5]
	（ポケットから新聞を取り出し、それを広げながら） いい考えが！…

(1) 〈台〉このト書きなし。
(2) 〈台〉a un primo piano m'addita となっているが、意味上の違いはほとんどない。
(3) 〈手〉"Fei vittima un'ancella！＝メイドを気の毒だがつかってやった" とある。
(4) 〈台〉levando とジェルンディオでなく、"leva＝取り出す" としている。
(5) 〈台〉前に "No; ＝いいや、" が付されている。

Colline e Marcello コルリーネと マルチェルロ	Il *Costituzional*!(1) 『立憲新聞』！(2)
Rodolfo ロドルフォ	Ottima carta...(3) Si mangia e si divora un'appendice! (*dispongono il giornale come una tovaglia: Rodolfo e Marcello avvicinano le quattro sedie al tavolo, mentre Colline è sempre affaccendato coi piatti di vivande*)(4) 紙は最高だ…(5) 食べて、さらに文芸欄もむさぼれるぞ！ （3人、新聞紙をテーブル掛けのように被せる、さらにロドルフォとマルチェルロは4脚の椅子をテーブルのそばへ寄せ、コルリーネはその間ずっと料理の皿の準備に精を出す）
Schaunard ショナール	Gli propinai prezzemolo...(6) Lorito allargò l'ali, Lorito il becco aprì, un poco di prezzemolo, da Socrate morì! (*vedendo che nessuno gli bada, afferra Colline che gli passa vicino con un piatto*)(7) やつにパセリをもってやった… ロリートは翼を広げた、 ロリートは嘴を開いた、 そこへちょっぴりパセリを、 で、ソクラテスのように死んだ！ （誰も彼に注意を払わないのを見て、皿を持ってそばを通るコルリーネを捕まえる）
Colline コルリーネ	Chi? だれが？

---

(1) 〈台〉Costituzionale
(2) 19世紀初めに創刊された日刊紙のLe Constitutionnelのこと。ボヘミアンから見ればかなり保守系の新聞。
(3) 〈台〉(spiegandolo＝新聞を広げながら) とト書きあり。
(4) 〈台〉このト書きなし。
(5) 新聞を評して紙の質を褒めるのは冗談であり、女性を"服装は実に美しい"と褒めるようなもので、ひどい皮肉。前註に記したように、彼らボヘミアンからすれば物足りない新聞であることからこんな言葉が出るのだろう。
(6) 〈手〉"Un poco di prezzemolo…＝少しばかりのパセリを…"となっている。
(7) 〈手〉のト書きには (prendendo Colline per un braccio e scuotendolo con forza; Colline lascia andare per terra un piatto che teneva in mano＝コルリーネの片腕を取り、そして強く揺すりながら、するとコルリーネは手にしていた皿を床に落としてしまう) とある。

Schaunard ショナール	*(indispettito)*[1] Che[2] il diavolo vi porti tutti quanti! *([3]vedendo gli altri in atto di mettersi a mangiare il pasticcio freddo)* Ed or che fate? *(con gesto solenne stende la mano sul pasticcio[4] ed impedisce agli amici di mangiarlo; poi leva le vivande dal tavolo e le mette nel piccolo armadio)* No! queste cibarie sono la salmeria pei dì futuri[5] tenebrosi e[6] oscuri.

    （癇癪を起こして）
  悪魔がきみたち全員、攫（さら）ってくれりゃいい！
    （他の者たちが冷製パイを食べ始めようとしているのを目にして）
  そこで、今、何をしようと？
    （厳かな身振りでパイの上に手をのばして友人たちが食べようとするのを
    阻む、それから食べ物をテーブルから除けて小さい戸棚に仕舞い込む）
  だめだ！　この糧は
  輜重（しちょう）なんだ、
  将来やってくる
  暗くそして憂鬱な日々のための。

Pranzare in casa[7]
il dì della Vigilia
mentre il Quartier Latino le sue vie
addobba di salsicce e leccornie[8]?
Quando[9] un olezzo di frittelle imbalsama
le vecchie strade?[10]

  家で食事をするのか、
  クリスマス・イヴに、
  ラテン区じゃどの通りも
  ソーセージや垂涎（すいぜん）の食でいっぱいなのに？
  揚げ菓子の芳香が包んでいるというのに、
  ここかしこの古い道を？

(1) 〈台〉"urlando＝叫びながら"が添えられている。
(2) 〈台〉祈願を表す表現としての接続詞のCheを省いている。意味上、差異はない。
(3) 〈台〉前に"poi＝それから"と入れている。
(4) 〈台〉この後のト書きなし。
(5) 〈手〉dei dì futuriとある。意味上はほとんど違いなし。
(6) 〈台〉接続詞"e＝そして"を入れていない。
(7) 〈台〉これと次行に対して、前にト書き（e nel parlare sgombra la tavola＝そして台詞を発しながらテーブルを片づける）を付して"Come?... Pranzare in casa?＝なんなんだ？… 家で食事をするのか？/ Pranzare in casa è male＝家で食事するのは間違いだ、/ oggi che è la Vigilia di Natale!＝クリスマス・イヴである今日という日に"としている。
(8) 〈手〉"pollerie＝鳥屋"としている。なおsalsicceは〈総譜〉、〈台〉、〈手〉共にsalsiccieとしているが、対訳テキストでは正字法に従ってsalsicceと綴った。
(9) 〈台〉Mentreとしている。意味上の違いはほとんどない。
(10) 〈台〉この後に"È il dì della Vigilia!＝イヴの日なんだぞ！"とある。

Marcello, Rodolfo e Colline マルチェルロ、 ロドルフォ、 そしてコルリーネ		*(circondano ridendo Schaunard)*[1] La vigilia di Natal!
		(笑いながらショナールを囲む) クリスマスの前夜だ！
Schaunard ショナール		Là le ragazze cantano contente ed han per eco ognuna uno studente! *(solenne)*[2] Un po' di religione, o miei signori: si beva in casa, ma si pranzi fuor[3]! *(Rodolfo chiude la porta a chiave, poi tutti vanno intorno al tavolo e versano il vino)*
		あそこでは娘たちが楽しそうに歌っている、 そしてそのだれもみんなお相手の学生がいる！ (厳粛に) すこしばかり信仰心を、わが紳士諸君よ、 というわけで家で飲んで、だが食事は外でするとしよう！ (ロドルフォが戸口に鍵をかけ、それから一同テーブルの周りに行き、葡萄酒をつぐ)
Benoit ベノア		*(battendo due colpi alla porta)*[4] *(internamente)*[5] Si può?
		(ドアを軽くノックしながら) (舞台裏から) よろしいかな？
Marcello マルチェルロ		*(tutti restano stupefatti)*[4] Chi è là?
		(全員、びっくり仰天する) どなたです？
Benoit ベノア		Benoit! ベノアで！

(1) 〈台〉このト書きも台詞もなし。
(2) 〈台〉このト書きなし。
(3) 〈台〉fuori
(4) 〈台〉これらのト書きはなく、代りに前のト書きの後に続けて (: bussano alla porta: s'arrestano stupefatti＝扉をノックする音がする、皆、驚いて立ちすくむ) としている。
(5) 〈台〉(di fuori) とある。意味上の違いはない。

Marcello マルチェルロ	Il padrone di casa! *(depongono i bicchieri)*[1]	
	家主！[2] （全員グラスを置く）	
Schaunard ショナール	Uscio sul muso!	
	玄関払いに！	
Colline コルリーネ	*(gridando verso la porta)*[3] Non c'è nessuno!	
	（戸口へ向って叫んで） だれもいませんよ！	
Schaunard ショナール	È chiuso!	
	しまってます！	
Benoit ベノア	*(interno)* Una parola.	
	（舞台裏で） ほんの一言。	
Schaunard ショナール	*(dopo essersi consultato cogli amici, va ad aprire la porta)* Sola!	
	（仲間と相談してから戸口を開けに行く） 一言だけ！	
Benoit ベノア	*(entra sorridendo e mostrando una carta a Marcello)* Affitto!	
	（にこやかに入ってきて、マルチェルロに１枚の紙を示しながら） 家賃を！	

---

(1) 〈台〉このト書きなし。
(2) 原作にはボヘミアンたちの家賃のための家主との駆け引きや序文で"大胆なる数学の助けをもってして"と表現している家賃のために友人間を借金行脚する様子がしばしば現れる。工面がつかないとそのまま家を出て仲間の誰かのところへ転がり込む。原作にベノアにそのままあたる名はないが、1章「どのようにボエームの仲間ができたか（Comment fut institué le cénacle de la Bohème）」はショナールの家賃の期限が来た日の朝の場面から始まり、家主のベルナールが登場する。家主は金策に出かけたショナールの部屋を次の借り手に渡してしまう。それがマルセル。その後、ボヘミアンの４人の仲間がどのような事情から生まれたかが描かれる。1日かけて金策に不成功のショナールが食事のできる安酒場へ入ってコリーヌと出会い、意気投合、2人してカフェ・モミュスへ足をのばし、そこで常連らしきロドルフと知り合う。酩酊の3人は朝までは彼の家であったショナールの部屋へ向かう、コリーヌとロドルフがパリの端と端に住んでいるため帰宅が面倒であったので。部屋には新住人のマルセルがいた。しかし彼は3人に入室を許し、翌朝目覚めて酔いも覚め、改めて互いを知ってみると、同じ出発点を発して同じ目的地へ向かう気の合う者同士と分る。そこですぐさま4人の仲間としての付き合いが始まった。
(3) 〈台〉(grida＝叫ぶ) とだけのト書き。

Marcello マルチェルロ	*(ricevendolo con grande cordialità)*[1] Olà! date una sedia. （大いに丁寧に彼を迎え入れて） さあ！ お椅子をさしあげろ。
Rodolfo ロドルフォ	Presto! ただいま！
Benoit ベノア	*(schermendosi)* Non occorre... vorrei... （身を引いて） けっこうでして… ただできれば…
Schaunard ショナール	*(insistendo, con dolce violenza lo fa sedere)* Segga. （しつこい態度に出て、やんわりだが無理に座らせる） おかけください。
Marcello マルチェルロ	*(offre a Benoit un bicchiere)*[2] Vuol bere? （ベノアにグラスを差し出す） 飲まれますか？
Benoit ベノア	Grazie! ありがとう！
Rodolfo e Colline ロドルフォと コルリーネ	Tocchiamo! *(Benoit, Rodolfo, Marcello e Schaunard seduti: Colline in piedi)*[3] *(tutti bevono)* 乾杯しましょう！ （ベノア、ロドルフォ、マルチェルロ、そしてショナールは座って、コルリーネは立った状態で） （一同グラスを傾ける）
Schaunard[4] ショナール	Beva! お飲みに！
Rodolfo[4] ロドルフォ	Tocchiam! 乾杯しましょう！

---

(1) 〈手〉〈総譜〉のものに加えて (con grande cordialità e premura＝そして気遣いを示して) とある。
〈台〉は (con esagerata premura＝大袈裟な気遣いを示して)
(2) 〈台〉(gli versa del vino＝彼に葡萄酒を注ぐ) とある。
(3) 〈台〉このト書きなし。
(4) 〈台〉この2人の台詞なし。

Benoit ベノア	*(depone il bicchiere e si volge nuovamente*[1] *a Marcello, mostrandogli la carta)* Quest'è[2] l'ultimo trimestre...	
	（グラスを置いて、改めてマルチェルロの方へ向き、紙を示して） これは ここ三か月分でして…	
Marcello マルチェルロ	*(ingenuamente)*[3] N'ho[4] piacere.	
	（何気ないふうに） それはけっこうですな。	
Benoit ベノア	E quindi...	
	それですから…	
Schaunard ショナール	*(interrompendolo)* Ancora un sorso.[5]	
	（彼の言葉をさえぎって） さらにもう一口。	
Benoit ベノア	Grazie!	
	ありがとう！	
Rodolfo e Colline[6] ロドルフォと コルリーネ	*(Rodolfo alzandosi)* Tocchiam!	
	（ロドルフォは立ち上がりながら） 乾杯しましょう！	
I Quattro 四人の仲間	*(Marcello e Schaunard alzandosi)*[7] Alla sua salute! *(toccando tutti il bicchiere di Benoit)*[8]	
	（マルチェルロとショナール、立ち上がりながら） あなたのご健康を祝して！ （全員、ベノアのグラスに盃を合わせて）	
	(Rodolfo, Schaunard e Marcello si siedono e tutti bevono: Colline va a prendere lo sgabello[9] *presso il cavalletto e siede anch'egli)*[10]	
	（ロドルフォ、ショナール、それにマルチェルロは座り、全員で飲む、コルリーネは画架のそばのスツール[9]を取りに行き、そして彼も座る）	

---

(1) 〈台〉"nuovamente＝改めて"なし。
(2) 〈台〉Questo è～
(3) 〈台〉(con ingenuità) 意味の上で違いはない。
(4) 〈台〉Ne ho～
(5) 〈台〉後に（riempie i bicchieri＝皆のグラスを満たす）とト書きあり。
(6) 〈台〉この台詞なし。
(7) 〈台〉このト書きなし。
(8) 〈台〉(toccando con Benoit＝ベノアとグラスを合わせながら) としている。
(9) 第1幕の小道具として〈台〉にはスツールが記されているが、〈総譜〉にはなく、矛盾している。
(10) 〈台〉(tutti bevono) のみ。

Benoit ベノア	*(riprendendo con Marcello)* A lei ne vengo[(1)], perchè il trimestre scorso mi promise...	

（マルチェルロに再び話し始めて）
あなたのとこへ参るのは
つまりここのとこ三か月分を
あたしに約束されたからで…

Marcello マルチェルロ	Promisi ed or mantengo. *(mostrando a Benoit gli scudi che sono sul tavolo)*[(2)]	

約束した、だから今、守ります。
（テーブルの上にある硬貨をベノアに示しながら）

Rodolfo ロドルフォ	*(con stupore,*[(3)] *piano a Marcello)* Che fai?	

（驚き慌てて、マルチェルロにそっと）
何する気だ？

Schaunard ショナール	*(piano a Marcello)* Sei pazzo?	

（マルチェルロにそっと）
頭が変に？

Marcello マルチェルロ	*(a Benoit senza badare ai due)* Ha visto? Or via resti un momento in nostra compagnia.	

（2人を気にかけることなく、ベノアに）
ご覧に？ さあ、それでは
しばし我われとお付き合いくださいな。

(con marcata intenzione)[(4)]
Dica: quant'anni ha
caro signor Benoit.

（明らかな底意があって）
教えてくださいよ、おいくつです、
親愛なるベノアさん。

Benoit ベノア	*(parlato)*[(5)] Gl'anni? Per carità!	

（話す調子で）
年？ ご勘弁を！

---

(1) 〈手〉venni と直説法遠過去で、「参ったのは」としている。
(2) 〈台〉この後に"Guardi＝見てくださいよ"と、台詞を入れている。
(3) 〈台〉con stupore はなし。
(4) 〈台〉このト書きなし。〈手〉ではこれの前に (coi gomiti appoggiati alla tavola;＝テーブルに両肘をついて) とある。
(5) 〈手〉(quasi parlato＝ほとんど話す調子で) としている。

Rodolfo ロドルフォ	Su e giù la nostra età. およそ我われの年齢ですね。
Benoit ベノア	*(quasi parlato*[1]*, protestando)* Di più, molto di più. *(mentre fanno chiacchierare Benoit, riempiono il bicchiere tosto che*[2] *l'ha vuotato)* (ほとんど話す調子で、反論して) もっと上、もっとずっと上ですよ。 (4人はベノアに喋らせる間、彼が飲み干すとすぐにグラスを満たす)
Colline コルリーネ	Ha detto su e giù. あいつはおよそといったんです。
Marcello マルチェルロ	*(abbassando la voce e con tono di furberia)* L'altra sera al Mabil[3] l'han[4] colto in peccato d'amor[5]! (声をひそめ、狡賢そうな口調で) いつぞやの晩、マビルで[6] 人があなたを見かけましてね、 罪な濡れ場のところを！
Benoit ベノア	*(inquieto)*[7] Io!? (そわそわして) あたしが!?
Marcello マルチェルロ	Neghi! 違うとでも！[8]
Benoit ベノア	Un caso. たまたま。
Marcello マルチェルロ	*(lusingandolo)*[9] Bella donna! (彼をおだてながら) 美人で！

(1) 〈台〉この部分なし。
(2) 〈台〉tosto che でなく appena となっているが、意味に違いはない。
(3) 〈台〉この後に（Eh ?!... = えっ ?!...）とベノアの一言が入っている。〈総譜〉の演奏ではこの行が繰り返され、2度目は Al Mabil... l'altra sera としている。
(4) 〈台〉l'hanno
(5) 〈台〉d'amore
(6) Mabille が原綴。パリの多くの公園の1つ。19世紀にはこのマビユ公園で野外ダンスパーティーが催されていた。原作ではミミと別れたロドルフがここのパーティーへ出かけ、新しい女性と知り合う場面もある。
(7) 〈台〉このト書きなし。
(8) 原文は命令法で、"(できるものなら) 違うと言え、しらばっくれてみろ" と脅す表現。
(9) 〈手〉(magnificando = 誉めそやして) としている。

Benoit ベノア	*(mezzo brillo, subito)*[1] Ah! molto.	
	(半ば酔い心地で、すぐさま) いやあ！ すこぶる。	
Schaunard ショナール	*(gli batte una mano sulla spalla)* Briccone![2]	
	(彼の一方の肩を叩く) なかなかの悪ですね！	
Colline コルリーネ	*(fa lo stesso sull'altra spalla)* Seduttore!	
	(もう一方の肩を同じようにする) 誘惑者ですな！	
Rodolfo ロドルフォ	Briccone!	
	なかなかの悪だ！	
Marcello マルチェルロ	*(magnificando)* Una quercia!... un cannone! Il crin ricciuto e fulvo.[3]	
	(誉めそやして) まるで樫の木で！… まるで大砲で！[4] 髪の毛は縮れて鳶色で。	
Rodolfo ロドルフォ	L'uomo ha buon gusto.	
	その男は趣味が良くて。	
Benoit[5] ベノア	*(ridendo)* Eh! Eh!	
	(笑いながら) ええ！ まあ！	
Schaunard ショナール	Briccon!	
	なかなかの悪ですな！	
Marcello マルチェルロ	Ei gongolava arzillo, pettoruto.[6]	
	彼は矍鑠として、胸を張り、ご満悦だった。	
Benoit ベノア	*(ringalluzzito)* Son vecchio, ma robusto.	
	(得意になって) 年はとってる、でも達者でして。	

(1) 〈台〉"con subito moto＝すぐに反応して"とある。
(2) 〈台〉ここ1回のみ、あとのロドルフォとショナールの同じ台詞は繰り返されない。
(3) 〈台〉ricciuto, fulvo と接続詞の e を入れていない。意味の違いは大きくないが、ない方が畳み掛けるような表現になる。
(4) 樫は心身の頑健さ、大砲は男性機能の強さの象徴。
(5) 〈台〉ベノアのこの台詞なし。この台詞と音符は符頭なし。
(6) 〈台〉arzillo e pettoruto と接続詞あり。意味に大きな違いはないが、e があることでベノアの様子が arzillo で pettoruto と 2 つに限定される感じがする。

Colline, Schaunard e Rodolfo[(1)] コルリーネ、 ショナール、 そしてロドルフォ	*(con ironica gravità)* Ei gongolava arzuto e pettorillo. （皮肉のこもった重々しさで） 彼は矍鑠たりと胸張って、ご満悦だった。
Marcello マルチェルロ	E a lui cedea[(1)] la femminil virtù. そこで彼には屈した、女の操も。
Benoit ベノア	*(in piena confidenza)* Timido in gioventù ora [(2)]me ne ripago!... Si sa, è uno svago qualche donnetta allegra[(3)]... e un po'... *(accenna a forme accentuate)* （すっかり気を許して） 若い時分には気弱、 で今、それを取りかえしてまして!… お分りのように、気散じで、 なにかこう、陽気な可愛い女は… それに少しばかり… （それと分る形をほのめかしながら） Non dico una balena, o un mappamondo, o un viso tondo da luna piena, ma magra, proprio magra, no[(4)], poi no! でもいっちゃいません、鯨みたいのや 地球儀みたいのや まん丸の顔とは、 満月みたいな、 でも痩せたのは、ほんとに痩せたのは、いや、やっぱりいけない!

---

(1) 〈台〉これと次のマルチェルロの台詞の順序が入れ代わっている。さらに次のマルチェルロの台詞は cedea のあとに ", punta dal dolce assillo＝甘いアブに刺されて、" が付け加えられている。
(2) 〈台〉この台詞を "È un dolce svago＝甘い気晴らしですよ" としている。
(3) 〈台〉allegra の前に "vispa＝元気の良い" も添えている。
(4) 〈台〉no e poi no！と接続詞を入れている。意味に大きな違いはないが、e が加わると少しゆったりした感じになるだろう。

	Le donne magre son[1] grattacapi e spesso sopraccapi... e son piene di doglie, per esempio: mia moglie... 痩せた女というのは厄介不快で でもってしばしば気苦労の種で… それに体じゅう痛みだらけ、 たとえば、あたしの女房など…
Marcello マルチェルロ	*(dà un pugno sulla tavola e si alza: gli altri lo imitano: Benoit li guarda sbalordito)*[2] Quest'uomo ha moglie e sconce[3] voglie ha[4] nel cor! (拳でテーブルを叩いて立ち上がる、他の者もそれに倣う、ベノアは呆気にとられて彼らを眺める) この男、妻があり それでいて淫らな欲望を 胸中にいだいている！
Schaunard e Colline[5] ショナールと コルリーネ	Orror! 恐ろしいこと！
Rodolfo ロドルフォ	E ammorba e appesta la nostra onesta magion![6] そして汚染し、毒する、 我われの高潔なる 住まいを！
Schaunard e Colline[7] ショナールと コルリーネ	Fuor! 出ていけ！
Marcello マルチェルロ	Si abbruci dello zucchero! 砂糖を燃やすんだ！[8]

(1) 〈台〉sono
(2) 〈台〉この後マルチェルロの様子に（terribile＝凄まじく）と、ト書きあり。
(3) 〈総譜〉、〈台〉共に sconcie としているが、対訳テキストでは正字法に従って sconce とした。
(4) 〈台〉"nutrisce！＝育んでいる"としている。
(5) 〈台〉ロドルフォも加えている。
(6) dimora としている。単語は異なるが意味に違いはない。
(7) 〈台〉マルチェルロも加えている。
(8) 悪魔を遠ざけるまじないの一種。

Colline コルリーネ	Si discacci il reprobo![1]	
	不心得者を追い出すんだ！	
Schaunard ショナール	È la morale offesa che vi scaccia!	
	貴様を追放するは冒された良風美俗である！	
Benoit ベノア	*(allibito, si alza e*[2] *tenta inutilmente di parlare)* Io di...[3]	
	（うろたえて、立ち上がり、無駄ながら何とか話そうとする） あたしは、その…	
Rodolfo, Marcello e Colline[4] ロドルフォ、 マルチェルロ、 そしてコルリーネ	*(circondano Benoit e lo spingono poco a poco verso la porta)* Silenzio!	
	（ベノアを囲み、少しずつ戸口の方へ押しやる） 黙りなさい！	
Benoit ベノア	*(sempre più sbalordito)* Miei signori!	
	（ますます呆気に取られて） 皆様がた！	
Rodolfo, Schaunard e Colline ロドルフォ、 ショナール、 そしてコルリーネ	Silenzio! Via signore!	
	黙りなさい！ 出ていきなさい、お客さん！	
I Quattro 四人の仲間	*(spingendo Benoit fuori dalla porta)* Via di qua!	
	（ベノアを扉から外へ押しやりながら） ここから出てけ！	

---

(1) 〈台〉この台詞を前の Fuor！の次においている。さらに、（maestoso＝厳めしく）とト書きが付されている。
(2) 〈台〉si alza e なし。
(3) di は "dico＝あたしの言いたいのは" と言おうとしてすべてを言わしてもらえず、di だけで単語が途切れたと考えられる。
(4) 〈台〉ここからベノアを追い出してしまうまで〈総譜〉と少し異なり、次のようになる。 **ショナール**: Faccia silenzio!＝静かになさい！ **全員**: （circondando Benoit e spingendolo verso la porta＝ベノアを取り囲み、それから彼を扉の方へ押しやりながら）Via, signore!＝出てってくれ、旦那！ **ベノア**: Discacciarmi?...＝あたしを追い払う？… **コルリーネ**: Silenzio!...＝黙れ！… **全員**: Via di qua!＝ここから出て行け！ **ベノア**: （sbuffando＝鼻息を荒くして）Tale oltraggio!... Un momento...＝こんな侮辱！… ちょっとだけ… **全員**: Vada via＝出ておいきなさい、/ e buona sera a vostra signoria.＝それでは良き宵を、閣下様に。（Benoit è cacciato fuori＝ベノアは外へ追い出される） **マルチェルロ**: （chiudendo l'uscio＝戸口を閉めながら）Ho pagato il trimestre.＝3月分、払ったぞ。 **全員**: （ridono＝笑う）Ah! Ah! Ah! Ah!＝は！は！は！は！

(tutti sulla porta guardando verso il pianerottolo della scala)
E buona sera a vostra signoria...
(ritornando nel mezzo della scena)
(ridendo)
Ah! ah! ah! ah![1]

(全員、戸口のところで踊り場の方を眺めながら)

それでは良き宵を、閣下様に…

(舞台の中央へ戻りながら)

(笑って)

あは！は！は！は！

Marcello Ho pagato il trimestre!
マルチェルロ *(chiude l'uscio)*

三か月分払ったぞ！
(扉を閉める)

Schaunard Al Quartiere Latin ci attende Momus.[2]
ショナール

ラテン区でモミュス[3]が我われを待ってるぜ。

Marcello Viva chi spende!
マルチェルロ

金を使えるやつめ、くたばれ！[4]

Schaunard Dividiamo[5] il bottin!
ショナール

戦利品を分けよう！

Rodolfo e Dividiam!
Colline[6] *(si dividono gli scudi rimasti sul tavolo)*
ロドルフォと
コルリーネ
分けよう！
(テーブルの上に乗ったままの硬貨を分け合う)

---

(1) 〈総譜〉笑い声の音符に符頭なし。
(2) 〈台〉センテンスの区切りと語順が異なり、"Momus ci attende. Al Quartiere Latino.＝モミュスが我われを待っている。ラテン区で。"となっている。
(3) カフェ・モミュス (Café Momus) を指す。モミュスの名の由来はギリシア・ローマ神話の誹謗と嘲笑の神。原作ではこのカフェはセーヌ右岸のサン・ジェルマン・ロセロワ街 (St. Germain l'Auxerrois) に位置するが、台本ではラテン区の真ん中でセーヌ左岸、マザラン街 (Rue Mazarin)、ドフィーヌ街 (Rue Dauphine)、サンタンドレ・デザール街 (Rue St. André des Arts)、旧コメディ街 (Rue de l'Ancienne Comédie)、ビュウシ街 (Rue de Buci) が交ってできる広場にある。
(4) ラテン区へくりだそう、と言われて、先立つ物のないマルチェルロとしては行くに行かれない。原文の逐語訳は「金を使う者、バンザイ」だが、この「バンザイ」は皮肉。「金のある者は使えていいだろうよ、まさに万歳だ、だが、ない者はどうすりゃいいんだ、面白くない」といった心境の表現。訳語は心境の方を訳出して「くたばれ」とした。それを受けてショナールは自分の稼ぎを皆で分けようと言う。
(5) 〈台〉意味は変らないが Spartiamo としている。そしてまた il bottino。
(6) 〈台〉この２人の台詞なし。

Marcello マルチェルロ	*(presentando uno specchio rotto a Colline)* Là ci son⁽¹⁾ beltà scese dal cielo: or che sei ricco, bada alla decenza. Orso, ravviati il pelo. *(sveste il camiciotto da lavoro e indossa l'abito)*⁽²⁾
	（コルリーネにひび割れた鏡を差し出しながら） あそこには天から舞い降りた美女たちがいる、 金持ちになったからには、身なりに気をつけろ。 熊め、毛並みをととのえろ。 （仕事用の上っ張りを脱ぎ、服を着る）
Colline コルリーネ	Farò la conoscenza la prima volta d'un barbitonsore. Guidatemi al ridicolo oltraggio d'un rasoio.⁽³⁾
	御目見えするか、 お初に髪床なるものに。 わたしめをお連れくだされ、馬鹿げた 剃刀の陵辱へと。
	Andiam!⁽⁴⁾
	参るとしよう！
Marcello, **Schaunard** **e Colline** マルチェルロ、 ショナール、 そしてコルリーネ	*(comicamente)* Andiam!
	（おどけて） 参るとしよう！
Rodolfo ロドルフォ	Io resto per terminar l'articolo di fondo del *Castoro*.⁽⁵⁾
	ぼくは残る、 仕上げるためにね、 『海狸新聞』⁽⁶⁾の社説を。
Marcello マルチェルロ	Fa presto.
	早くしろよ。

---

(1) 〈台〉ci sono
(2) 〈台〉このト書きなし。
(3) 〈手〉oltraggio del rasoio となっている。意味上大きな差異とはならないだろう。
(4) 〈台〉ショナールの台詞にしている。そして次のショナール、マルチェルロ、コルリーネの (comicamente) Andiam！なし。
(5) 〈台〉"del mio giornale: Il Castoro＝ぼくの新聞『海狸新聞』の"。
(6) 原作では『ル・カストール（Le Castor）』。モード紙で、特に婦人帽に関する記事を掲載していることになっている。

Rodolfo ロドルフォ	Cinque minuti. Conosco il mestier.[1] 五分さ。仕事のほどは心得てる。
Colline コルリーネ	T'aspetterem[2] dabbasso dal portier. 下の門番のところでおまえを待つとしよう。
Marcello マルチェルロ	Se tardi udrai che coro! 遅いと、大した合唱、聞くことになるぞ！
Rodolfo ロドルフォ	Cinque minuti.[3] *(prende dal tavolo[4] un lume e va ad aprire l'uscio: Marcello, Schaunard e Colline escono e scendono le scale[5])* 五分だよ。 (テーブルから燭台を取り、戸口を開けに行く、マルチェルロ、ショナール、そしてコルリーネは外へ出て階段を下りる)
Marcello マルチェルロ	*(nell'escire)*[6] Taglia corta la coda al tuo *Castor*![7] *(di fuori)* Occhio alla scala. Tienti alla ringhiera. (出がけに) きみの「海狸」のしっぽ、短くちょんぎれよ！ (戸口の外で) 階段に注意しろ。つかまれ、 手すりに。
Rodolfo ロドルフォ	*(sul pianerottolo, presso l'uscio aperto,*[8] *alzando il lume)* Adagio! (踊り場の上で、開いた扉の近くから、燭台をかざして) ゆっくりな！
Colline コルリーネ	*(di fuori)* È buio pesto! *(le voci di Marcello, Schaunard e Colline si fanno sempre più lontane)* (外で) 真っ暗やみだ！ (マルチェルロ、ショナール、そしてコルリーネの声、次第に遠のいていく)

(1) 〈台〉il mistiere
(2) 〈台〉Ti aspetterem、そしてまた dal portiere。
(3) 〈台〉この台詞なし。
(4) 〈台〉"dal tavolo＝テーブルから"なし。"ed apre l'uscio＝そして戸口を開ける"とある。
(5) 〈台〉la scala と単数になっているが、意味に違いはない。
(6) 〈台〉このト書きなし。
(7) 〈手〉Taglia la coda corta al tuo Castor! の語順。意味に違いはない。〈台〉ではこれはショナールの台詞、また al tuo Castoro としている。
(8) 〈台〉"sempre sull'uscio＝そのまま戸口のところで"。〈手〉"dalla porta d'uscita＝戸口の扉のところから"。

Schaunard[(1)] ショナール	Maledetto portier!	
	忌々しい門番め！	
Colline コルリーネ	*(gridando)*[(2)] Accidenti!	
	（大声を上げて） しまった！	
Rodolfo ロドルフォ	*(rapidamente)*[(3)] Colline, sei morto?	
	（すぐさま） コルリーネ、死んだか？	
Colline コルリーネ	*(lontano, dal basso della scala)*[(4)] Non ancor!	
	（遠くで、階段の下から） まだだ！	
Marcello マルチェルロ	*(più lontano)*[(5)] Vien presto! *(Rodolfo chiude l'uscio, depone il lume, sgombra un angolo del tavolo, vi colloca calamaio e carta,*[(6)] *poi siede e si mette a scrivere, dopo avere spento l'altro lume rimasto acceso)* *(Rodolfo scrive, s'interrompe, pensa, ritorna a scrivere)*[(7)]	
	（さらに遠のいて） 早く来いよ！ （ロドルフォ、扉を閉め、燭台を置き、テーブルの隅を片付け、そこにインク壺と紙をおき、それから明かりが点ったままのもう一つの燭台を消したのち、座って書き始める） （ロドルフォは書き、中断し、考え、また書く）	

---

(1) 〈台〉この後にマルチェルロの台詞とト書き "Bada.＝気をつけろ。(rumore d'uno che ruzzola＝誰かが転げ落ちる音)" がある。なおこのト書きは〈総譜〉では楽語として絃のパートに見られる。
(2) 〈台〉このト書きなし。
(3) 〈台〉(sull'uscio＝戸口で) としている。
(4) 〈台〉(dal basso＝下で) とのみ。
(5) 〈台〉(dal basso＝下で) としている。
(6) 〈台〉"sgombra un po' la tavola, prende calamaio e carta〜＝テーブルを少し片付け、インク壺と紙を取り〜" として、その後1センテンスで次のロドルフォの台詞のト書きの変形へと続き（(7)のト書きがないために）、"〜ma non trovando alcuna idea, s'inquieta, straccia il foglio e〜＝が、少しもアイデアが見つからず、苛々として紙を引き裂き、そして〜" となる。
(7) 〈台〉このト書きなし。

Rodolfo ロドルフォ	*(s'inquieta, distrugge lo scritto e getta via la penna)* *(sfiduciato)*[(1)] Non sono in vena.[(2)] *(Mimì bussa timidamente alla porta)*[(3)] Chi è là?	
	（苛立ち、書いたものを破り、そしてペンを放り出す） （気落ちして） 興がのらない。 （ミミがおずおずと扉をノックする） どなたです？	
Mimì ミミ	*(di fuori)* Scusi.	
	（外で） ごめんください。	
Rodolfo ロドルフォ	*(alzandosi)*[(4)] Una donna!	
	（立ち上がりながら） 女！	
Mimì ミミ	Di grazia, mi s'è spento[(5)] il lume.	
	恐れ入ります、明かりが消えてしまいまして。[(6)]	
Rodolfo ロドルフォ	*(corre ad aprire)* Ecco.	
	（ドアを開けに走る） さあ。	
Mimì ミミ	*(sull'uscio con un lume spento in mano*[(7)]*)* Vorrebbe?	
	（戸口のところで、火の消えた燭台を手にして） よろしかったら？	
Rodolfo ロドルフォ	S'accomodi un momento.	
	まあどうぞ、ちょっと。	
Mimì ミミ	Non occorre.	
	けっこうです。	

(1) 〈台〉このト書きなし。
(2) 〈台〉この台詞なし。
(3) 〈台〉(bussano timidamente all'uscio＝誰かがおずおずと扉をノックする) としている。
(4) 〈台〉このト書きなし。
(5) 〈台〉mi si è spento
(6) 原作では、同じ建物に住む女性が明かりをもらいに近くの部屋の男性を訪れる場面は18章「フランシーヌのマフ (Le Manchon de Francine)」に描かれている。この章は才能を開花する間もなく早世する彫刻家のジャック・D何某 (Jacques D...) と台本作家の序文にあるフランシーヌの悲恋の一話である。
(7) 〈台〉この後 "ed una chiave＝～と鍵を" とある。

Rodolfo ロドルフォ	*(insistendo)* La prego, entri. *(Mimì entra, ma subito*[1] *è presa da soffocazione)* *(premuroso)* Si sente male?[2] (言い張って) どうか、お入りに。 (ミミ、入ってくる、が、すぐに息苦しさに襲われる) (気遣って) 気分が悪いのですか？
Mimì ミミ	No... nulla. いいえ… なんとも。
Rodolfo ロドルフォ	Impallidisce! *(Mimì tossisce)*[3] 蒼ざめてますよ！ (ミミ、咳をする)
Mimì ミミ	Il respir...[4] Quelle scale... *(sviene e Rodolfo è appena in tempo*[5] *di sorreggerla ed adagiarla su di una sedia, mentre dalle mani di Mimì cadono e candeliere e chiave)* 息が… あの階段で… (気を失うが、ロドルフォは辛うじて間に合って彼女を抱きとめて椅子の上にそっと休ませ、その間にミミの手から燭台と鍵が落ちる)

---

(1) 〈台〉"ma subito＝だがすぐに" なし。
(2) 〈台〉この台詞の前にミミの声 Ah! が入る。
(3) 〈台〉(presa da tosse＝咳に襲われて) とある。
(4) 〈台〉"È il respir...＝呼吸なんです…" としている。
(5) 〈台〉a tempo であるが、意味の違いはない。

Rodolfo ロドルフォ	*(imbarazzato)* Ed ora come faccio?[1] *(va a prendere dell'acqua e ne spruzza il viso di Mimì)* Così! *(guardandola con grande interesse)* Che viso d'ammalata[2]. *(Mimì rinviene)* Si sente meglio?	
	（当惑して） さあそれで、どうすれば？ （水を取りに行き、それをミミの顔に振りかける） こうしてと！ （大いに興味深く彼女を眺めながら） なんて病人みたいな顔なんだ。 （ミミ、意識が戻る） 気分がよくなりましたか？	
Mimì ミミ	Sì.[3] ええ。	
Rodolfo ロドルフォ	Qui c'è tanto freddo.[4] Segga vicino al fuoco... *(Mimì fa cenno di no)*[5] Aspetti... un po' di vino...[6] ここはとても寒い。火のそばにおかけなさい… （ミミ、首を横に振る） 待ってください… 葡萄酒をすこし…	
Mimì ミミ	Grazie! ありがとう！	
Rodolfo ロドルフォ	*(le dà il bicchiere e le versa da bere)* A lei. （彼女にグラスを渡し、飲み物を注ぐ） さあ、あなたにですよ。	
Mimì ミミ	Poco, poco. 少し、ほんの。	
Rodolfo ロドルフォ	Così? このくらい？	

(1) 〈台〉台本は come faccio?... を強調して2度入れている。
(2) 〈台〉da malata としている。意味に変わりはない。
(3) 〈台〉(con un filo di voce＝か細い声で) とト書きあり。
(4) 〈台〉文頭に "Ma＝でも" が入っている。
(5) 〈台〉このト書きはなく、代りに (fa alzare Mimì e la conduce a sedere presso al camino＝ミミを立たせ、それから暖炉のそばに座るように連れて行く) とある。
(6) 〈台〉この後 (corre alla tavola e vi prende bottiglia e bicchiere＝テーブルのところへ走って行き、そこのビンとグラスを手に取る) とト書きがある。

Mimì ミミ	Grazie! *(beve)*
	ありがとう! (飲む)
Rodolfo ロドルフォ	*(ammirandola)* 〈Che bella bambina!〉
	(彼女に見とれながら) 〈なんて美しい女の子だ!〉
Mimì ミミ	*(levandosi, cerca il suo candeliere)* Ora permetta che accenda il lume. È tutto passato.
	(立ち上がり、自分の燭台を捜す) では、およろしければ 明かりをつけてください。すっかり治まりましたわ。
Rodolfo ロドルフォ	Tanta fretta?
	そんなにお急ぎに?
Mimì ミミ	Sì. *(Rodolfo scorge a terra il candeliere, lo raccoglie, accende e lo consegna a Mimì senza far parola)*[(1)]
	はい。 (ロドルフォは床の上の燭台に気づき、それを拾い上げ、明かりを点し、何も言わずにミミに渡す)
Mimì ミミ	Grazie! Buona sera. *(s'avvia per uscire)*[(2)]
	ありがとう! それでは。 (出て行こうとする)
Rodolfo ロドルフォ	*(l'accompagna sino all'uscio)*[(3)] Buona sera. *(ritorna subito al tavolo)*[(4)]
	(戸口までついていく) それでは。 (すぐさまテーブルに戻る)

---

(1) 〈台〉(Rodolfo accende il lume di Mimì e glielo consegna senza far parola=ロドルフォ、ミミの明かりを点け、それを彼女に何も言わずに渡す) としている。
(2) 〈台〉このト書きなし。
(3) 〈台〉fino all'uscio としているが、意味は変わらない。
(4) 〈台〉"al lavoro=仕事に" とある。

第1幕

Mimì *(interno)*[1]
ミミ Oh! sventata!
(rientrando in scena, e fermandosi sul limitare della porta che rimane aperta)[1]
La chiave della stanza[2]
dove l'ho lasciata?

（舞台裏で）
あっ！ うっかりして！
（舞台へ戻ってきて、開いたままの戸口の敷居のところに立ち止まって）
お部屋の鍵を
どこへおいてしまったのでしょう？

Rodolfo Non stia sull'uscio; il lume[3] vacilla al vento.
ロドルフォ *(il lume di Mimì si spegne)*

入り口にいてはいけません、明かりが風で揺れてますよ。
（ミミの明かりが消える）

Mimì Oh, Dio! torni[4] ad accenderlo.
ミミ
まあ、たいへん！ もいちど火をつけてくださいませ。

Rodolfo *(accorre con la sua candela[5], ma, avvicinandosi alla porta, anche il suo*
ロドルフォ *lume si spegne: la camera rimane buia)*
Oh, Dio!... Anche il mio s'è spento![6]

（自分の燭台を持って駆け寄る、が、戸口へ近づくと彼の明かりも消える、部屋は暗闇になる）
おっ、たいへんだ！… ぼくのも消えてしまった！

---

(1) 〈台〉のト書きは (esce, poi riappare sull'uscio = 出て行き、それから戸口に再び現われる) とのみ。
(2) 〈台〉La chiave della stanza! として、この後にロドルフォの "Eh?... = えっ？…" が入り、ミミの台詞が分断されている。
(3) 〈台〉この後に ", vede, = 、ほら、ご覧のように、" と一語入っている。
(4) 〈台〉Torni〜と、大文字にして2つのセンテンスにしている。
(5) 〈台〉この後 "per riaccendere quella di Mimì = ミミのをまた点けるために" がある。また後の：は "e = それで" になっている。
(6) ここから「Che gelida manina」のアリアまで、〈台〉と〈総譜〉が微妙に異なるため、台本のテキストを示しておきたい。**ロドルフォ**: Ecco... anche il mio s'è spento. = ああ…ぼくのも消えてしまった。/ Buio pesto. = 真っ暗闇だ。 **ミミ**: Ah! disgraziata! = ああ！わたし、困ったわ！/ E la chiave? = だけど鍵は？ (avanzandosi a tentoni incontra la tavola e vi depone il suo candeliere = 手探りで前へ進んでテーブルに触れると、そこへ自分の燭台を置く) **ロドルフォ**: Ove sarà? = どこだろう？ (si trova presso la porta e la chiude = 扉の近くにいて、扉を閉める) **ミミ**: Cerchi. = 捜してくださいませね。 (cerca la chiave sul pavimento strisciando i piedi: Rodolfo fa lo stesso e trovata la tavola vi depone egli pure il candeliere, poi torna a cercare la chiave tastando colle mani il pavimento = 床の上を摺り足しながら鍵を捜す、ロドルフォは同様にし、そしてテーブルが見つかるとそこへも燭台を置き、それからまた床を手探りで鍵を捜す) **ロドルフォ**: Cerco. Ah!... = 捜してます。あっ！… (la trova e la intasca = 鍵を見つけ、そしてポケットに入れる) **ミミ**: L'ha trovata? = 見つかりまして？ **ロドルフォ**: No... = いいえ… **ミミ**: Mi parve... = わたし、思えましたが… **ロドルフォ**: ...in verità! = …ほんとですよ！ **ミミ**: (confusa = 困惑して) Importuna è la vicina... = ご迷惑では、このご近所の女は… **ロドルフォ**: Cosa dice, ma per ! = 何をいうのです、まさか、とんでもない！ (guidato dalla voce di Mimì, Rodolfo finge di cercare mentre si avvicina ad essa: Mimì si china a terra e cerca a tastoni; Rodolfo colla sua mano incontra quella di Mimì, e l'afferra = ミミの声をたよりに、ロドルフォは捜す振りをしてその間に彼女に近づく、ミミは床に屈みこんで手探りで探す、ロドルフォは手がミミのに触れ、そこでその手を握る) **ミミ**: (sorpresa, rizzandosi = 驚き、立ち上がりながら) Ah! = まあ！

Mimì ミミ	*(avanzandosi a tentoni, incontra il tavolo e vi depone il suo candeliere)* Ah! E la chiave ove sarà?	

(手探りで前へ進んでテーブルに触れると、そこへ自分の燭台を置く)
ああ！ だけど鍵はどこでしょう？

Rodolfo *(si trova presso la porta e la chiude)*
ロドルフォ Buio pesto!

(扉の近くにいて、閉める)
真っ暗闇だ！

Mimì Disgraziata!
ミミ
わたし、困ったわ！

Rodolfo Ove sarà?
ロドルフォ
どこでしょうね？

Mimì Importuna è la vicina...
ミミ
ご迷惑ですわ、このご近所の女は…

Rodolfo *(si volge dalla parte ove ode la voce di Mimì)*
ロドルフォ Ma le pare?...

(ミミの声が聞こえる方へ向く)
まさか、そんなふうに？…

Mimì *(ripete con grazia, avvicinandosi ancora cautamente)*
ミミ ... importuna è la vicina.
(cerca la chiave sul pavimento, strisciando i piedi)

(用心深くさらに近づきながら、しとやかに繰り返す)
…このご近所の女はご迷惑ですわ。
(床の上を、摺り足しながら、鍵を捜す)

Rodolfo Cosa dice, ma le pare!
ロドルフォ
何をいうのです、まさか、とんでもない！

Mimì Cerchi!
ミミ
捜してくださいませね！

Rodolfo Cerco!
ロドルフォ *(urta nel tavolo, vi depone il suo candeliere e si mette a cercare la chiave, brancicando le mani sul pavimento)*

捜してます。
(テーブルにぶつかり、そこへ自分の燭台を置き、それから両手で床の上を撫で回しながら鍵を捜し始める)

Mimì Ove sarà?
ミミ
どこなのでしょう？

Rodolfo ロドルフォ	*(trova la chiave e lascia sfuggire una esclamazione, poi subito pentito mette la chiave in tasca)* Ah!⁽¹⁾

(鍵を見つけて⁽²⁾思わず叫びをもらす、が、そのあとすぐしまったと思い、鍵をポケットに入れる)
あっ！

Mimì ミミ	L'ha trovata?

見つかりまして？

Rodolfo ロドルフォ	No!

いや！

Mimì ミミ	Mi parve...

わたし、思えましたが…

Rodolfo ロドルフォ	In verità.

ほんとですよ。

Mimì ミミ	*(cerca a tastoni)* Cerca?

(手探りで捜す)
捜しておいでに？

Rodolfo ロドルフォ	Cerco! *(finge di cercare, ma, guidato dalla voce e dai passi di Mimì, tenta avvicinarsi ad essa)* *(Mimì china a terra, cerca sempre a tastoni: in questo momento Rodolfo si è avvicinato ed abbassandosi esso pure, la sua mano incontra quella di Mimì)*

捜してます！
(捜している振りをし、だがミミの声と足音をたよりに彼女に近づいていこうとする)
(ミミ、床に屈みこんでずっと手探りで捜す、するとそのときロドルフォが近づいていて、彼もやはり身を屈めると、彼の手がミミのに触れる)

Mimì ミミ	*(sorpresa)* Ah!⁽¹⁾

(驚いて)
まあ！

---

(1) 〈台〉これの音符に符頭なし。
(2) 原作では、鍵を見つけてそのことを隠すのは女性の方である。

Rodolfo
ロドルフォ
(tenendo la mano di Mimì,[1] *con voce piena d'emozione)*
Che gelida manina,
se la lasci riscaldar.
Cercar che giova? Al buio non si trova.
Ma per fortuna è una notte di luna,
e qui la luna l'abbiamo vicina.
(Mimì vorrebbe ritirare la mano)[2]

(ミミの手を握ったまま、感動に満ちた声で)
なんと冷たい可愛い手、
ぼくに温めさせてください。
捜してなんになるでしょう？ この闇では見つかりませんよ。
けれどさいわい月夜です、
それでぼくたちはここで月をそばにしています。
(ミミ、手を引っ込めようとする)

Aspetti, signorina,
[3]le dirò con due parole
chi son e che faccio, come vivo[4]. Vuole?
(Mimì tace: [5]*Rodolfo lascia la mano di Mimì, la quale, indietreggiando, trova una sedia sulla quale si lascia quasi cadere, affranta dall'emozione)*

待ってください、お嬢さん、
あなたにお話しましょう、ほんのひとことで、
ぼくが誰か、そして何をし、どう生きているか。いかがです？
(ミミ、黙している、ロドルフォはミミの手を放し、彼女は後退りしながら椅子に気づき、その上へ感動に打たれてぐったりしてほとんど倒れかかる)

Chi son!? Chi son? Sono un poeta.
Che cosa faccio? Scrivo.
E come vivo? Vivo.

ぼくは誰!? ぼくは誰か？ 詩人です。
何をしているか？ 書いています。
そしてどう生きているか？ 生きているんです。

---

(1) 〈台〉ここから後の部分なし。
(2) 〈台〉このト書きなし。
(3) 〈台〉この前に"e intanto＝とにかく"が入る。
(4) 〈手〉と〈台〉"chi son, che faccio e come vivo＝ぼくが誰で、何をして、そしてどう生きているか"。
(5) 〈台〉ここから後の部分なし。

In povertà mia lieta[(1)]
scialo da gran signore
rime ed inni d'amore.
Per sogni e[(2)] per chimere
e per castelli in aria
l'anima ho milionaria.

　ぼくは気楽な貧乏暮らしをしながら
　王侯のごとくほしいままにしています、
　愛の詩と賛歌を。
　夢を見、幻を追い、
　空中に楼閣を描けば
　ぼくは大富豪の心もちになります。

Talor dal mio forziere
ruban tutti i giojelli[(3)]
due ladri: gli occhi belli.
V'entrar con voi pur ora,
ed[(4)] i miei sogni usati
e i bei sogni miei[(5)]
tosto si dileguar[(6)]!

　ときたま、ぼくの宝庫から
　宝石をみな奪い去ってしまいます、
　ふたり組みの泥棒、美しい目という泥棒が。
　今もあなた[(7)]といっしょに入ってきて
　それでぼくのいつもの夢は
　それでぼくの美しい夢は
　すぐさま消え去ってしまいました。

---

(1) 〈台〉In mia povertà lieta の語順。
(2) 〈台〉接続詞の e でなく, にしている。意味上、大きな違いはないが、, とし、次行の e と組み合わせると、夢と幻と空中楼閣の3つの限定された感じが強まる。
(3) 〈台〉gioielli としている。
(4) 〈手〉接続詞の ed でなく、ah と感嘆詞にしている。
(5) 〈台〉この行の詩句なし。
(6) 〈台〉son dileguati と総譜の遠過去に対して近過去を使っている。日本語訳は変わらない。
(7) ロドルフォとミミは出会いからここまで相手に対して互いに敬称である lei を使って話をしてくる。が、ここで、ロドルフォはミミに対する「あなた」を con voi という表現で、同じ敬称でも儀礼性の強い Lei より温かい心情のこもる表現とも言える voi へと変える。すでにミミに好意を抱いていたロドルフォの気持ちの表れ、第一歩と考えられるだろう。ミミはこのあとのアリアでも lei のままでいる。

第１幕

> Ma il furto non m'accora,
> poichè v'ha preso⁽¹⁾ stanza
> la dolce speranza!⁽²⁾
> Or che mi conoscete,
> parlate voi, deh! parlate.⁽³⁾ Chi siete?
> Vi piaccia dir.⁽⁴⁾

けれど盗まれても悲しくありません、

なぜって、かわりに住みついたのですから、

甘い希望が！

これでぼくのことはお分りだから

あなたが話を、どうか！話してください。あなたはどなたです？

教えてくれる気になりますよう。

Mimì *(è un po' titubante, poi si decide a parlare)*⁽⁵⁾
ミミ *(sempre seduta)*
> Sì.
> Mi chiamano Mimì,
> ma il mio nome è Lucia.
> La storia mia
> è breve. A tela o a seta
> ricamo in casa e fuori...⁽⁶⁾

（ちょっとためらって、それから話すことにする）

（座ったまま）

そうですわね。

みんなわたしのことをミミっていいます、

でもほんとの名はルチーアですの。

わたしの身の上のお話は

簡単ですわ。いろいろな布や絹地に

自宅やよそに出向いて⁽⁷⁾刺繡をしていて…

> Son tranquilla e lieta
> ed è mio svago
> far gigli e rose.

わたしはおだやかで幸せで

そしてわたしの楽しみは

ユリやバラをそだてることです。

(1) 〈台〉vi ha preso としている。
(2) 〈台〉una dolce speranza と不定冠詞にしている。意味上大差はないだろうが、不定冠詞の方が speranza へのインパクトが弱い。〈総譜〉では演奏上の高音の選択肢として、dolce を抜いた la speranza を添えている。
(3) 〈台〉parlate voi. のみ。
(4) 〈台〉Vi piace dirlo ? ＝それを教えてくださるのはよろしいですか？
(5) 〈台〉このト書きなし。
(6) 〈台〉この後に２行 "in bianco ed a colori.＝白や色とりどりに。/ Lavoro d'ago,＝針仕事をしていて," が入り、son tranquilla～と続く。
(7) 「よそに出向いて」とは、自宅で刺繡することを求める依頼人の家へ行って仕事をすること。

Mi piaccion quelle cose
che han sì dolce malìa,
che parlano d'amor, di primavere,
che parlano[(1)] di sogni e di chimere
quelle cose che han nome poesia...

わたしはこういうものが好きですの、
とても甘い魔力をもっていて
そして愛のことや春のことを語ってくれるものが、
夢のことや幻のことを語ってくれるものが、
あの、詩という名をもつものが…

Lei m'intende?

お分りいただけまして？

Rodolfo
ロドルフォ

(commosso)[(2)]
Sì.[(3)]

(感動して)
ええ。

Mimì
ミミ

Mi chiamano Mimì:
[(4)]il perchè non so.

みんなわたしのことをミミって、
でもなぜかは分かりませんの。

(con semplicità)[(5)]
Sola, mi fo
il pranzo da me stessa.
Non vado sempre a messa,
ma[(6)] prego assai il Signor.

(素朴に)
ひとり、わたしは
自分で用意してお食事します。
いつも御ミサに行くわけではないけれど
でも主にはよくお祈りをします。

---

(1) 〈台〉前行の繰り返しの che parlano なし。
(2) 〈台〉このト書きなし。
(3) 〈台〉Sì, sì. と sì が繰り返されている。
(4) 〈台〉前に "ed=それで" がある。
(5) 〈台〉このト書きなし。
(6) 〈台〉ma <u>assai prego</u> il Signor<u>e</u>

第 1 幕

> Vivo sola, soletta,
> là in una bianca cameretta: [1]
> guardo sui tetti e in cielo,
> *(si alza)*
> ma quando vien lo sgelo [2]
> il primo sole è mio, [3]
> il primo bacio dell'aprile è mio!
> Il primo sole è mio!...

　　わたし、ひとりぽっちで暮らしています、

　　あっちの白い [4] 小さなお部屋で、

　　ですからながめていますの、屋根の上とお空を、

　　(立ち上がる)

　　でも雪どけのときがくると

　　最初の太陽はわたしのものです、

　　四月の最初の口づけはわたしのものですわ！

　　最初の太陽はわたしのもの！…

> Germoglia in un vaso una rosa...
> Foglia a foglia la spio!
> Così gentil
> il profumo d'un fior!
> Ma i fior ch'io faccio, ahime! non hanno odore!

　　鉢でバラが芽を出したら…

　　一枚一枚、葉をそっと見つめます！

　　あんなにも優しいなんて、

　　花の香りは！

　　でもわたしの刺す花には、悲しいことに！匂いがありませんの！

> Altro di me non le saprei narrare:
> sono la sua vicina
> che la vien fuori d'ora a importunare.

　　ほかにわたしについてあなたにお話することはないかと、

　　わたしはあなたのご近所の娘です、

　　ときならぬお時間にあなたをお邪魔しにくるそんな。

---

(1) 〈台〉この行と次行は "nella mia cameretta＝わたしの部屋で/che guarda i tetti e il cielo＝その部屋は家々の屋根と空が見えますの" とある。
(2) 〈手〉"ma al tempo dello sgelo＝でも雪解けのときには" としている。
(3) 〈台〉ここからの〈総譜〉の 8 行は、次のように 6 行となっている。il primo sole è mio. Col novo aprile＝最初の太陽はわたしのものです。新しい四月が来ると / una rosa germoglia＝バラが芽を出します、/ sul davanzal; ne aspiro a foglia a foglia＝窓台で、するとわたしは葉を一枚一枚、吸い込みます、/ l'olezzo... È sì gentil＝その匂いを…あんなにも優しいなんて、/ il profumo d'un fiore!＝花の香りは！/ Quelli ch'io fingo, ahimè! non hanno odore.＝わたしが見せかけに作るものは、悲しいことに！匂いがありませんの。〈手〉は〈総譜〉と同じだが、最後の 1 行は "Quelli ch'io faccio, ahimè, non hanno odore！＝わたしのつくるものには、悲しいことに、匂いがありませんの！"
(4) 白い部屋の「白い」は、壁が白いなど色彩としての白い意味するだろうが、また、家具などあまりない質素な、けれど清潔で奇麗だという印象を与える。

Schaunard ショナール	*(dal cortile)* Ehi! Rodolfo!	
	（中庭から） おい！ロドルフォ！	
Colline コルリーネ	*(dal cortile)* Rodolfo!	
	（中庭から） ロドルフォ！	
Marcello マルチェルロ	*(dal cortile)* Olà! Non senti?! *(alle grida degli amici Rodolfo s'impazienta)* Lumaca!	
	（中庭から） こら！聞こえないのか?! （友人たちの怒鳴り声にロドルフォは苛立つ） かたつむり！	
Colline コルリーネ	Poetucolo!	
	へっぽこ詩人！	
Schaunard ショナール	Accidenti al pigro! *(sempre più impaziente, Rodolfo a tentoni si avvia alla finestra e l'apre, spingendosi un poco fuori per rispondere agli amici che sono giù nel cortile: dalla finestra aperta entrano i raggi lunari, rischiarando così la camera)*	
	くそっ、 怠け者めが！ （ますます苛立ってロドルフォ、手探りで窓へ近づき、窓を開けると下の中庭にいる友人たちに返事をするために少し身を乗り出す、開いた窓から月の光が差し込んで、それにより部屋を明るく照らす）	
Rodolfo ロドルフォ	*(alla finestra)* Scrivo ancor tre righe[(1)] a volo.	
	（窓のところで） あと三行[(2)]、大急ぎで書くから。	
Mimì ミミ	*(avviandosi[(3)] un poco verso la finestra)* Chi son?[(4)]	
	（少し窓の方へ向って行って） どなたですの？	

---

(1) 〈手〉では〈総譜〉、〈台〉の "tre righe＝3行" に対して "due righe＝2行" としている。
(2) "三行" とはほんの数行の意味。イタリア語では数字の2、3、4はわずかを意味する。
(3) 〈台〉"avvicinandosi＝近づいて" としている。
(4) 〈台〉Chi sono?

Rodolfo ロドルフォ	*(rivolgendosi a Mimì)*[1] Amici.	

（ミミの方へ振り向いて）
友人たちです。

Schaunard ショナール	Sentirai le tue!

目玉を食らうぞ！[2]

Marcello マルチェルロ	Che te ne fai lì solo?

そこでひとりで何してるんだ？

Rodolfo ロドルフォ	Non son solo. Siamo in due.[3] Andate da Momus, tenete il posto, ci saremo[4] tosto! *(rimane ancora[5] alla finestra, onde assicurarsi che gli amici se ne vanno)*

ひとりじゃない。ぼくたち二人なのさ。
モミュスへ行って、席をとっといてくれよ、
ぼくらすぐ追いつくから！
（友人たちが行ってしまうのを確かめるためになおも窓のところに留まっている）

Marcello, **Schaunard** **e Colline** マルチェルロ、 ショナール、 そしてコルリーネ	*(allontanandosi)* Momus, Momus, Momus, zitti e discreti andiamocene via. *(Mimì, si avvicina ancora più alla finestra,[6] per modo che i raggi lunari la illuminano)*

（遠ざかりながら）
モミュス、モミュス、モミュス、
黙って気を利かして立ち去るとしよう。
（ミミ、さらにもっと窓に近づき、そのために月の光が彼女を照らし出すことになる）

Schaunard **e Colline** ショナールと コルリーネ	Momus, Momus,

モミュス、モミュス、

---

(1) 〈台〉このト書きなし。
(2) 原文の逐語訳は"おまえにふさわしいことを聞くことになるぞ"。ふさわしいこととは小言、叱責、文句等で、"こんなんだと叱られることになる、ひどい目に遭うことになる、覚悟しておけ"といった意味。
(3) 〈台〉Siam due. としているが、意味上の違いはない。
(4) 〈台〉ci sarem
(5) 〈台〉"ancora＝なおも"なし。
(6) 〈台〉"si è ancora avvicinata alla finestra＝さらに窓に近づいている"とある。

Marcello マルチェルロ	*(perdendosi)*[1] Trovò la poesia!	
	(遠のいていきながら) やつは詩を見つけたな！	
Schaunard e Colline[2] ショナールと コルリーネ	*(perdendosi)*[1] ... Momus, Momus, Momus!	
	(遠のいていきながら) …モミュス、モミュス、モミュス！	
Marcello マルチェルロ	*(molto lontano, ma quasi gridato)*[1] Trovò la poesia![3]	
	(ずっと遠くで、それでもほとんど怒鳴って) やつは詩を見つけたぞ！	
Rodolfo ロドルフォ	*(volgendosi, scorge Mimì avvolta come da un nimbo di luce, e la contempla, quasi estatico)* O soave fanciulla, o dolce viso di mite circonfuso alba lunar, in te ravviso[4] il sogno ch'io vorrei sempre sognar!	
	(振り向くと、光の雲に包まれているようなミミに気づき、そしてほとんどうっとりとして彼女に見とれる) 優美なおとめよ、甘きおもざしよ、 月のやわらな白き光につつまれし おまえのうちに見いだす、 わが常に夢見ていたきそんな夢を！	

---

(1)〈台〉これらのト書きなし。
(2)〈台〉次のマルチェルロのものも含めてショナール、コルリーネ、マルチェルロの3人の台詞としている。
(3)〈台〉il poeta trovò la poesia. とあり、「詩人は」と主語を入れている。
(4)〈台〉"in te, vivo ravviso＝おまえのうちに、鮮やかに見いだす"とある。

Fremon già nell'anima[1]
le dolcezze estreme.
(cingendo con le braccia Mimì)
Fremon nell'anima
dolcezze estreme,
nel bacio freme amor!
(bacia Mimì)

はや、魂のうちに打ち震える、
無上の甘さが。
(ミミに両腕を回しながら)
魂のうちに打ち震える、
無上の甘さが、
口づけのうちには打ち震える、愛が！
(ミミに接吻する)

Mimì *(assai commossa)*
ミミ Ah! tu sol comandi, amor!
Tu sol comandi, amore.
(quasi abbandonandosi)
Oh! come dolci scendono[2]
le sue lusinghe al core!...
Tu sol comandi, amor!

(すっかり感動して)
ああ！ おまえだけが統べているわ、愛よ！
おまえだけが統べていてよ、愛よ。
(ほとんど忘我の境で)
ああ！ なんと甘やかにふりそそぐのでしょう、
この人の愛そそる言葉は心に！…
おまえだけが統べていてよ、愛よ！

(svincolandosi)
No, per pietà!

(身を振り解きながら)
いけません、お願いです！

---

(1) 〈台〉ここからこのロドルフォの詩句の最後まで、〈総譜〉と少し異なり次のようになっている。
　Fremono dentro l'anima＝心のなかで震えている、/ già le ebbrezze supreme,＝すでにこよなく崇高な陶酔が、/ amor, nel bacio freme！＝そして愛が、口づけのうちに打ち震える！
(2) 〈台〉ミミの詩句はここからの3行のみで、前の2行とそのト書きはない。

Rodolfo ロドルフォ	*(dolcissimo)*[1] Sei mia![2]	

(甘くも甘く)
きみはぼくのもの！

Mimì ミミ	V'aspettan gli amici...[3]	

お友だちがあなたをお待ちですわ…

Rodolfo ロドルフォ	Già mi mandi via?	

ではもうぼくを追い払うの？

Mimì ミミ	*(titubante)*[4] Vorrei dir... ma non oso...	

(ためらって)
申したいのは… でもわたし、とても…

Rodolfo ロドルフォ	*(con gentilezza)*[4] Di'.	

(優しく)
いってみて。

Mimì ミミ	*(con graziosa furberia)*[5] Se venissi con voi?	

(愛らしい知恵から)
もしあなたとごいっしょしましたら？

Rodolfo ロドルフォ	*(sorpreso)*[6] Che? Mimì! *(insinuante)*[7] Sarebbe così dolce restar qui. C'è freddo fuori...	

(驚いて)
なんだって？ ミミ！
(意味ありげに)
ここにいればこうして快いのに。
外は寒いし…

(1) 〈台〉このト書きなし。
(2) ロドルフォはこれまでミミに敬称の lei、そして voi を使ってきたが、彼女に魅惑され、彼女への愛情と親しみがいよいよ募って、ここで敬称を親称の tu に変えて Sei mia! と語りかける。ミミの方はまだ親称の tu を使うまでの勇気はなく、lei より少し心を許した敬称である voi に変えるに留まって V'aspettan～と応える。ミミがロドルフォに親称の tu を使い始めるのは終幕直前、ロドルフォに乞われて口にする台詞 Io t'amo! (次ページ註(9)が付された台詞) である。なお、この前の二重唱に、ロドルフォの歌詞で in te ravviso、ミミの台詞で tu sol comandi と、tu が見られる。これらの tu は相手への言及であるのは明らかだが、詩句上はあくまでもロドルフォは「甘きおもざし」を"tu＝おまえ"、ミミは「愛」を"tu＝おまえ"と呼んでいる。この２つの tu が次に相手へ直接的に向けられる tu への橋渡しの役を果たすと考えられる。
(3) 〈台〉Gli amici aspettan... と、語順が異なり、また"v'＝あなたを"を抜いている。
(4) 〈台〉これらのト書きなし。
(5) 〈手〉(con civetteria＝媚を含んで) としている。
(6) 〈台〉このト書きなし。
(7) 〈台〉(con intenzione tentatrice＝誘惑したい意図から) としている。

Mimì	*(con grande abbandono)*[1]	
ミミ	Vi starò vicina!...	
	(とても打ち解けて)	
	あなたのそばにいるようにしますわ！…	
Rodolfo	E al ritorno?	
ロドルフォ	*(aiuta amorosamente Mimì a mettersi lo scialle)*[2]	
	じゃ、もどってきてから？	
	(ミミがショールを掛けるのを情愛込めて手伝う)	
Mimì	*(maliziosa)*	
ミミ	Curioso!	
	(いたずらっぽく)	
	おかしな方だこと！	
Rodolfo	*(con molta grazia a Mimì)*[3]	
ロドルフォ	[4]Dammi il braccio, [5]mia piccina...	
	(ミミに向かって非常に優雅に)	
	腕を貸したまえ、ぼくの可愛い子…	
Mimì	*(dà il braccio a Rodolfo)*[6]	
ミミ	Obbedisco, signor...	
	(s'avviano[7] *sottobraccio alla porta d'uscita)*	
	(ロドルフォに腕を出す)	
	仰せにしたがいます、ご主人様…	
	(腕を組み合って戸口の方へ向う)	
Rodolfo	Che m'ami dì.[8]	
ロドルフォ	ぼくを愛しているといってみて。	
Mimì	*(con abbandono)*	
ミミ	Io t'amo![9]	
	(escono)[10]	
	(打ち解けて)	
	わたし、あなたを愛していてよ！	
	(二人、出て行く)	

(1) 〈台〉このト書きなし。
(2) 〈台〉このト書きなし。
(3) 〈台〉このト書きなし。
(4) 〈台〉この前に "Andiamo.＝行こう。" と入っている。
(5) 〈台〉前に呼びかけの o があり、o mia piccina としている。
(6) 〈手〉(mettendo il suo sul braccio di Rodolfo＝ロドルフォの腕の上に自分のを掛けながら) としている。
(7) 〈台〉この後の部分なく、"s'avviano＝出かける" とのみ。
(8) 〈台〉"Dimmi che m'ami...＝愛しているとぼくにいって" としている。
(9) 〈台〉T'amo! として〈総譜〉と異なり、主語の Io を入れていない。ロドルフォの m'ami という言葉をそのまま受けて答えた表現と考えられるが、主語の Io があればミミの強い意思が込められていると解釈することもできる。
(10) 〈台〉このト書きなし。

Rodolfo e Mimì ロドルフォとミミ	*(di fuori)*[1] Amor! Amor! Amor!... *(perdendosi)*[1] (舞台裏で) 愛よ！ 愛よ！ 愛よ！… (遠のきながら)

(1) 〈台〉これらのト書きなし。〈手〉では（sotto il palco; lontano＝舞台下で、遠くなって）とある。

★ 手稿には、第1幕の最後のページに作曲者の手で次のように記されている。
Fine del I° atto — G. Puccini — ore 2 di notte — 8.6.95 — Milano＝第1幕終わり— G. プッチーニ — 夜2時 — 95年6月8日 — ミラノ

第2幕
QUADRO SECONDO

QUADRO SECONDO
第 2 幕

‹...Gustavo Colline, il grande filosofo; Marcello, il grande pittore; Rodolfo, il grande poeta; e Schaunard, il grande musicista — come essi si chiamavano a vicenda — frequentavano regolarmente il Caffè Momus dove erano soprannominati: I quattro Moschettieri: perchè indivisibili.

Essi giungevano infatti e giuocavano e se ne andavano sempre insieme e spesso senza pagare il conto e sempre con un "accordo" degno dell'orchestra del Conservatorio.›

‹Madamigella Musetta era una bella ragazza di venti anni...

Molta civetteria, un pochino di ambizione e nessuna ortografia...

Delizia delle cene del Quartiere Latino...

Una perpetua alternativa di brougham bleu e di omnibus, di via Breda e di Quartiere Latino.

— O che volete? — Di tanto in tanto ho bisogno di respirare l'aria di questa vita. La mia folle esistenza è come una canzone; ciascuno de' miei amori è una strofa, — ma Marcello ne è il ritornello.›[1]

《…大哲学者グスターヴォ・コルリーネ、大画伯マルチェルロ、大詩人ロドルフォ、大音楽家ショナールは —— 彼らがたがいに呼び合っていたところによればであるが —— カフェ・モミュスへ欠かさず通い、そこでは彼らがいつも離れずにいるために、四銃士とあだ名されていた。

事実、彼らは常にいっしょにやってきて、いっしょに遊び、いっしょに立ち去り、それもしばしば勘定を払わず、その段になると音楽学校のオーケストラにも匹敵する「そろい方」を発揮するのであった。》

《ムゼッタ嬢は二十歳の美しい娘であった…

大したあだっぽさ、ちょっぴりの野心、そして正しい綴りを書くのはまったく駄目で…

ラテン区の夕食に喜びをそえる花で…

いつもながら青塗りのブルーム型馬車[2]に乗っていたかと思うと乗合馬車に乗っていたり、ブレダ街にいたかと思うとラテン区にいたりといった具合。

—— まあ、だからってどうしろと？ —— わたしはこういう生活の空気を時に応じて吸う必要があるんです。わたしの気ままな生き方は歌みたいなもので、それでわたしの恋のひとつひとつは歌の一節、—— でもマルチェルロはそこにつけられるリフレーンてことですの。》

---

(1) 4人の人物についての記述は、原作の11章「ボヘミアンたちのカフェ (Un Café de la Bohème)」からの抜粋。ムゼッタに関しては原作の6章「ミュゼット嬢 (Mademoiselle Musette)」の記述による。

(2) 御者席が外にある2～4人乗りの四輪箱馬車で、英国の政治家ブルーム卿 (Lord Brougham) が最初に用いたことによる名称。ここの記述はムゼッタの生活が、自家用の贅沢な馬車に乗っているかと思うと乗合馬車に乗っていたり、粋筋の女性が多く住む優雅なブレダ街にいたかと思うと庶民的なラテン区にいたりと、時々の情況に応じて上下に変転することを表している。

AL QUARTIERE LATINO
ラテン区で

Un crocicchio di vie: nel largo vi prende forma di piazzale: botteghe, venditori di ogni genere — da un lato il Caffè Momus.

La vigilia di Natale[1] — Gran folla e diversa: Borghesi, Soldati, Fantesche, Ragazzi, Bambine, Studenti, Sartine, Gendarmi, ecc.[2] Nel largo del crocicchio Venditori Ambulanti gridano a squarciagola invitando la folla de' compratori. Separati in quella gran calca di gente si aggirano Rodolfo e Mimì da una parte, Colline presso alla bottega di una rappezzatrice: Schaunard ad una bottega di ferravecchi sta comperando una pipa e un corno; Marcello spinto qua e là dal capriccio della gente. Parecchi Borghesi ad un tavolo fuori del Caffè Momus. È sera. — Le botteghe sono adorne di lampioncini:[3] fanali accesi: un grande fanale illumina l'ingresso al Caffè[4].

四辻、それが広くなって広場の形をなしている、あらゆる種類の出店と物売り——一隅にカフェ・モミュス。

クリスマス・イヴ——様々な種類の夥しい数の群衆、それは男女の市民、兵士、女中、少年、幼い女の子、学生、お針子、憲兵、等々。四辻の広場で行商人が声を張り上げて群れをなす買い手を呼び寄せようと叫んでいる。そうした人々の雑踏の中で別々に、ロドルフォとミミは一方の側、コリリーネは古着屋の女の店近くにいる、ショナールは古道具屋でパイプとホルンを買おうとしている、マルチェルロは揺れ動く人波にあちこち押されている。カフェ・モミュスの外の１卓のテーブルについている大勢の市民。時は夕刻である。——出店は皆豆ランプで飾られている、明かりの点った幾本かの街灯、大きな１本の街灯がカフェの入り口を照らしている。

Venditori Ambulanti 行商人たち	*(sul limitare delle loro botteghe)* *(gridando)* Aranci, datteri! Caldi i marroni! Ninnoli, croci! Torroni! Panna montata![5]

（それぞれの出店の店先で）
（叫んで）
オレンジ、ナツメヤシ！　栗が焼けてるよ！
アクセサリー、十字架！　ナッツ入り飴！　泡だて生クリーム！

---

(1) 〈台〉クリスマス・イヴとのこの時の指定は第２幕冒頭の場所の指定のすぐ後に記されている。
(2) 〈台〉この後、"È sera.＝宵である"まで、この間の記述なし。
(3) 〈台〉: でなく "e＝それと" とあり、その場合は出店が豆ランプと灯火で飾られている、という意味にもなり得る。
(4) 〈台〉al Caffè Momus とモミュスの名を入れている。この後、"Il Caffè è affollatissimo così che alcuni Borghesi sono costretti a sedere ad una tavola fuori all'aperto.＝カフェは人であふれかえり、何人かの市民の客は店の外のテーブルに座らねばならないほどである" と、カフェ・モミュスについて説明あり。
(5) 〈手〉caldi marroni と定冠詞なしで、「熱い焼きたての栗」と他の商品と同列に叫んでいる。後には〈総譜〉と同じに caldi i marroni もあり。

La Folla[1] 群衆[2]	Ah! Ah! Quanta folla! Che chiasso!
	ああ！ ああ！ なんたる人出！ なんて騒ぎ！
Monelli 腕白な子供たち	Aranci, ninnoli! Caldi i marroni e caramelle! Torroni!
	オレンジ、アクセサリー！ 栗が焼けてる、 それからキャンデー！ ナッツ入り飴！
Venditori 商人たち	*(aggirandosi tra la folla ed offrendo la propria merce)* Caramelle! La crostata! Fringuelli, passeri! Fiori alle belle! Latte di cocco!
	（群衆の間をぐるぐる歩き回り、自分の商品を勧めながら） キャンデー！ タルト！ ヒワに スズメ！ 別嬪さんに花を！ ヤシの果汁！
La Folla 群衆	*(girando continuamente)* Quanta folla! Su, corriam! Stringiti a me. Che chiasso! Su, corriam! Date il passo, corriam!
	（絶えず歩き回りながら） なんたる人出！ さあ、早く行こう！ わたしによくつかまって。 なんて騒ぎだ！ さあ、早く行こう！ 道をあけてください、急いで行こう！

(1) 〈台〉"La folla＝群衆"として一纏めの台詞はなく、"Borghesi＝市民"、"Donne＝女たち"、"Studenti＝学生たち"、"Sartine＝お針子たち"、"Una Mamma＝母親の一人"（2度めの台詞からは"La mamma"と定冠詞）"、"Monelli＝腕白な子供たち"に分けてそれぞれに台詞を設定している。〈総譜〉と〈台〉で台詞の順序、ニュアンス等かなり異なるので、〈台〉の群衆の部分を整理して記しておく。 **市民たち**: Quanta folla!＝なんたる人出！ **女たち**: Che chiasso!＝なんて騒ぎかしら！ **学生たちとお針子たち**: Stringiti a me, corriam.＝ぼくによくつかまって、早く行きましょう。 **母親の1人**: (chiamando le sue figliuole＝娘たちを呼んで) Lisa! Emma!＝リーザ！ エンマ！ **市民たち**: Date il passo.＝道をあけてください。 **母親**: Emma, quando ti chiamo!＝エンマ、呼んでるでしょ！ **お針子たち**: Ancora un altro giro...＝もう一回り、ね… **学生たち**: Pigliam via Mazzarino.＝マザラン街を行こうよ。 **女たち**: Qui mi manca il respiro!...＝ここは息がつまるわ！… **市民たち**: Vedi? Il Caffè è vicino.＝ほらね？ カフェは近い。 **お針子たち**: (ammirando una bacheca＝ショウケースに見惚れながら) Oh! stupendi gioielli!＝まあ！ すごい宝石！ **学生たち**: (abbracciandole＝彼女たちを抱きかかえながら) Son gli occhi assai più belli!＝目はもっとずっときれいだよ！ **何人かの市民**: (scandolezzati＝不道徳と感じて憤慨して) Pericolosi esempi＝危険なことが / la folla oggi ci dà!＝今日はこの人込みのなかで起こるぞ！ **別の何人かの市民**: Era meglio ai miei tempi!＝われわれの時代はもっときちんとしてましたがね！ **腕白な子供たち**: Viva la libertà!＝好きなことしたいな！

(2) 〈総譜〉の楽譜に人物名として記された"la folla＝群衆"には「群衆は学生、お針子、腕白な子供たち、上層市民、そして大衆から成る」と説明が付されている。

Monelli 腕白な子供たち	Su, corriamo! su, corriam! Datteri, aranci! Latte di cocco!	

さあ、駆けてこう！ さあ、駆けてこう！
ナツメヤシ、オレンジ！ ヤシのジュース！

La Folla 群衆	Quanta folla! Su, partiam! Ah! Date il passo!	

なんたる人出！ さあ、向こうへ行こう！
ああ！ 道をあけてください！

La Folla al Caffè[1] カフェの群衆	*(gridando e chiamando i camerieri che vanno e vengono affaccendati)* *(gridando)* Presto qua! Camerier! Un bicchier! Corri! Birra! Da ber! Dunque? Un caffè! Da bere! Camerier!	

（大声をあげ、忙しく行ったり来たりしている給仕を呼んで）
（叫び声で）
早く、ここへ！ ボーイさん！ グラスひとつ！
急いで！ ビールを！ 飲み物だ！
ええと？ コーヒーをひとつ！
飲み物を！ ボーイさん！

Monelli 腕白な子供たち	Fringuelli e passeri! Caldi i marron!	

ヒワにスズメ！
栗が焼けてる！

Le Mamme[2] 母親たち	Emma, quando ti chiamo!	

エンマ、呼んでるでしょ！[3]

Monelli 腕白な子供たち	Voglio una lancia! Aranci, caldi i marron!... Datteri, ninnoli, aranci e fior!	

槍がほしいよ！
オレンジ、栗が焼けてる！…
ナツメヤシ、アクセサリー、オレンジ、それから花だよ！

---

(1) カフェの群衆としての台詞は〈総譜〉ではここと先のP.77で註(2)をつけた2箇所にあるが、〈台〉では "Al Caffè=カフェで" として一纏めに台詞がおかれている。単語はそれほど違わないが、その雰囲気、順序等にかなり差があるので、記しておこう。**カフェで**: Andiam, qua, camerier!=さあたのむ、ここへ、ボーイさん！ / Presto!=早く！ / Corri!=急いで！ / Vien qua!=ここへ来てくれ！ / A me!=わたしに！ / Birra!=ビールを！ / Un bicchier!=グラスをひとつ！ / Vaniglia!...=バニラを！… / Ratafià=ラタフィア酒を！ / Dunque? Presto!...=それから？ 早く！… / Da ber!=飲み物を！ / Un caffè!...=コーヒーをひとつ！… / Presto, olà!...=早く、いいから！…
(2) 〈台〉だけでなく〈手〉も "Una Mamma=母親の中の1人" としている。
(3) 原文は「呼んだときには？」が逐語訳であるが、叱責、注意の表現のパターンとして言外に「呼ばれたらどうするの？ すぐ来なければ駄目でしょ、すぐ来なさい」といった含みがある。

Venditori 商人たち	Latte di cocco! Giubbe! Carote!
	ヤシの果汁! 殿方用上着! キャロット菓子!
La Folla 群衆	Che chiasso, stringiti a me! *(si allontanano)* Quanta folla! Su, partiam! *(allontanandosi)*
	なんて騒ぎ、わたしにつかまっておいで! (遠のいていく) なんたる人出! さあ、向こうへ行こう! (遠のきながら)
Schaunard[1] ショナール	*(dopo aver soffiato nel corno che ha contrattato a lungo con un venditore di ferravecchi)*[2] Falso questo *Re*! Pipa e corno quant'è? *(paga)*[3] *(Rodolfo e Mimì, a braccio, attraversano la folla, avviati al negozio della modista)*
	(古道具屋と長いこと値切る交渉をしたホルンを吹いてみてから) この「ニ」の音は狂ってる! パイプとホルンでいくらに? (金を払う) (ロドルフォとミミ、腕を組んで、婦人帽の店の方へ向って人込みを掻き分けていく)

---

(1) 〈台〉ロドルフォ、ミミ、コルリーネ、ショナール、マルチェルロの登場前に次のようなト書きあり。(Nella folla si aggirano Rodolfo e Mimì.=群衆の中をロドルフォとミミ、歩き回る)。(Colline presso alla botte di una rappezzatrice, Schaunard a una bottega di ferravecchi sta comperando una pipa e un corno.=コルリーネは古着屋の段重ねの背負い店のそばに、ショナールは古道具屋の店でパイプとホルンを買っている)。(Marcello è spinto qua e là dal capriccio della gente.=マルチェルロ、人波にあちらこちら押し動かされている)。
(2) 〈台〉(soffia nel corno e ne cava fuori note strane=ホルンを吹き、調子の外れた音を出す) としている。そして"Re! Re! Re!...=レ! レ! レ!…"と文字があるが、これはホルンの音のつもりであろう。
(3) 〈台〉(tratta col ferravecchi=古道具屋と交渉する) としている。

Colline コルリーネ	*(presso la rappezzatrice che gli ha cucito la falda di uno zimarrone)*[1] È un poco usato... ma è serio e a buon mercato... *(paga poi*[2] *distribuisce con giusto equilibrio i libri dei quali è carico nelle molte tasche dello zimarrone)* （1枚の外套の裾を彼に売るために縫ってくれた古着屋の女のところで） ちょっと着てある… が、しっかりしているし、それに安い… （金を払い、それから本をたくさんある外套のポケットにうまく平均がとれるように分けて入れて持つ）
Rodolfo ロドルフォ	Andiam... 行こう…
Mimì ミミ	Andiam per la cuffietta?[3] ボンネットを買いに行くのね？
Rodolfo ロドルフォ	Tienti al mio braccio stretta... ぼくの腕にしっかりつかまっておいで…
Mimì[4] ミミ	A te mi stringo... あなたにつかまっていてよ…
Mimì e Rodolfo[4] ミミとロドルフォ	Andiam! *(entrano in una bottega da modista)*[5] 行きましょう！ （一軒の帽子屋へ入る）

---

(1)〈台〉(alla botte della rappezzatrice che gli sta cucendo la falda di uno zimarrone usato che egli ha appena comprato＝買ったばかりの古着の外套の裾を縫ってくれている古着屋の女の段重ね背負い店のところで) としている。
(2)〈台〉意味は変らないが e としている。
(3)〈台〉Per la cuffietta? とのみ。
(4)〈台〉この2つの台詞なし。
(5)〈台〉(entrano dalla modista＝帽子屋へ入る) とのみ。

Marcello マルチェルロ	*(tutto solo in mezzo alla folla, con un involto sotto al braccio*[2]*, occhieggiando le donnine che la folla*[3] *gli getta quasi fra le braccia)* Io pur mi sento in vena di gridar[4]: chi vuol, donnine allegre, un po' d'amor[4]! *(avvicinandosi ad una ragazza)*[5] Facciamo insieme... facciamo a vendere e a comprar[4]!...
	(群衆の間でたった1人、包みを抱えて、群衆にもまれて彼の腕の中へ飛び込んできそうになる女の子たちを物欲しげな目で見ながら) おれもやっぱり叫びたい気分になってきたぞ、 どなたかお望みでは、陽気なお嬢さんたち、ちょっと恋など! (1人の娘に近づきながら) いっしょにしようでは… 売ったり買ったりしようでは!…
Venditori 商人たち	Datteri! Trote! ナツメヤシ! 鱒!
Un Venditore ambulante ひとりの商人	Prugne di Tours![6] トゥール産のスモモだよ!
Marcello マルチェルロ	*(attraversando la scena)* *(gridando)* Io do ad un soldo il vergine mio cuor! *(la ragazza si allontana ridendo)*[7] (舞台を横切っていきながら) (叫び声で) おれは1スー[8]でおれの無垢な心をやるがね! (娘、笑いながら遠ざかる)

---

(1) 〈台〉このマルチェルロの台詞を前出のコルリーネの台詞の後、ロドルフォとミミの短い対話の前に入れている。
(2) 〈台〉意味は変らないが、sotto braccio としている。
(3) 〈台〉「群衆」という意味は同じだが、la calca という単語。
(4) 〈台〉gridare、d'amore さらに comprare。
(5) 〈台〉このト書きなし。
(6) 〈台〉(nel fondo, da via Vecchia Commedia, attraverso il crocicchio, passa un venditore di frutta secca, urlando a tutta gola=舞台奥で1人のドライ・フルーツ売りが旧コメディ街から十字路を横切って歩いていき、大声で叫んで) とト書きがあり、"Vere ed autentiche prugne di Tours.=正真正銘、本物のトゥール産プラム" としている。なおこの物売りの台詞はもっと後の、ロドルフォとミミがモミュスで仲間と合流する直前におかれている。
(7) 〈台〉このト書きなし。
(8) 原語のソルド (soldo) は、ローマ帝国時代にコンスタンティヌス帝によって鋳造された金貨ソリドに由来する貨幣単位で、ゴート族、フランク族、ロンゴバルド族の間でも使われ、イタリアでは中世から第2次大戦開始時期まで存続した。イタリア王国成立後の1862年からは1ソルドは20分の1リラであり、5チェンテジモにあたる。フランスの貨幣単位でこれに相当するのがスー (sou) であるので、パリを舞台とするこのドラマではフランス式の呼び名にして「スー」と訳した。

第2幕

Schaunard ショナール	*(va*⁽¹⁾ *a gironzolare avanti al Caffè Momus, aspettandovi gli amici: intanto, armato della enorme pipa e del corno da caccia, guarda curiosamente la folla)* *(entra un gruppo di venditrici)* Fra spintoni e pestate accorrendo⁽²⁾ affretta la folla e si diletta nel provar gioje⁽³⁾ matte insoddisfatte...⁽⁴⁾
	(カフェ・モミュスの前へ行ってブラブラしながら友人たちを待つ、その間、何とも大きなパイプと狩猟用ホルン⁽⁵⁾を携えて群衆を興味深く眺めている) (女の物売りの一団が登場) 押し合いへし合い駆けるようにして 群衆どもは急ぎ、そして楽しんでいる、 狂おしい、つきることない喜びを味わいながら…
Venditrici⁽⁶⁾ 女の物売りたち	Ninnoli, spilletti! Datteri e caramelle!
	アクセサリー、ブローチを！ ナツメヤシにキャンディーを！
Venditori ambulanti 行商人たち	Fiori alle belle!
	別嬪さんに花を！
Monelli 腕白な子供たち	Ah!
	ああ！
Colline コルリーネ	*(se ne viene al ritrovo*⁽⁷⁾*, agitando trionfalmente un vecchio libro)* Copia rara, anzi unica; la grammatica runica!
	(意気揚々と1冊の古書を振り回しながら集合場所へやってくる) 珍本だ、それどころかこれのみだ、 ルーネ語⁽⁸⁾に関する文法書だからな！

---

(1) 〈台〉viene とあり、大差はないが「(前へ) 来て」となる。
(2) 〈台〉"ansando＝息を切らしながら" としている。
(3) 〈台〉"voglie matte＝狂おしい望み" としている。
(4) 〈台〉この後2行 "Se la spassa così con poche spese＝こんな風にわずかな買い物なぞして楽しんでいる、／il buon ceto borghese.＝罪のない市民層は。" と入れている。
(5) 前のト書きでは corno と単にホルンであるが、ここでは「狩用」とあり、これは原作の記述にそうあることによるのだろう。
(6) 〈台〉〈総譜〉と異なり、〈総譜〉ではこの後処々に入れている商人、物売り、子供、群衆等の台詞を主役たちのそれのどこに割り振って入れるか、その配置は指示していない。
(7) 〈台〉この後、agitando の前に "avvolto nel zimarrone troppo lungo per lui e che gli fa intorno pieghe da toga romana,＝彼には長過ぎ、さらに古代ローマの上着であるトーガのような襞が体の回りにぐるっとできた外套に包まれて" と入れている。
(8) ルーネ語と訳したが、ルーネとは言語名でなく、ルーネ文字といわれる文字が用いられた言語というほどの意味。これらはゲルマン系言語圏で主に北欧民族により12世紀ころまで使われた。

Schaunard ショナール	*(giunge*[1] *alle spalle di Colline, compassionandolo)* Uomo onesto![2]	
	（コルリーネの背後へやって来て、彼を哀れむふうに） 罪のない男だよ！	
Marcello マルチェルロ	*(arrivando al Caffè Momus, grida a Schaunard e Colline)*[3] A cena![4]	
	（カフェ・モミュスへ到着して、ショナールとコルリーネに怒鳴る） 晩飯といこう！	
Schaunard e Colline ショナールと コルリーネ	Rodolfo?[5] ロドルフォは？	
Marcello マルチェルロ	Entrò da una modista.[6] 婦人帽の店へ入っていった。	
Rodolfo[7] ロドルフォ	*(uscendo dalla Modista insieme a Mimì)* Vieni, gli amici aspettano.	
	（ミミと一緒に婦人帽子店から出てきながら） おいで、仲間が待っている。	

---

(1) 〈台〉che giunge in quella ～と、「彼は」と関係代名詞、そして「その時」が加えられている。
(2) 〈台〉"Che uomo onesto!...=なんと罪のない男だよ！…"としている。
(3) 〈台〉(arriva al Caffè Momus, e vi trova Schaunard e Colline=カフェ・モミュスへ到着する、そしてそこにショナールとコルリーネを見つける）とある。
(4) 〈台〉"A cena, presto=夕食だ、早いとこ"とある。
(5) 〈台〉"E Rodolfo?=で、ロドルフォは？"とある。
(6) 〈台〉前に次の3行あり。"Pur or, nella trista=それが今、けしからん／compagnia di quel tirchio creditore=あのけちくさい取りたて屋に取り付かれている、／che si chiama: l'amore,=愛という名の、"
(7) 〈台〉ここからのロドルフォとミミの対話は、前の「一軒の帽子屋へ入る」とある卜書きのすぐ後に続く。が、互いに「幸せか？」と尋ね合う箇所までの間、台詞、卜書きともに〈総譜〉と少し異なるので、記しておく。(Rodolfo e Mimì escono dalla bottega=ロドルフォとミミ、店から出てくる) **ロドルフォ**: (a Mimì=ミミに) Vieni, gli amici aspettano. =おいで、仲間が待っている。 **ミミ**: È da un pezzo=少し前からですの、／che mi struggevo d'una=とても欲しかったのは、ひとつ／cuffietta rosa. Mi sta ben?=ピンクのボンネットが。わたしに似合うかしら？ **ロドルフォ**: Sei bruna=きみは黒っぽい髪だ、／e quel color ti dona.=だからその色はきみに映える。 **ミミ**: (guardando con rimpianto verso la bottega della modista=帽子屋の店の方を残念そうに見ながら) O che bel vezzo まあ、なんてきれいな首飾り、／di corallo.=サンゴの。 **ロドルフォ**: Ho uno zio=おじがいて、／quasi nonagenario e milionario.=もう90歳ほどで億万長者なのだ。／Se fa senno il buon Dio=もし善なる神が気を利かせたまえば／voglio comprarti un vezzo assai più bello.=きみにもっとずっときれいな首飾りを買ってあげよう。(a un tratto, vedendo Mimì guardare, si volge egli pure sospettoso=突然、ミミが誰かに目を向けるのを見て、彼もやはり疑わしげに振り向く) Che guardi?...=何を見てるの？ **ミミ**: Sei geloso?=焼きもち焼いてなの？ **ロドルフォ**: Un vice Otello.=オテッロばりさ。／All'uom felice sta il sospetto accanto.=幸福な男のそばには疑いがつきものなんだ。 **ミミ**: Sei felice?=あなたは幸福かしら？ (stringendola sotto braccio=片腕を彼女に回して抱いて) Sì, tanto. E tu?=そう、とてもね。で、きみは？ **ミミ**: Sì, tanto.=ええ、とても。(Mimì e Rodolfo raggiungono gli amici=ミミとロドルフォ、友人たちに合流する)

第2幕

Venditori ambulanti[(1)]
行商人たち

Panna montata!
Latte di cocco!

泡立て生クリーム！
ココナツヤシの果汁！

Mimì
ミミ

(accennando ad una cuffietta che porta graziosamente)
Mi sta bene questa cuffietta rosa?
(Marcello, Schaunard e Colline cercano se vi fosse un tavolo libero fuori del Caffè all'aria aperta; ma ve n'è uno solo ed è occupato da onesti borghesi. I tre amici li fulminano con occhiate sprezzanti, poi entrano nel Caffè)

（優雅に被ったボンネットを指しながら）
このピンクのボンネット、わたしに似合って？
（マルチェルロ、ショナール、そしてコルリーネはカフェの外に空いた屋外テーブルがあるかどうか探す、だがそれは1つだけで、善良なる市民達に占領されている。3人の仲間は軽蔑的な眼差しで彼らを睨みつけ、それからカフェの店内へ入る）

Monelli
腕白な子供たち

Latte di cocco!

ココナツヤシのジュースだって！

Venditori ambulanti
行商人たち

Oh! la crostata!
Panna montata!

さあ！ パイ菓子を！
泡立て生クリームを！

Dal Caffè[(2)]
カフェから

Camerier!
Un bicchier!
Presto, olà!
Ratafià!

ボーイ！
グラスをひとつ！
急いでくれ、いいな！
ラタフィア酒[(3)]を！

Rodolfo
ロドルフォ

Sei bruna e quel color ti dona.

きみは黒っぽい髪だ、だからその色は映えるよ。

---

(1)〈台〉ではこのあたりの人々の動きを纏めたト書きがある。それを記しておこう。(la folla si espande per le vie adiacenti. Le botteghe sono piene di compratori che vanno e vengono. Nel caffè sempre movimento di persone che entrano, escono e si avviano chi per una strada, chi per un'altra. Passato il primo momento di confusione, il crocicchio diventa luogo di passaggio, animatissimo sempre＝人群れは辺りの道という道に広がる。出店は来たり去ったりする買い物客であふれている。カフェでは絶えず出たり入ったりする人々の動き、そして出てきた人々はある者はこの道、ある者はあの道へと足を進めていく。人々の騒然とした最初の一時を過ぎると、十字路は相変わらず大いに活気に満ちた人々の行き来の場となる。)
(2) P.71の註(1)を参照。
(3) サクランボ等の発酵させた果汁にアルコールと砂糖を加えて作るリキュール。

Mimì　*(ammirando la bacheca di una bottega)*
ミミ　　Bel vezzo di corallo!

　　　　(一軒の店のガラスケースに見惚れながら)
　　　　きれいなサンゴの首飾り!

Rodolfo　Ho uno zio milionario.
ロドルフォ　Se fa senno il buon Dio
　　　　voglio comprarti un vezzo assai più bel!
　　　　(Rodolfo e Mimì, in dolce colloquio, si avviano verso il fondo della scena e si perdono nella folla)[(1)(2)]

　　　　ぼくは億万長者のおじがいるんだ。[(3)]
　　　　もし善なる神が気をきかせたまえば
　　　　きみにもっとずっときれいな首飾りを買ってあげるよ!
　　　　(ロドルフォとミミは甘い会話を交わしながら舞台奥の方へ向って行き、群衆の中に紛れる)

　　　　(ad una bottega del fondo, un venditore monta su di una seggiola, con grandi gesta, offre in vendita delle maglierie, dei berretti da notte, ecc. Un gruppo di ragazzi accorre intorno alla bottega, e scoppia in allegre risate)

　　　　(舞台奥の1軒の出店で商人が椅子に上がって大袈裟な身振りで編み物の衣類、ナイト・キャップ等を売りに出す。子供の一団がその店の周りに走りより、どっと陽気な笑い声を立てる)

---

(1) 〈台〉ロドルフォとミミが仲間に合流するまでの3人の仲間の行動について、〈台〉は〈総譜〉と異なり、次のようにト書きが1箇所にまとめられている。(Marcello, Schaunard e Colline entrano nel Caffè Momus, ma ne escono quasi subito, sdegnati di quella gran folla che dentro si stipa chiassosa. Essi portano fuori una tavola e li segue un cameriere per nulla meravigliato di quella loro strambería di voler cenare fuori: i borghesi alla tavola vicina, infastiditi dal baccano che fanno i tre amici, dopo un po' di tempo s'alzano e se ne vanno=マルチェルロ、ショナール、そしてコルリーネ、カフェ・モミュスへ入る、が、ほとんどすぐ店の中で群がって騒いでいる多くの人々に腹を立てて出てくる。3人はテーブルを1台外へ運び出し、その後に給仕が、外で夕食をしたいという彼らの気紛れに全く驚く風もなくやってくる、近くのテーブルの市民は3人の仲間が繰り広げる馬鹿騒ぎにうんざりし、しばらくすると立ち上がって出て行く)。
(2) 〈手〉この後 "**女たち**: Qui mi sento soffocar...=わたしはここだと息がつまりそう…" と入る。
(3) ロドルフォの「金持ちのおじ」という言葉はけしてその場の出任せの言葉ではない。原作の小説では、おじとのエピソードの章がある。おじは暖炉製造業だが、下宿を追われて街中をふらついていたロドルフは彼と出会う。金欠のロドルフに彼は経済的支援を授けるが、代わりに文筆の才をおじの商売の宣伝文に使うよう約束させる。ボヘミアンのロドルフがおじのための仕事に専念できるわけもなく、自由を求めて逃げ出すことになる。小説から脚色された舞台劇ではおじが大きな役割を果たす。先ず、芝居は3人のボヘミアンとその仲間の女たちがロドルフのおじの豪勢な館へ入り込む場面から始まる。そしてボヘミアンたちは館内で、おじの差し金で金持ちの未亡人と結婚の約束をさせられそうな状況にあって、相手の婦人を待っているロドルフと知り合う。彼らを見てロドルフはボヘミアンの暮らしに共感、おじの館を逃げ出し、捨て子として育ったミミと恋仲になる。このミミは小説と大分異なり、ひたすら相手に愛と献身を捧げる可憐な女性だが、おじは打算の結婚を甥に望み、ミミに別れ話をもちかける。その意に従って《椿姫》に紛う健気さでミミは身を引く。全5幕の事の推移を経て、ドラマはロドルフ、ミミ、おじ、金持ちの未亡人の和解へ向うが、それはミミ臨終の時である。

Monelli 腕白な子供たち	*(ridendo)*[1] Ah, ah, ah, ah! （笑って） ハ、ハ、ハ、ハ！
Sartine e Studenti お針子たちと 学生たち	*(accorrendo nel fondo, presso i monelli)*[2] *(ridendo)* Ah! ah, ah, ah! （舞台奥で腕白な子たちのそばへ走り寄りながら） （笑って） ハ！ ハ、ハ、ハ！
Borghesi 男女の市民たち	Facciam coda alla gente! Ragazze, state attente! Che chiasso! Quanta folla! みんなのあとについて行きましょうよ！ 女の子たち、注意するんだぞ！ なんて騒ぎ！ 大した人出！ *(avviandosi per via Mazzarino)* Pigliam via Mazzarino! Io soffoco, partiamo! Vedi il Caffè è vicin! Andiam là, da Momus! *(entrano nel Caffè)* （マザラン街へ向いながら） マザラン街[3]を通ろう！ わたしは息がつまりそう、行きましょう！ ごらん、カフェが近い！ あそこへ、モミュスへ行こう！ （カフェに入る）
Venditori 商人たち	*(dalle botteghe)* Oh! la crostata! Panna montata! Fiori alle belle! （出店のところで） さあ！ タルトを！ 泡立て生クリームを！ 別嬪さんに花を！

---

(1) 〈手〉(ridendo) の代わりに (osservando una bottega dove sta un uomo che ridicolmente chiama la folla＝滑稽な様子で人々を呼び込もうとする1人の男がいる出店を覗き見ながら) となっている。
(2) 〈手〉(dal fondo osservando come fanno i ragazzi＝舞台奥で子供たちがするのと同じように覗き見ながら)。そして次の (ridendo) なし。
(3) 原語では「マッツァリーノ街」であるが、パリが舞台であり、また実在する街路であるので、フランス語の発音による仮名書きにしてマザラン街とした。この街路については第1幕のモミュスの註で記したが、その説明で広場と道の位置関係を思い描いていただけるよう望みたい。

Monelli 腕白な子供たち	*(accorrendo ad altra bottega)* Oh! la crostata! Panna montata! Ninnoli, datteri, caldi i marron!	

(別の出店へ走り寄りながら)
あっ！ パイ菓子だ！ 泡立て生クリームだ！
アクセサリーだ、ナツメヤシだ、栗が焼けてる！

(molta gente entra da ogni parte e si aggira per il piazzale, poi si raduna nel fondo)

(多くの人々が四方八方から入ってきて、広場をぐるぐる歩き、そのうち奥の方にまとまる)

Venditori 商人たち	Aranci, datteri, ninnoli, fior! Fringuelli, passeri, panna, torron!

オレンジ、ナツメヤシ、アクセサリー、花を！
ヒワ、スズメ、生クリーム、ナッツ入り飴を！

(Colline, Schaunard e Marcello escono dal Caffè portando fuori una tavola: li segue un cameriere colle sedie: i borghesi al tavolo vicino, infastiditi dal baccano che fanno i tre amici, dopo un po' di tempo s'alzano e se ne vanno)
(s'avanzano di nuovo Rodolfo e Mimì: questa osserva un gruppo di studenti)

(コルリーネ、ショナール、そしてマルチェルロはカフェからテーブル1卓を外へ運びながら出てくる、給仕が1人、椅子を持って彼らの後に続く、近くのテーブルの市民は3人の仲間が繰り広げる馬鹿騒ぎにうんざりさせられて、しばらくすると立ち上がり、立ち去る)
(ロドルフォとミミ、再び進み出てくる、彼女は学生の一団に注目する)

Rodolfo ロドルフォ	*(con dolce rimprovero)* Chi guardi?...

(優しく非難を込めて)
誰を見てるの？…

Colline コルリーネ	Odio il profano volgo al par d'Orazio.

ホラティウス[1]同様、おれは俗な民衆を憎悪する。

Mimì ミミ	Sei geloso?

焼きもち焼いておいでなの？

Rodolfo ロドルフォ	All'uom felice sta il sospetto accanto.

幸福な男のそばに疑いはつきものなんだ。

---

[1] 紀元前1世紀のローマの詩人ホラティウスの「頌歌」第3巻1章にある "Odi profanum vulgus et arceo＝俗界の庶民を憎む、して私は遠ざける" を指した言葉と考えられる。

Schaunard ショナール	Ed io quando mi sazio vo' abbondanza di spazio...[1]
	それと、ぼくは、腹いっぱいにするときは 広々自由な場所がほしい…
Mimì ミミ	Sei felice?
	あなたは幸福かしら？
Marcello[2] マルチェルロ	(al cameriere) Vogliamo una cena prelibata. Lesto!
	(給仕に) 我われ、とびきりうまい夕食を望んでてね。 急いでくれ！
Schaunard ショナール	Per molti!
	大人数分を！
Rodolfo ロドルフォ	Ah, sì, tanto! E tu?
	ああ、そうだよ、とてもね！ で、きみは？
Mimì ミミ	Sì, tanto!
	ええ、とても！
Studenti e Sartine 学生たちと お針子たち	Là, da Momus! Andiam! (entrano nel Caffè)
	あそこの、モミュスで！ 行きましょう！ (カフェに入る)
Marcello, **Schaunard** **e Colline**[3] マルチェルロ、 ショナール、 そしてコルリーネ	(al cameriere che corre frettoloso entro al Caffè, mentre un altro ne esce con tutto l'occorrente per preparare la tavola) Lesto!
	(カフェの中で忙しく駆け回る給仕に向かって、が、別のひとりがテーブルを設えるためにすべての必要な物を持って出てくる) 急いでくれ！
	(Rodolfo e Mimì s'avviano al Caffè Momus)
	(ロドルフォとミミ、カフェ・モミュスの方へ向う)

---

(1)〈台〉この後にマルチェルロの台詞が入り、"(al cameriere＝給仕に) Lesto！＝早くな！"とある。
(2)〈台〉マルチェルロと次のショナールの台詞の順序が入れ代わり、またマルチェルロの台詞は"E subito！＝それに急いで！ / Vuol essere una cena prelibata.＝とびきりうまい夕食が望ましい"となっている。
(3)〈台〉この3人の台詞なし。

Parpignol[1] パルピニョール	*(interno, lontano)* Ecco i giocattoli di Parpignol! （舞台裏で、遠くから） パルピニョールのおもちゃにございッ！
Rodolfo ロドルフォ	*(si unisce agli amici e presenta loro Mimì)*[2] Due posti! （仲間と合流し、彼らにミミを紹介する） 席をふたつ！
Colline コルリーネ	Finalmente?![3] やっとか?!
Rodolfo ロドルフォ	Eccoci qui.[4][5] さあ、ぼくらも到着したよ。
	Questa è Mimì,[6] gaja fioraja. Il suo venir completa la bella compagnia, perchè son io[7] il poeta; essa la poesia. これはミミ、 明るい花作りのお嬢さんだ。 彼女の到来は完全にしてくれる、 この素晴しい仲間を、 なぜってぼくは詩人で、 そして彼女は詩だからさ。

---

(1) 〈台〉ここでのパルピニョールの声なし。すぐにロドルフォが席を2つ求める台詞となる。
(2) 〈台〉(giunge con Mimì＝ミミと到着する) としている。
(3) 〈手〉"Tu sei due?＝きみはふたりか？" としている。
(4) 〈手〉"Signor sì.＝あなた様、さようです。" としている。
(5) 〈台〉この後、(presenta＝紹介する) とト書きが入る。
(6) 〈台〉この後、"che a me s'appaia＝彼女はぼくには思われるのだが" と1行入れている。
(7) 〈台〉意味は変らないが、perch'io son の語順になっている。

第 2 幕

>
> Dal mio cervel sbocciano i canti,
> dalle sue dita sbocciano i fior,
> dall'anime esultanti
> sboccia l'amor![1]
>
> ぼくの頭から歌がうまれ
> 彼女の指から花がうまれる、
> そして歓喜に酔う魂からは
> 愛がうまれる！

Marcello, Schaunard e Colline
マルチェルロ、ショナール、そしてコルリーネ

Ah! ah! ah! ah![2]

ハ！ ハ！ ハ！ ハ！

Marcello
マルチェルロ

(ironico)
Dio, che concetti rari!

（皮肉に）
やれやれ、なんと卓越したご意見！

---

(1)〈台〉この後、初めてパルピニョールの声。その後パルピニョール、子供たち、母親たちを4人の仲間とミミの会話の間にどう割り振って入れるかの指示はせず、一纏めにしてここにおき、その後でミミも含めた5人の会話、ムゼッタの登場へと続く。また、男の子1人が泣く場面はト書きに記されたのみで、実際の台詞設定はしていない。〈総譜〉と同一の台詞も多いが、〈台〉の玩具売りを囲む場面をここに記しておく。　**声**: (da lontano, avvicinandosi＝遠くから、近づいてきて) Ecco i giocattoli di Parpignol!＝パルピニョールのおもちゃにござい！ (dalle botteghe e dalle strade sbucano fanciulli e fanciulle＝出店やどこの道からも男の子と女の子が飛び出してくる)　**男の子と女の子**: Parpignol! Parpignol!＝パルピニョール！ パルピニョール！ (da via Delfino sbocca un carretto tutto a fronzoli e fiori, illuminato a palloncini: chi lo spinge è Parpignol＝ドフィーヌ街から全体に飾りや花がついていくつもの豆提灯で明るく照らされた手押し車が入ってくる、それを押しているのはパルピニョール)　**パルピニョール**: (gridando＝叫んで) Ecco i giocattoli di Parpignol!＝パルピニョールのおもちゃにござい！　**男の子と女の子**: (circondano il carretto, saltellando＝手押し車を囲んで、跳ね飛びながら) Parpignol! Parpignol!＝パルピニョール！ パルピニョール！ / Che bel carretto tutto lumi e fior!＝灯りと花いっぱいのなんてきれいな車！ (〈台〉トリノ版では Con bel carretto＝きれいな車を押してる、としている) (ammirando i giocattoli＝玩具に見惚れて) Voglio la tromba, il cavallin!...＝ほしいよ、ラッパと子馬さんが！… / Dei soldati il drappel!...＝兵隊さんのおもちゃのそろいが！… / Voglio il cannon.＝大砲がほしい。 / Voglio il frustin!＝ムチがほしい！ / Tamburo e tamburel!＝太鼓とタンブリンが！ (alle grida dei fanciulli accorrono le mamme, che tentano inutilmente allontanarli da Parpignol e gridano stizzite＝子供たちの大声に母親が駆けつけてくる、彼女たちは子供たちをパルピニョールから遠ざけようとするができず、ぷりぷり怒って大声をあげる)　**母親たち**: Ah! che razza di furfanti indemoniati,＝ああ！ なんて手に負えない悪い子たち、 / che ci venite a fare in questo loco?＝何しにこんなところへ来るの？ / Gli scappellotti vi parranno poco!...＝頭ぶつくらいではすまなくなりますよ！… / A casa! A letto! Via, brutti sguaiati.＝お家へ！ 寝るのよ！ さあ、みっともない悪い子たち。 (i fanciulli non vogliono andarsene: uno di essi scoppia in pianto: la mamma lo prende per un orecchio ed esso si mette a gridare che vuole i giocattoli di Parpignol: le mamme, intenerite, comprano. Parpignol prende giù per via Vecchia Commedia, seguito dai ragazzi che fanno gran baccano con tamburi, tamburelli e trombette＝子供たちは行きたがらない、そのうちの1人がわっと泣き出す、母親がその子供の耳を引っ張り、すると子供はパルピニョールの玩具がほしいと叫び始める、母親たちは態度を軟化させて買ってやる。パルピニョールは、太鼓やタンブリンやラッパを鳴らして大騒ぎする子供たちを後ろに従えて旧コメディ街を通っていく)　**パルピニョール**: (dal lontano＝遠くから) Ecco i giocattoli di Parpignol!＝パルピニョールのおもちゃにござい！

(2)〈台〉この笑い声なし。

Colline コルリーネ	*(solenne, accennando a Mimì)*[1] *Digna est intrari.*[2]	
	（厳粛に、ミミを指して） 「かの者、入会に値す。」	
Schaunard ショナール	*(con autorità comica)* *Ingrediat si necessit.*[2]	
	（おどけながら威厳を込めて） 「必要とあらば入るべし。」	
Colline[3] コルリーネ	Io non do che un *accessit*[2]![4]	
	このわたしは「入会可」のほか与えぬが！	
Parpignol パルピニョール	*(vicinissimo)* Ecco i giocattoli di Parpignol!!	
	（すぐ近くで） パルピニョールのおもちゃにござい！	
Colline コルリーネ	*(vedendo il cameriere gli grida con enfasi)*[5] Salame!... *(il cameriere presenta*[6] *la lista delle vivande, che passa nelle mani dei quattro amici, guardata con una specie di ammirazione ed analizzata profondamente)*	
	（給仕を目にすると、彼に強い調子で怒鳴る） サラミ！…[7] （給仕、メニューを差し出し、それが4人の仲間の手から手へ渡り、皆によってある種の感嘆を込めて眺められ、じっくりと検討される）	
	(da via Delfino sbocca un carretto tutto a fronzoli e fiori, illuminato a palloncini: chi lo spinge è Parpignol, il popolare venditore di giocattoli: una turba di ragazzi lo seguono, saltellando allegramente e circondano il carretto, ammirando i giocattoli)	
	（ドフィーヌ街[8]から全体に飾りや花がついていくつもの豆提灯で明るく照らされた手押し車が入ってくる、それを押しているのは人気者の玩具売りのパルピニョール、子供たちの群れが陽気に跳ね飛びながら後に続き、それから手押し車を囲んで玩具に見とれる）	

(1) 〈台〉このト書きなし。〈手〉(cattedratico＝学者ぶった態度で) とある。
(2) 3つともにラテン語。第1幕で使われたギリシア語の表現"Eureka"とともに、このラテン語は4人のボヘミアンの日常会話のありようを垣間見させるだろう。
(3) 〈台〉トリノ版ではこの台詞をマルチェルロに当てている。
(4) 〈台〉この後に次のト書きを入れている。(Rodolfo fa sedere Mimì; seggono tutti: il cameriere ritorna presentando la lista delle vivande＝ロドルフォ、ミミを座らせる、全員が座る、給仕が戻ってきてメニューを差し出す)
(5) 〈台〉(con enfasi romantica al cameriere＝大袈裟な感傷気分を込めて給仕に) としている。
(6) 〈台〉この後 guardata の前まで、意味上は大きく変らないが、"ai quattro amici la carta; questa passa girando nelle mani di tutti＝4人の友人仲間にメニューを差し出す、これは全員の手から手へ回っていく" とある。
(7) サラミは本来の意味とともに、「ぼんやり、気の利かない頓馬」といった意味もある。
(8) 原語では「デルフィーノ街」であるが、前出の註に記したようにフランス語による仮名書でドフィーヌ街とした。この通りについても第1幕のモミュスに付した註が広場との位置関係の理解に役立つことを望みたい。

Bambine e Ragazzi 女の子たちと 男の子たち	*(interno)* Parpignol, Parpignol!	

（舞台裏で）
　　パルピニョール、パルピニョール！

(escono)
Ecco Parpignol, Parpignol!
Col carretto tutto fior!...[1]
Ecco Parpignol, Parpignol!
Voglio la tromba, il cavallin!
Il tambur, tamburel!
Voglio il cannon, voglio il frustin!
Dei soldati il drappel.

　（姿を現す）
　　ほら、パルピニョールよ、パルピニョールだ！
　　花いっぱいの車をおしてる！…
　　ほら、パルピニョールよ、パルピニョールだよ！
　　ほしいよ、ラッパが、子馬さんが！
　　太鼓が、タンブリンが！
　　大砲がほしい、ムチがほしい！
　　兵隊さんのおもちゃのそろいが。

Schaunard ショナール	Cervo arrosto! 鹿のロースト！
Marcello マルチェルロ	*(esaminando la carta ed ordinando ad alta voce al cameriere)*[2] Un tacchino![3] （メニューをよく調べ、それから大声で給仕に注文して） 七面鳥だ！
Schaunard[4] ショナール	Vin del Reno! ライン産の葡萄酒！
Colline[4] コルリーネ	Vin da tavola! テーブル用葡萄酒だ！
Schaunard[4] ショナール	Aragosta senza crosta! 殻なしの伊勢海老！

---

(1) 〈台〉"che bel carretto〜＝〜なんてきれいな車だ"となっている。〈手〉は"col suo bel carretto tutto lumi e fior!＝提灯と花いっぱいのきれいなおもちゃ屋さんの車を押してる！"とある。
(2) 〈台〉このト書きなし。
(3) 〈台〉前に"No.＝いいや。"と入れている。
(4) 〈台〉これらの台詞なし。〈台〉トリノ版には次のロドルフォのミミへの問いかけの後にこれらが見られ、さらにロドルフォの台詞として〈総譜〉にない"Dolci.＝菓子を。"もある。

(bambine e ragazzi attorniano il carretto di Parpignol, gesticolando con gran vivacità: un gruppo di mamme accorre in cerca dei ragazzi e, trovandoli intorno a Parpignol, si mettono a sgridarli: l'una prende il figliolo per una mano, un'altra vuol condur via la propria bambina, chi minaccia, chi sgrida; ma inutilmente, che bambine e ragazzi non vogliono andarsene)

(女の子と男の子たち、パルピニョールの手押し車を取り巻いて大した活発さで身振りをする、母親の一団が子供たちを捜しに駆けつけ、そしてパルピニョールの周りにいるのを見つけて叱り始める、ひとりの母親は息子の手を取り、別のひとりは娘を連れて行こうとする、脅す母親あり、叱る母親あり、だが女の子たちも男の子たちも立ち去りたがらないので効果はない)

Le Mamme *(strillanti e minaccianti)*[1]
母親たち

Ah! razze[2] di furfanti indemoniati,
che ci venite a fare in questo loco?
A casa, a letto! Via, brutti sguajati,
gli scappellotti vi parranno poco!
A casa, a letto,
razza di furfanti, a letto!

(金切り声を出して脅す態度で)

ああ！ 手に負えないこの悪い子たち、
何しにこんなところへ来るの？
おうちへ帰って、寝るの！ さあ、みっともない行儀悪い子たち、
頭ぶつくらいではすまなくなりますよ！
おうちへ帰って、寝るの、
この悪い子たち、寝るのよ！

(una mamma prende per un orecchio un ragazzo il quale si mette a piagnucolare)[3]

(ひとりの母親が男の子の耳を引っ張って連れていき、その子はべそをかき始める)

---

(1) 〈手〉(sopraggiungono strillandoli e minacciandoli＝急にやってきて子供たちを金切り声で怒鳴り、脅す) とある。
(2) 〈台〉"che razza～＝なんて～子たち" とある。
(3) 〈手〉意味に大きな違いはないが、次の同番号の註と合わせた、より簡単なト書きになっている。
(una mamma prende un bambino per un orecchio, il quale piagnucolando＝1人の母親が男の子の耳をつまみ、その子はべそをかきながら)。

Un Ragazzo ひとりの男の子	*(piagnucolando)*[3] Vo' la tromba, il cavallin! *(le mamme, intenerite, si decidono a comperare da Parpignol: i ragazzi saltano di gioja, impossessandosi dei giocattoli)*[1] (べそをかきながら) ほしいよ、ラッパが、子馬が！ (母親たちは態度を軟化させ、パルピニョールから買ってやることにする、子供たちは玩具を自分のものにしながら喜んで飛び跳ねる)
Rodolfo ロドルフォ	E tu, Mimì, che vuoi?[2] で、きみは、ミミ、何にする？
Mimì ミミ	La crema.[3] クリームのお菓子を。
Schaunard[4] ショナール	*(con somma importanza al cameriere, che prende nota di quanto gli viene ordinato)* E gran sfarzo. C'è una dama! (最高に勿体ぶって給仕に、その給仕は注文されただけ全部を書き留める) で、豪勢に。貴婦人がおいでなのだ！ *(Parpignol prende giù per via Vecchia Commedia: i ragazzi e le bambine allegramente lo seguono, marciando e fingendo suonare gli strumenti infantili acquistatigli)*[5] (パルピニョール、旧コメディ街[6]を進んでいく、男の子、女の子たちは行進の足取りをし、買ってもらった玩具の楽器を演奏する真似をしながら、陽気にその後を追う)

---

(1) 〈手〉より簡単なト書きで、(le mamme intenerite comprano i giocattoli e li danno ai bambini=態度を軟化させた母親たちはおもちゃを買い、子供たちに与える)。
(2) 〈台〉(piano a Mimì=ミミにそっと) と入れている。
(3) 〈台〉"Voglio la crema=クリームがいいわ" としている。〈台〉トリノ版は〈総譜〉と同じ。
(4) 〈台〉この台詞なし。が、トリノ版にはあり。
(5) 〈手〉大きく意味が異なることはないが、次のようなト書きになっている。(i ragazzi allegramente se ne vanno marciando fingendo suonare i diversi strumenti infantili acquistatigli=子供たちは行進の足取りをし、買ってもらった様々なおもちゃの楽器を演奏する真似をしながら、陽気に立ち去っていく)。
(6) 原語では旧コンメディア街であるが、前出の街路同様パリに実在のものであるのでフランス語による仮名書きで旧コメディ街とした。この通りも第1幕のモミュスの註で言及。広場、他の道との位置関係理解に役立つことを望む。

Bambine e Ragazzi 女の子たちと 男の子たち	Viva Parpignol, Parpignol! *(interno)* Il tambur, tamburel! *(più lontano)* Dei soldati il drappel!(1)

ばんざい、パルピニョール、パルピニョール！
（舞台裏で）
太鼓よ、タンブリンよ！
（さらに遠のいて）
兵隊さんの一式だぞ！

Marcello マルチェルロ	*(come continuando il discorso)*(2) Signorina Mimì, che dono raro le ha fatto il suo Rodolfo?

（前から続く話を引き継ぐといった様子で）
ミミ嬢、どんなすごい贈り物を
あなたに(3)してくれました、あなたのロドルフォは？

---

(1) 〈台〉での玩具売りと子供たち、母親の場面は全文をまとめて P.83の註(1)に記した通りだが、〈手〉は彼らの場面は〈総譜〉とほとんど同じように進む。だがここで〈手〉と〈総譜〉および〈台〉で大きな違いが生じ、〈手〉ではパルピニョールと子供たちが、**パルピニョールの声**: (andandosene＝立ち去りながら) Ecco i giocattoli di Parpignol!＝パルピニョールのおもちゃやでございす！ **子供たち**: Parpignol! Parpignol!＝パルピニョール！ パルピニョール！ という前出の台詞を繰り返し、その後に4人の仲間とミミの会話は存在せず、すぐムゼッタの登場となる。それを目にしたマルチェルロは (interrompendo, perchè ha veduto da lontano Musetta: gridando＝遠くにムゼッタを見たために話の腰を折って、叫び声で) Come una fiala di tossico!＝これじゃ毒杯のようだ！ と叫ぶ。〈手〉と、〈総譜〉および〈台〉でこのように異なり、また〈台〉トリノ版の方は、〈手〉と同じにやはり玩具売りの退場後すぐさまムゼッタの登場場面になることを見ると、4人とミミの会話部分は最初の筋書きの構想になかったことになる。また〈台〉トリノ版のマルチェルロの台詞とト書きは〈台〉、〈総譜〉、〈手〉とも異なるので、ここに記しておく。 **マルチェルロ**: (fattosi cupo ad un tratto alla vista di Musetta, al Cameriere che si avvicina＝ムゼッタを目にして急に陰鬱になり、近づいてくる給仕に) E a me＝いや、おれには / una fiala di tossico.＝毒薬のビンを。
(2) 〈台〉(con galanteria a Mimì＝女性への丁寧さをこめてミミに) としている。
(3) マルチェルロは初対面のミミに対して敬称のあなた Lei を使って話しかける。これにより彼がミミに丁寧な、一定の距離を保った、敬意を表す態度で話しかけているのが分る。その後の第3幕と第4幕では、2人は Lei より少し心を通わせた尊称である voi で話をしている。ロドルフォの友人の3人のボヘミアンとミミとの対人関係を人称代名詞の語法から見ると、3人は初対面でミミに敬称を使う嗜みを示していることが理解でき、その後たがいに親しくなるわけだが、第4幕でも3人とミミが親称の tu を使うほど打ち解け、あるいはくだけた関係で接するということはなく、親しい仲にも節度のある尊称 voi を使って話す間柄であることが分る。ムゼッタに対しても同様で、3人のボヘミアンはマルチェルロの恋人に親しいが節度ある尊称の voi を使いつづけている。

Mimì ミミ	*(mostrando una cuffietta che toglie da un involto)*[1] Una cuffietta a pizzi tutta rosa ricamata coi miei capelli bruni ben si fonde. Da tanto tempo tal cuffietta è cosa desiata ed egli ha letto quel che il core asconde.

（包みからボンネットを取り出して見せながら）
ボンネットですの、
レースで全体ピンクで刺繍があって
わたしの黒っぽい髪とよく合いますわ。
ずっとまえからこんなボンネットが望みのもので
そしたら彼は心が隠していることを読みとって。

Ora colui che legge dentro a un cuore
sa l'amore ed è lettore[2].

それでですけど、心のなかを読む人というのは
愛のことを知っていて、だから読みとれますのね。

Schaunard ショナール	Esperto professore...[3]

その道の練達の師で…

Colline コルリーネ	*(seguitando l'idea di Schaunard)* Che ha già diplomi e non son armi prime le sue rime...

（ショナールの言い分を引き継いで）
彼はすでに免許皆伝、で、初めてつかう武器ではないのです、
彼の詩句は…

Schaunard ショナール	*(interrompendo)* Tanto che sembra ver ciò ch'egli esprime!

（言葉を遮って）
それはもう彼が口にすることは真実のように思われるほどで！

Marcello マルチェルロ	*(guardando Mimì)* O bella età d'inganni e d'utopie! Si crede, spera, e tutto bello appare!

（ミミを見ながら）
幻想と理想郷(ユートピア)の美しき年ごろよ！
信じ、望み、そしてすべてが美しく見えるんだ！

---

(1) 〈台〉このト書きなし。
(2) lettore は「読み手」という意味で、対訳では「読みとれる」とした。lettore にはまた「教師」の意味があり、ショナールはそちらを取って、次の「練達の師」という台詞を発する。
(3) 〈台〉文頭に "Ed=それに" と入れている。

Rodolfo ロドルフォ		La più divina delle poesie è quella, amico, che c'insegna amare!
		詩のなかでもっとも神聖なのは そういうものだ、友よ、愛することを教えてくれるものだ！
Mimì ミミ		Amare è dolce ancora più del miele!
		愛することは蜜よりもっと甘いのですわ！
Marcello マルチェルロ		*(stizzito)* Secondo il palato è miele, o fiele!⁽¹⁾
		（苛立って） 口によっちゃ蜜でもあり、また胆汁でもある！
Mimì ミミ		*(sorpresa, a Rodolfo)* O Dio! l'ho offeso!
		（驚いて、ロドルフォに） どうしましょ！ あの方を怒らせてしまったわ！
Rodolfo ロドルフォ		È in lutto, o⁽²⁾ mia Mimì...
		彼は喪中でね、ぼくのミミよ…
Schaunard e Colline ショナールと コルリーネ		*(per cambiare discorso)* Allegri e un *toast!*...
		（話題を変えようと） 景気よくいこう、それには「カンパイ！」…
Marcello⁽³⁾ マルチェルロ		*(al cameriere)* Qua del liquor!...
		（給仕に） ここにリキュールを！…
Mimì, Rodolfo e Marcello ミミ、ロドルフォ、 そしてマルチェルロ		*(alzandosi tutti)*⁽⁴⁾ E via i pensier, alti i bicchier! Beviam!⁽⁵⁾
		（全員、立ち上がって） 面倒はおいておいて、盃を高くあげよう！ 飲もう！
Tutti **全員**		Beviam!
		飲もう！

---

(1) 〈台〉文頭に"E＝それが"と入れている。
(2) 〈台〉呼びかけのoなし。
(3) 〈台〉この台詞なし。
(4) 〈台〉(mentre si alzano tutti＝全員、立ち上がる間に) とある。
(5) 〈台〉3人でのBeviam!はなく、次の全員での台詞になる。

Marcello マルチェルロ	*(interrompendo, perchè ha veduto da lontano Musetta)*[1] *(gridando)* Ch'io beva del tossico! *(si lascia cadere sulla sedia)* (遠くにムゼッタを見たので、飲むのを中断して) (叫び声で) いっそおれは毒を飲みたいぞ！ (椅子に思わず倒れるように座る)

(all'angolo di Via Mazzarino appare una bellissima signora dal fare civettuolo ed allegro, dal sorriso provocante. Le vien dietro un vecchio signore pomposo,[2] pieno di pretensioni negli abiti, nei modi, nella persona)

(マザラン街の角に媚を含んで華やかな身のこなしの、情欲を誘う笑みを浮かべた実に美しい婦人が現れる。彼女の後ろから、服装も態度も容姿もいかにも勿体ぶった老紳士が来る)

Rodolfo, Schaunard e Colline ロドルフォ、 ショナール、 そしてコルリーネ	*(con sorpresa, vedendo Musetta)*[3] Oh![4] (ムゼッタを目にして、驚いて) おおっ！
Marcello マルチェルロ	Essa! 彼女さ！
Rodolfo, Schaunard e Colline ロドルフォ、 ショナール、 そしてコルリーネ	Musetta! ムゼッタ！

---

(1) 〈台〉意味上はほとんど変らないが、(che da lontano ha veduto Musetta, interrompe gridando＝彼は遠くにムゼッタを見て、叫び声を上げながら飲むのを中断する) としている。
(2) 〈台〉この後の部分なく、"e lezioso.＝そしてきざな" とのみ。が、次の１文が続く。(La signora alla vista della tavolata degli amici frena la corsa; si direbbe che ella sia arrivata alla meta del suo viaggio＝婦人は友人たちがテーブルに着いているのを目にして早足の動きを止める、言わば旅の目的地に到達したといった趣である)
(3) 〈台〉(alla esclamazione di Marcello si volgono ed esclamano＝マルチェルロの叫びに振り向き、叫ぶ) としている。
(4) 〈台〉次の３人の Musetta! をこの間投詞の後に続けている。そしてその後、次のト書きを入れている。(gli amici guardano con gli occhi pieni di compassione Marcello che si è fatto pallido＝仲間たち、同情一杯の目で顔面蒼白になったマルチェルロを見る)、さらに続けて (il cameriere comincia a servire; Schaunard e Colline guardano sempre di sott'occhi dalla parte di Musetta e parlano di lei; Marcello finge la massima indifferenza. Rodolfo solo non ha occhi e pensieri che per Mimì＝給仕が料理を出しはじめる、ショナールとコルリーネ、ムゼッタの方をずっと目を離さずに見て彼女について話している、マルチェルロ、無関心の限りを装う。ロドルフォだけは目も頭もミミのほかにない) とある。

Bottegaie[1] 女の出店商人たち		*(vedendo Musetta)* To'! Lei! Sì! To'! Lei! Musetta! Siamo in auge! Che toeletta!

(ムゼッタを目にして)
ほら！ 彼女よ！ ほんと！ ねっ！ 彼女よ！ ムゼッタよ！
すごいじゃない！ なんておめかし！

(Musetta con passi rapidi, guardando qua e là come in cerca di qualcuno, mentre Alcindoro la segue, sbuffando e stizzito)

(ムゼッタ、早足で、誰かを捜すかのようにあちこちに目をやりながら、一方アルチンドーロは息を切らしながら、腹立たしげに彼女の後を追う)

Alcindoro[2] アルチンドーロ	*(trafelato)* Come un facchino... correr di qua... di là... No! no! non ci sta... non ne posso più... non ne posso più!

(息をはずませて)
荷物運びのごとく…
走るなぞ、こっちだ… あっちだと…
いや！ いや！ かなわん…
もう、これはできん…
もうこれは我慢がならん！

---

(1) 〈台〉意味に違いはないが、"Le Mamme Bottegaie＝出店をやっている母親たち"としている。また〈総譜〉ではしばらく後に配されている学生、お針子の台詞を〈台〉では他の人物の台詞の間に割り振るのでなく、一まとめに記している。配置により意味が変るわけではないが、ト書きには違いが、また台詞には微妙だが差があるので記しておく。〈総譜〉に全くない単語には下線を付した。 **出店をやっている母親たち**：(nel ritirarsi a un tratto si soffermano dalla parte delle loro botteghe a riguardare una bella signora: meravigliate nel riconoscere in lei Musetta, sussurrano fra di loro additandosela＝もとの場所へ戻りながら自分たちの出店のところで急に足を止めて1人の美しい婦人に見とれる、それがムゼッタと分かると驚いて彼女を指さしながら互いに囁く) To'、è Musetta!＝ほら、ムゼッタよ！ / Lei!＝彼女！ / Tornata!＝もどってきたんだわ！ / Proprio lei!＝ほんと彼女よ！ / Sì.＝そうだわ。 / Sì.＝そうだわ。 / È Musetta!＝ムゼッタよ！ / Siamo in auge!＝すごいじゃない！ / Che toeletta!＝なんておめかし！ (entrano nelle loro botteghe＝自分たちの店へ入る) **学生とお針子たち**：(attraversando la scena＝舞台を横切りながら) Guarda, guarda chi si vede!＝見てよ、誰がいるか見てよ！ / Con quel vecchio che sgambetta!＝ちょこちょこついてくあんな老人といっしょよ！ / Proprio lei!＝ほんとに彼女だ！ / Proprio!＝ほんとに！ / È Musetta!＝ムゼッタだ！

(2) 〈台〉"Alcindoro de Mitonneaux＝アルチンドーロ・ド・ミトノー"と姓名を記している。また彼の登場の場面で〈総譜〉より多くの台詞が彼に与えられているので、〈総譜〉と重なる箇所もあるが記しておく。(raggiunge trafelato Musetta＝息をはずませてムゼッタに追いつく) Come un facchino＝荷物運びのように / correr di qua... di là...＝走るなぞ、こっちだ… あっちだと… / di su... di giù＝向こうだ… こちらだ / pel Quartier Latino...＝ラテン区を… / no! Non ci sta...＝ご免だ！ かなわん… / Io non ne posso più!＝わしはもう我慢がならん！ / Ragazza benedetta,＝まったくこの娘ときたら、 / tal foga m'affoga!＝こんな元気には辟易する！ / Mi sloga e sgarretta＝節々はがくがく、踝(くるぶし)は痛む、 / tal furia scorretta.＝こんな遠慮なしに急ぐもので。(la bella signora senza curarsi di lui si avvia verso il Caffè Momus e prende posto alla tavola lasciata libera＝美しい婦人は彼にかまうことなくカフェ・モミュスの方へ近づき、空いているテーブルに席を占める) Qui fuori!? Qui!?＝ここの外に!? ここに!?

第 2 幕

Musetta[1] ムゼッタ	*(chiamandolo come un cagnolino)* Vien, Lulù! Vieni, Lulù!

(彼を小犬のように呼んで)
おいで、ルル！ おいで、ルル！

Schaunard ショナール	Quel brutto coso mi par che sudi![2] *(Musetta vede la tavolata degli amici innanzi al Caffè Momus, ed indica ad Alcindoro di sedersi al tavolo lasciato libero poco prima dai borghesi)*[3]

あのいけすかないやつ、
汗をかいているようだぞ！

(ムゼッタ、カフェ・モミュスの店先に仲間たちのいるテーブルを見て、アルチンドーロに市民たちが少し前に席を立っていって空いているテーブルに座るように指示する)

Alcindoro アルチンドーロ	Come! qui fuori? Qui?

なんと！ ここの外に？ ここに？

Musetta ムゼッタ	Siedi, Lulù![4]

座るの、ルル！

---

(1) 〈台〉この台詞なし。
(2) 〈台〉この行を"che ai fianchi le si affanna＝あいつ、彼女のそばで息を切らしてる"としている。〈総譜〉のここの台詞は後のP.94の註(6)の箇所で使われる。
(3) 〈台〉ムゼッタとアルチンドーロ、また4人の仲間とミミの台詞が展開する間、舞台上の人の動きについて3つのト書きがある。〈総譜〉では省かれている〈台〉での舞台づくりのあり方を垣間見るためにそれらを記しておく。(passa attraverso il crocicchio, sboccando dalla via della Vecchia Commedia, un picchetto di militi Guardia Nazionale. Sono bottegai di servizio che rincasano＝警備団のグループが旧コメディ街からあふれ出てきて十字路を横切る。彼らは警備団に奉仕する商人たちで、家へもどるところである) / (sull'angolo di Via Delfino il Venditore di "Cocco fresco" fa ottimi affari —— i suoi bicchieri di ottone passano di mano in mano rapidamente a rinfrescare ugole asciutte dal troppo vociare＝ドフィーヌ街の角で"ココナツ生ジュース"売りは商売繁盛している —— 彼の幾つもの真鍮カップは素早く手から手へ渡り、喋りすぎのために渇いた喉を潤していく) / (la Rappezzatrice esce fuori dal guscio della sua botte e infilatene le bretelle se ne va colla sua botte a spalle giù per la via Vecchia Commedia＝女の古着屋は段重ね背負い店の蓋から背負い紐を引き出し、それを肩に掛け、背負い店を背負って旧コメディ街を通って去っていく)。
(4) 〈台〉次のト書きあり。(senza punto curarsi delle proteste di Alcindoro, atterrito di stare fuori al freddo＝寒さの中で外にいるのに恐れをなしたアルチンドーロの不平を全く意に介せずに)。

Alcindoro アルチンドーロ	*(siede irritato, alzando*[1] *il bavero del suo pastrano)* *(borbottando)* Tali nomignoli, prego serbateli al tu per tu!*[2]* *(un cameriere si avvicina*[3] *e prepara la tavola)* (苛々して座り、分厚いコートの襟を立てる) (不平の口調で) そうした呼び方は たのむから、取っておいておくれ、 ふたりきりのときに! (給仕が近づいてきて、テーブルを設える)
Musetta[4] ムゼッタ	Non farmi il Barbablù! *(siede anch'essa al tavolo, rivolta verso il Caffè)* 青ひげ公[5]みたいにしないでよ! (彼女も、カフェの方へ向いて、テーブルに着く)
Colline コルリーネ	*(esaminando il vecchio)* È il vizio contegnoso... (老人を観察しながら) もったいつけた悪徳漢てとこだ…
Marcello マルチェルロ	*(con disprezzo)* Colla casta Susanna!*[6]* (軽蔑を込めて) 貞淑なスザンナ[7]と連れだって!

(1) 〈台〉意味は変らないが、rialzando としている。
(2) 〈台〉この後にムゼッタを嗜(たしな)めて "La convenienza…=場所がらをわきまえて… / …il grado…=…身分を… / la virtù.=礼節を。" とある。〈総譜〉ではアルチンドーロから彼女を宥(なだ)める別の言葉が何度か発せられた後にこの台詞となる。
(3) 〈台〉si avvicina の部分、"s'è avvicinato premuroso=気遣いを示して近づいてくると" としている。
(4) 〈台〉この台詞とト書きなし。
(5) 民間伝承によるシャルル・ペロー (Charles Perrault) の童話集 (1697) に納められた話の主人公シュヴァリエ・ラウル (Chevalier Raoul) のあだ名。青ひげは6人の妻を殺害して秘密の部屋に隠していたが、7人目の妻に見つかり、彼女を殺そうとするが逆にその兄弟に殺害された。このことから残虐横暴な夫、男の意味に使われる。
(6) 〈台〉この後、コルリーネの "Mi sembra un troglodita.=おれには野蛮人のように見えるが。" とショナールの "Guarda!...=見てみろ!…"、そして〈総譜〉で前出の "Mi par che sudi!=汗をかいているようだぞ!"。
(7) 旧約聖書外典としてダニエル書13に付加されている逸話。バビロニアに暮す富裕なユダヤ人の人妻スザンナは稀なる美貌。それに情欲を覚えた種族の裁判官である2人の長老は彼女に邪な関係を迫るが、モーゼの掟を尊べと教えを受けた彼女は拒絶する。意趣返しに2人は偽証してスザンナを姦淫罪で死刑とする。しかし神の霊に動かされたダニエルが立ち現われ、2人の企みを暴き、スザンナは救われる。ここからスザンナといえば貞女を意味する。

Mimì ミミ	*(a Rodolfo)* È[(1)] pur ben vestita! （ロドルフォに） それにしても立派な服装してること！
Rodolfo ロドルフォ	Gli angeli vanno nudi. 天使は裸でいるよ！
Mimì ミミ	*(con curiosità)*[(2)] La conosci! Chi è? （好奇心から） 彼女をご存知なのね！ 誰ですの？
Marcello マルチェルロ	Domandatelo a me. それは皆さん方、わたしにお尋ねいただこう。 Il suo nome è Musetta;[(3)] cognome: Tentazione! Per sua vocazione fa la rosa dei venti; gira e muta soventi [(4)]d'amanti e d'amore, 彼女の名はムゼッタ、 姓は、誘惑！ その天性から 風見がなりわい、 くるくるまわり、しばしば変える、 恋人も恋も、 e[(5)] come la civetta è uccello sanguinario; il suo cibo ordinario è il cuore!... Mangia il cuore! そしてフクロウのように 血を吸う猛禽だ、 で、彼女の常食といえば 心臓だ！… 人の心を食らう！

---

(1) 〈台〉意味は変らないが、Essa è ～ と主語を入れている。
(2) 〈台〉(si rivolge curiosa a Rodolfo＝興味を示してロドルフォの方へ振り向く) とある。
(3) 〈台〉"È di nome : Musetta ; ＝ムゼッタ、という名で"としている。
(4) 〈台〉意味は変らないが、前に e を入れ、e d'amanti e d'amore としている。
(5) 〈総譜〉は è と動詞 essere としているが、恐らく接続詞の e の誤植と考え、「そしてフクロウのように」と訳した。〈台〉ではそうした意味の"Al par della civetta＝フクロウと同じように"となっている。ただし〈手〉は1行で処理して〈総譜〉にない ... を付して"È come la civetta... è uccello sanguinario; ＝フクロウのようだ… 血を吸う猛禽だ"としており、それであれば〈総譜〉でもあり得るかもしれない。

(con amarezza)[1]
Per questo io non ne ho più?[2]
Passatemi il ragù!

（苦々しく）
そのためか、わたしにはもう心臓がない？
ミート・ソースをこっちへまわしてくれ！

Musetta
ムゼッタ

(colpita[3] *nel vedere che gli amici del tavolo vicino non la guardano)*
⟨Marcello mi vide...[4]
e non mi guarda il vile!⟩
(sempre piu stizzita)[5]
⟨[6]Quel Schaunard che ride!
Mi fan tutti una bile!

（近くのテーブルにいる友人たちが彼女に目を向けないのを見て衝撃を受けて）
⟨マルチェルロはあたしが目に入ったわ…
それでいて見ようとしないのね、あの卑怯者ったら！⟩
（ますます苛立って）
⟨あのショナールめ、笑ってるなんて！
みんなであたしを怒らせるのね！

Se potessi picchiar![7]
Se potessi graffiar!
Ma non ho sotto man[8]
che questo pellican![9]
Aspetta!⟩

ひっぱたいてやれるものなら！
ひっかいてやれるものなら！
だけど手許に持ち合わせがないわ、
このペリカン[10]しか！
見てなさい！⟩

---

(1) 〈台〉このト書きなし。
(2) 〈台〉ここに次のト書きあり。(agli amici nascondendo la commozione che lo vince＝抑えきれなくなりそうな気持ちの昂りを友人たちに隠しながら)。
(3) 〈台〉この後 (nel vedere gli amici che non la guardano＝彼女に目を向けない友人たちを見て) としている。
(4) 〈台〉"Marcello è là… mi vede…＝マルチェルロはあそこにいて… あたしが見えてるわ…"
(5) 〈台〉このト書きなし。
(6) 〈台〉前に"e＝それに"と入れている。
(7) 〈台〉(inquietandosi＝苛立って) とト書きあり。
(8) 〈台〉mano
(9) 〈台〉pellicano
(10) ペリカンは自分の胸の羽をついばんで身を犠牲にして子を育てるといわれることから献身の象徴、そしてまたキリストの象徴。が、ここでは単にペリカンの姿から想像される不細工で滑稽な者を意味し、給仕を指していると考えられる。

第 2 幕　　97

	(gridando)[1] Ehi! Camerier! *(annusando un piatto, al cameriere che accorre ad essa)*[2] Ehi! Camerier![3] Questo piatto ha una puzza di rifritto! *(getta il piatto in terra con forza; il cameriere ne raccoglie i cocci)*[4]
	（叫んで） ちょっと！　ボーイさん！ （1枚の皿の臭いを嗅いで、彼女のところへ駆けつける給仕に） ちょっと！　ボーイさん！　このお皿 ひどい油のにおいがするわよ！ （皿を勢いよく地面に投げつける、給仕はその破片を拾い集める）
Alcindoro アルチンドーロ	*(frenandola)*[5] No! Musetta... Zitta, zitta![6]
	（彼女を制しながら） やめなさい！ムゼッタ… しっ、しずかに！
Musetta ムゼッタ	*(vedendo che Marcello non si volta)* 〈Non si volta!〉
	（マルチェルロが振り向かないのを見て） 〈こっちへ向かないわ！〉
Alcindoro アルチンドーロ	*(con comica disperazione)* Zitta, zitta, zitta! Modi, garbo!
	（滑稽なほど困り果てて） しっ、しずかに、しずかに！ 行儀だ、嗜みってものを！

---

(1)〈台〉(chiama il cameriere che si è allontanato＝遠ざかった給仕を呼ぶ) としている。
(2)〈台〉(il cameriere accorre: Musetta prende un piatto e lo fiuta＝給仕、駆け寄る、ムゼッタは1枚の皿を取り、臭いを嗅ぐ) としている。
(3)〈台〉Cameriere! とのみ。
(4)〈台〉(getta il piatto a terra; il cameriere si affretta a raccogliere i cocci＝皿を地面に投げる、給仕は急いでかけらを拾い集める)。
(5)〈台〉(cerca acquetarla＝彼女を静めようとする)。
(6)〈台〉、〈手〉"zitto, zitto!＝シッ、シッ" と、感嘆詞にしている。

98　　　　　　　　　　　　　　　　　第2幕

Musetta[1] ムゼッタ	〈Ah, non si volta!〉 〈ああ、こっちを向かないわ！〉
Alcindoro アルチンドーロ	A chi parli? 誰にいってるんだね？
Colline コルリーネ	Questo pollo è un poema![2] この鶏[3]はいけるぞ！
Musetta ムゼッタ	*(rabbiosa)* 〈Ora lo batto, lo batto!〉 （激しく怒って） 〈なら、あいつをぶってやる、ぶってやるから！〉
Alcindoro アルチンドーロ	Con chi parli? 誰と話してるんだね？

(1) ここからムゼッタのワルツまで、7人の登場人物の台詞そのものは、またト書きも、〈総譜〉と〈台〉の間でそれほど大きな違いはない。が、台詞の順序はかなり異なり、話の運びに微妙な違いが生じることから、ワルツまでの〈台〉を4人の仲間とミミ、ムゼッタとアルチンドーロの2組に分けて記しておきたい。〈総譜〉に全くない箇所には下線を付した。　**ムゼッタ**: (rabbiosa, sempre guardando Marcello=激しく怒って、ずっとマルチェルロに目を向けながら)〈Non si volta. Ora lo batto!=こっちを向かないわ。ならあいつをぶってやる！〉　**アルチンドーロ**: A chi parli?...=誰と話しているんだね？…　**ムゼッタ**: (seccata=うんざりして) Al cameriere!=ボーイさんによ！　**アルチンドーロ**: Modi, garbo!=行儀だ、嗜みってものを！ (prende la nota dal cameriere e si mette ad ordinare la cena=給仕からリストを取り、夕食を注文し始める)　**ムゼッタ**: (stizzita=苛立って) Non seccar!=うるさくしないで！ / Voglio fare il mio piacere,=あたしは好きなようにしたいの、 / voglio dir quel che mi par!=あたしの思うようにいいたいの！ (guardando Marcello, a voce alta=マルチェルロを見ながら、大きな声で) Tu non mi guardi!=あなた、わたしのことを見ないのね！　**アルチンドーロ**: (credendo rivolte a lui queste parole=この言葉が彼に向けられたと思って) Vedi bene che ordino!=よくお分りだろう、注文しておるのだ！　**ムゼッタ**: (come sopra=前と同じく) Ma il tuo cuore martella!=こっちのあなたの心臓、ドキドキしてるわ！　**アルチンドーロ**: (come sopra=前と同じ) Parla piano.=小声で話しなさい。　**ムゼッタ**: (fra sè=独白)〈Ma che sia proprio geloso di questa=でもまさか本当に焼きもち焼いてるの、この / mummia?... di questo rudere?=ミイラに？…この廃人に？… / Vediamo se mi resta=見てみましょ、まだあたしにあるかどうか、 / tanto poter su lui da farlo cedere.=あの人のことを降参させるだけの力が。〉　**ショナール**: (a Colline=コルリーネに) La commedia è stupenda!=この喜劇はすばらしい！　Essa all'un parla perchè l'altro intenda.=彼女はあっちに話してるんだ、こっちが耳かたむけるように。　**コルリーネ**: (a Schaunard=ショナールに) E l'altro invan crudele=で、こっちのやつは、無理なくせして冷たい態度、 / finge di non capir, ma sugge miele.=分らぬふりなどしているが、じつは蜜をすすっている。　**ロドルフォ**: (a Mimì=ミミに) Sappi per tuo governo=きみへの約束事として知っててほしい、 / ch'io non darei perdono in sempiterno.=ぼくだったら永遠に許さないからね。　**ミミ**: (a Rodolfo=ロドルフォに) Io t'amo, io t'amo, io sono=わたし、あなたを愛しているわ、わたしは愛しているわ、わたしは / tutta tua!... Chè mi parli di perdono?=すべてあなたのものよ！… なぜ、許すかどうかの話などなさるの？ (mangiano=皆、食事をする)　**コルリーネ**: Questo pollo è un poema!=この鶏はいけるぞ！　**ショナール**: Il vino è prelibato.=この葡萄酒は美味だ。　**ロドルフォ**: (a Mimì=ミミに) Ancor di questo intingolo?=もっとこのシチューを？　**ミミ**: Sì, non ne ho mai gustato.=ええ、これまでこんなのは味わったことがないわ。

(2) 〈手〉これと次ページで同番号を付けた2つの台詞なし。
(3) pollo は「鶏」だが、「お人好し、間抜け」の意味もある。

Musetta ムゼッタ	*(seccata)* Al cameriere! Non seccar!	
	（うんざりして） ボーイさんによ！ うるさくしないで！	
Schaunard ショナール	Il vino è prelibato.[2]	
	この葡萄酒は美味だ。	
Musetta ムゼッタ	Voglio fare il mio piacere,	
	あたしは好きなようにしたいの、	
Alcindoro アルチンドーロ	Parla pian, parla pian! *(prende la nota del cameriere e si mette ad ordinare la cena)*	
	小声でしゃべりなさい、小声でいうんだ！ （給仕が手にしたリストを取り、夕食を注文し始める）	
Musetta ムゼッタ	...vo' far quel che mi pare! Non seccar.	
	…自分の思い通りにしたいの！ うるさくしないで！	
Sartine お針子たち	*(attraversando la scena, si fermano un momento vedendo Musetta)* Guarda, guarda chi si vede, proprio lei, Musetta!	
	（舞台を横切りながら、ムゼッタを目にしてちょっと足を止める） 見てよ、誰がいるか見てよ、 ほんとに彼女よ、ムゼッタよ！	
Studenti 学生たち	Con quel vecchio che balbetta,	
	ぶつくさいってるあんな老人と、	
Sartine e Studenti お針子たちと 学生たち	...proprio lei, Musetta! *(ridendo)* Ah! ah! ah! ah!	
	…でもほんと彼女だ、ムゼッタよ！ （笑いながら） ア！ハ！ハ！ハ！	
Musetta ムゼッタ	〈Che sia geloso di questa mummia?〉	
	〈まさか焼きもち焼いてるの、 このミイラに？〉	

Alcindoro アルチンドーロ	*(interrompendo le sue ordinazioni, per calmare Musetta che continua ad agitarsi)* La convenienza... il grado... la virtù...	
	(苛立ち続けるムゼッタを宥めるために、注文するのを中断して) 場所がらをわきまえて… 身分を… 礼節を…	
Musetta ムゼッタ	〈Vediam se mi resta tanto poter su lui da farlo cedere!〉	
	〈見てみましょ、あたしにまだあるかどうか、 あの人のことを降参させるだけの力が！〉	
Schaunard ショナール	La commedia è stupenda!	
	この喜劇はすばらしい！	
Musetta ムゼッタ	*(guardando Marcello a voce alta)* Tu non mi guardi!	
	(マルチェルロを見やりながら大きな声で) あなた、わたしのこと見ないのね！	
Alcindoro アルチンドーロ	*(crede che Musetta gli abbia rivolta la parola, se ne compiace e le risponde gravemente)* Vedi bene che ordino!...	
	(ムゼッタが自分に言葉を向けたと思い、それに満足し、そして勿体をつけて答える) よくごらん、注文しておるのだ！…	
Schaunard ショナール	La commedia è stupenda!	
	この喜劇はすばらしい！	
Colline コルリーネ	Stupenda!	
	すばらしい！	
Rodolfo ロドルフォ	Sappi, per tuo governo, che non darei perdono in sempiterno.	
	きみへの約束事として知っててほしい、 ぼくだったら永遠に許さないからね。	
Schaunard ショナール	Essa all'un parla perchè l'altro intenda.	
	彼女はあっちに話してるんだ、 こっちが耳をかたむけるようにって。	

Mimì ミミ	Io t'amo tanto, e sono tutta tua!... Che mi parli di perdono?

わたし、あなたをとても愛しているの、
だからすべてあなたのものよ！…
なぜ、許すかどうかの話などなさるの？

Colline コルリーネ	E l'altro, invan crudel, finge di non capir, ma sugge miel!

で、こっちのやつは、無理なくせして冷たい態度、
分らぬふりなどしているが、じつは蜜をすすっている！

Musetta ムゼッタ	Ma il tuo cuore martella!

でもあなたの心臓、ドキドキしてるわ！

Alcindoro アルチンドーロ	Parla piano! Piano, piano!

小声で話しなさい！
しずかに、しずかに！

Musetta ムゼッタ	*(sempre seduta, dirigendosi intenzionalmente a Marcello,*[1] *il quale comincia ad agitarsi)* Quando men vo soletta per la via la gente sosta e mira e la bellezza mia tutta[2] ricerca in me da capo a' piè.

（座ったまま、わざとマルチェルロの方へ向いて、マルチェルロはそわそわし始める）
わたしがちょっとひとりで街を行くと
人びとは足をとめ、ながめるわ、
そしてわたしの美しさをありったけ探ろうとするわ、
頭から足の先まで。

Marcello マルチェルロ	*(agli amici con voce soffocata)*[3] Legatemi alla seggiola!

（押し殺した声で仲間たちに）
おれを椅子にしばってくれ！

---

(1) 〈台〉ここまでの部分、(civettuola, volgendosi con intenzione a Marcello＝媚を含んで、意図的にマルチェルロの方へ振り向いて) とある。
(2) 〈台〉意味に変りはないが tutta の位置が異なり、e la bellezza mia ricerca in me ／ tutta da capo e piè としている。
(3) 〈台〉このト書きなし。

Alcindoro[(1)] アルチンドーロ	*(sulle spine)* Quella gente che dirà?	

（心配でたまらずに）
あの者どもがなんというやら？

Musetta ムゼッタ	Ed assaporo allor la bramosia sottil che da gl'occhi[(2)] traspira e dai palesi vezzi[(3)] intender sa alle occulte beltà. *(alzandosi)*[(4)] Così l'effluvio del desio tutta m'aggira, felice mi fa![(5)]

そしたらわたしはそんなとき欲望を楽しませてもらうの、
意味ありげな欲望ってみんなの目から発散されて
見てとってしまうのよ、外側に見える魅力から
隠された美しさまで。
（立ち上がって）
そうなると欲情の香りがわたしをすっかりつつみこみ
わたしを幸せにしてくれるの！

Alcindoro アルチンドーロ	*(si avvicina a Musetta, cercando di farla tacere)*[(6)] 〈Quel canto scurrile mi muove la bile!〉[(7)]

（ムゼッタを黙らせようとして、彼女に近づく）
〈その下卑た歌は
わしの怒りを搔きたてる！〉

Musetta ムゼッタ	E tu che sai, che memori e ti struggi[(8)] da me tanto rifuggi? So ben: le angoscie tue non le vuoi dir, ma ti senti morir!

なのにみんな分ってて、思い出もあるし苦しんでいるあなたは
わたしからそんなにも逃げているつもり？
よく分っててよ、あなたは切ない思い、それを口にしたくないの、
でも死ぬ思いでいるわ！

---

(1) 〈台〉この台詞なし。
(2) 〈台〉"dai vogliosi occhi＝物欲しげな目から"としている。
(3) 〈台〉vezzi palesi の語順。
(4) 〈台〉このト書きなし。
(5) 〈台〉"e delirar mi fa＝そしてわたしを興奮させる"としている。
(6) 〈台〉このト書きなし。
(7) 〈台〉「怒らせる」という意味では同じだが、mi muove alla bile! とある。〈総譜〉ではこの後もムゼッタを宥めるアルチンドーロの前出の台詞が3箇所ほどあるが、〈台〉ではなし。
(8) 〈台〉前に"com'io d'amor＝わたしのように、愛に苦しんでいる"とある。

Mimì ミミ	*(a Rodolfo)* Io vedo ben... che quella poveretta tutta invaghita di Marcel,[(1)] tutta invaghita ell'è!
	（ロドルフォに） わたしはよく分るの… あの気の毒なかたは マルチェルロにすっかり夢中なのね、 すっかり夢中なのだわ、あのかたは！
	(Schaunard e Colline si alzano e si portano da un lato, osservando la scena con curiosità, mentre Rodolfo e Mimì rimangono soli seduti parlandosi con tenerezza — Marcello, sempre più nervoso, ha lasciato il suo posto; vorrebbe andarsene, ma non sa resistere alla voce di Musetta)[(2)]
	（ショナールとコルリーネ、立ち上がって傍に寄るとその場の様子を興味津々、見守る、一方ロドルフォとミミは2人だけで残り、座ったまま仲睦まじく言葉を交わす――マルチェルロはいよいよ興奮して席を離れてしまっている、そして立ち去りたいのだがムゼッタの声に抗することができない）
Alcindoro アルチンドーロ	Quella gente che dirà? *(tenta inutilmente di persuadere Musetta a riprendere posto alla tavola, ove la cena è già pronta)* あの者どもがなんというやら？ （テーブルに戻るようにムゼッタを説得しようとするができず、そのテーブルにはすでに夕食が運ばれてきている）
Rodolfo ロドルフォ	*(a Mimì)*[(3)] Marcello un dì l'amò. （ミミに） マルチェルロは、以前、彼女を愛してね。
Schaunard[(4)] ショナール	〈Ah, Marcello cederà!〉 〈やれやれ、マルチェルロは降参することになるぞ！〉

(1) 〈台〉この2行を "è di Marcello tuo tutta invaghita!＝あなたのマルチェルロにすっかり夢中なのね" と1行にしている。〈手〉も "Marcello tuo＝あなたのマルチェルロ" としている。
(2) 〈台〉このト書きなし。
(3) 〈台〉このト書きなし。
(4) ショナールの台詞は、ここからムゼッタが足の痛みを装う箇所までの間、〈総譜〉では5つに分けて他の人物の台詞と組み合わされ、また前出の台詞の繰り返しも挿入されているが、〈台〉では1つにまとめられ、また台詞の順序も微妙に異なる。〈総譜〉と重なる部分も多いがここに記しておく。〈Quel Marcel che fa il bravaccio＝強がりを演じてるがあのマルチェルロ、／ a momenti cederà；＝すぐにも降参するぞ、／ trovan dolce al pari il laccio＝ふたりはおなじように罠が楽しくて ／ chi lo tende e chi ci dà.＝片方がそれを仕掛け、片方がそこに落ちる。〉（a Colline＝コルリーネに）Se una tal vaga persona＝もしもあんな麗しい人が ／ ti trattasse a tu per tu＝きみに親密にしてきたら ／ manderesti a Belzebù＝きみだってベルゼブルに引き渡すだろうさ、／ la tua scienza brontolana.＝小うるさいきみの学問を。

Colline コルリーネ	⟨(1)Chi sa mai quel che avverrà!⟩	
	⟨いったい誰が知ろう、これから起ころうことは！⟩	
Rodolfo ロドルフォ	*(a Mimì)*(2) (3)La fraschetta l'abbandonò per poi darsi a miglior vita.	
	(ミミに) それをあの浮気女、彼を捨てた、 その後もっといい暮らしを楽しむために。	
Schaunard ショナール	⟨Trovan dolce al pari il laccio...⟩	
	⟨ふたりはおなじように罠が楽しくて…⟩	
Colline コルリーネ	⟨Santi numi, in simil briga...⟩	
	⟨いやはや、こうした面倒には…⟩	
Schaunard ショナール	⟨...chi lo tende e chi ci dà.⟩	
	⟨…片方がそれを仕掛け、片方がそこに落ちる。⟩	
Colline コルリーネ	⟨...mai Colline intoppera(4)!⟩	
	⟨…ぜったい、コルリーネは出くわすことにならん！⟩	
Musetta ムゼッタ	⟨Ah!(5) Marcello smania Marcello è vinto!⟩	
	⟨ああ！マルチェルロは逆上してるわ、 マルチェルロは負けよ！⟩	
Alcindoro アルチンドーロ	Parla pian! Zitta, zitta!	
	小声で話しなさい！ しいっ、しずかに！	
Mimì ミミ	⟨Quell'infelice mi muove a pietà!⟩	
	⟨あの不幸なかたが わたしには不憫になるわ！⟩	

(1) ⟨台⟩ この前に "Ella prega, egli castiga,＝彼女は懇願し、彼は懲らしめているが," の 1 行がある。次行の Chi sa を chissà としているが、意味は変らない。
(2) このト書きなし
(3) ⟨台⟩ 前の台詞を終止せずに "ma la fraschetta＝けれどあの浮気女は / abbandonò per correr miglior vita＝もっといい暮らしをやってみるために捨てた" とある。
(4) ⟨手⟩ 意味は変らないが incasserà としている。
(5) ⟨台⟩ 間投詞の Ah! なし。そしてこの台詞をずっと後の、足の痛いのを装う場面の直前においている。

Colline コルリーネ	⟨Essa è bella, io[1] non son cieco,[2] ma piaccionmi[3] assai più una pipa e un testo greco.⟩

⟨彼女はきれいだ、おれだって盲目ではない、
だがおれにはもっとずっと好ましい、
パイプとギリシア語の原書のほうが。⟩

Schaunard ショナール	⟨Quel bravaccio a momenti cederà! Stupenda è la commedia! Marcello cederà.⟩

⟨あの強がりや、すぐにも陥落するぞ！
すばらしい、この喜劇は！
マルチェルロは陥落することになる。⟩

Mimì ミミ	*(stringendosi a Rodolfo)* T'amo!

(ロドルフォに身をすり寄せて)
あなたを愛していてよ！

Rodolfo ロドルフォ	*(cingendo Mimì alla vita)* Mimì!

(ミミの腰に手を回して)
ミミ！

Mimì ミミ	⟨Quell'infelice mi muove a pietà!...[4] L'amor ingeneroso è tristo amor!⟩

⟨あの不幸なかたが不憫になるわ！…
心のせまい愛は惨めな愛ですもの！⟩

Rodolfo ロドルフォ	È fiacco amor quel che le offese vendicar non sa![5] Non risorge spento amor!

生ぬるい愛だ、そういう、恥をかかされて
復讐できないなんていうのは！
消えた愛はもうよみがえりはしない！

---

(1) ⟨台⟩ "io＝おれだって" なし。
(2) ⟨台⟩ この後 "e di calda gioventù; ＝それに燃える若さの只中だ" と1行ある。
(3) ⟨台⟩ 意味は同じであるが、mi piaccion の語順。
(4) ⟨台⟩ ミミのこの2行は、順序が逆になっている。また独白の括弧を付していない。amor は amore。⟨総譜⟩ では繰り返しの演奏で Ah! Ah! Mi muove a pietà と感嘆詞が入る。
(5) ⟨台⟩ このロドルフォの台詞も2つの文の順序が逆である。また amor は amore。⟨総譜⟩ も繰り返しは amore としている。

Shaunard ショナール	Se tal vaga persona, ti trattasse a tu per tu, la tua scienza brontolona manderesti a Belzebù!

もしも、あんな麗しいひとが
きみに親密にしてきたら
きみだってその小うるさい学問、
ベルゼブル[1]に引き渡すだろうさ。

Musetta[2] ムゼッタ	*(rivolta a Marcello)* So ben: le angoscie tue non le vuoi dir. Ah! ma ti senti morir.

（マルチェルロの方へ向いて）
よく分っててよ、あなたは切ない思い、
それを口にしたくないのよね。
ああ！ だけど死ぬ思いでいるわ。

Alcindoro アルチンドーロ	Modi, garbo! *(con violenza)* Zitta, zitta!

行儀を、嗜みを！
（強い態度で）
しいっ、しずかに！

---

(1) パリサイ人によって悪魔の首長と考えられた悪霊。この呼び名の起源には諸説あるが、新約聖書のマタイ伝12、ルカ伝11、マルコ伝3で悪霊の頭としてこの名がパリサイ人とイエスの口から発せられる。一般的な意味としては「醜く怒りっぽい者」として使われる。mandare a Belzebù は「地獄へ送る」といった意味。
(2) 〈台〉この台詞の繰り返しの指示はない。従って繰り返しであるここで加えられた間投詞の Ah! は〈総譜〉のみ。

Musetta ムゼッタ	*(ad Alcindoro, ribellandosi)*[1] Io voglio fare il mio piacere. Voglio far quel che mi par, non seccar! Non seccar! 〈Or convien[2] liberarsi del vecchio!〉 *(simulando un forte dolore ad un piede va di nuovo a sedersi)*[3] Ahi!...
	（アルチンドーロに、歯向かって） あたしは自分の好きにしたいの。 自分でこうと思うことをしたいの、 うるさくしないで！うるさくしないでよ！ 〈このへんでこの年寄りから逃げ出すべきだわよね！〉 （片足がひどく痛むふりをしながら、席へ戻って座る） 痛い！…
Alcindoro アルチンドーロ	Che c'è?
	どうしたね？
Musetta ムゼッタ	Qual dolore! Qual bruciore!
	なんて痛み！ なんてヒリヒリするの！
Alcindoro アルチンドーロ	Dove?
	どこが？
Musetta ムゼッタ	*(mostrando il piede con civetteria)*[4] Al piè! *(Alcindoro si china per slacciare la scarpa a Musetta)*[4]
	（媚びた様子で足を見せながら） 足が！ （アルチンドーロはムゼッタの靴紐を緩めるために身を屈める）

---

(1) 〈台〉このト書きなし。また前出の繰り返しである次の3行もなし。
(2) 〈台〉Ora conviene
(3) 〈台〉(fingendo provare un vivo dolore＝激しい痛みを感じるふりをしながら) とのみ。〈手〉では〈総譜〉のト書きの後半を "al piede, quasi strillando＝足が～、ほとんど喚き立てて" とある。
(4) 〈台〉これらと次ページ1行目のト書きなし。〈手〉では「足が！」に対して (indicando il piede solleva la gonna un poco, mostrando un po' di gamba＝足を指しながらスカートを少し持ち上げて少しだけ足を見せる) とト書きを付している。

	(gridato) Sciogli, slaccia! Rompi, straccia! Te ne imploro...[(1)] Laggiù c'è un calzolaio. (怒鳴り声で) ゆるめて、解いて！ こわして、引き裂いてよ！ あなたにぜひお願いするわ… あっちに靴屋さんがあるの。
Alcindoro アルチンドーロ	Imprudente! 分別のない！
Marcello マルチェルロ	*(commosso sommamente, avanzandosi)* 〈Gioventù mia, tu non sei morta, nè di te morto è il sovvenir!〉 (この上なく感動して、前へ進み出ながら) 〈わが青春よ、 おまえは死んでいなかった、 おまえの思い出も死んでいなかった！〉

(1) 〈台〉この後 Alcindoro! と呼びかけている。ここからムゼッタとマルチェルロの和解の場面まで、〈台〉と〈総譜〉の台詞は照合させるとそれほど大きな違いはないが、その順序、〈総譜〉での前出の台詞の繰り返し等が異なることから、話の進み方、饒舌さに差が見られる。またト書きはかなり異なる。そこでこの部分の〈台〉を記しておく。　**アルチンドーロ**: (abbassandosi per slacciare la scarpa a Musetta＝ムゼッタの靴を緩めるために身を低くしながら) Zitta, zitta...＝しっ、静かに… **ムゼッタ**: Dio che fitta!＝まっ、なんて激痛！ **アルチンドーロ**: (tastando il piede a Musetta＝ムゼッタの足に触ってみながら) Qui?＝ここかな？ **ムゼッタ**: Più in giù...＝もっと下… **アルチンドーロ**: Qui?＝ここかな？ **ムゼッタ**: Più in su...＝もっと上… / maledetta scarpa stretta.＝しゃくにさわるきつい靴ね。 **アルチンドーロ**: (scandolezzato＝行儀の悪さに困惑して) Quella gente che dirà?＝あの者たちがなんというか？ **ムゼッタ**: Or la levo per sollievo.＝もうほっとしたいから脱ぐわ。 **アルチンドーロ**: (cercando trattenere Musetta＝ムゼッタに止めさせようとしながら) Imprudente!＝分別のない！ **ムゼッタ**: (si leva la scarpa e la mette sulla tavola＝片方の靴を脱ぎ、テーブルの上に置く) Eccola.＝さあ、これよ。/ Laggiù c'è un calzolaio,＝あっちに靴屋さんがあるの、/ comprane un altro paio.＝別の一足を買ってきて。 **アルチンドーロ**: (disperato, prende la scarpa e rapidamente se la caccia nel panciotto, e si abbottona maestoso l'abito＝仕方ないと諦めて靴を取り、素早くチョッキの中へ滑り込ませ、堂々とした様子で服のボタンを掛ける) Come! Vuoi che io comprometta＝何々のだ！ おまえは危うくしろというのか、/ il mio grado?...＝わたしの地位を？… **ムゼッタ**: Perchè no?＝なぜいけないの？ / Via!＝行ってよ！ **アルチンドーロ**: Mio Dio!＝やれやれ！ **ムゼッタ**: (impazientandosi＝焦れてきて) Corri!＝急いで行って！ **アルチンドーロ**: Musetta!＝ムゼッタ！ **ムゼッタ**: Presto!＝早く！ **アルチンドーロ**: Aspetta!...＝まあ、待て！… **ムゼッタ**: Strillo!...＝わめくわよ！… **アルチンドーロ**: Vo.＝行くよ。(per timore di maggior scandalo, Alcindoro corre frettolosamente verso la bottega del calzolaio＝さらにスキャンダルが大きくなるのを恐れて、アルチンドーロ、靴屋の方へ慌てて走っていく)

Musetta ムゼッタ	Corri presto! Ne voglio un altro paio. *(strillando)* Ahi! che fitta, maledetta scarpa stretta!
	早く急いで行って！ 別の一足がほしいの。 (喚きたてて) 痛い！ なんて激痛、 しゃくにさわるきつい靴ね！
Alcindoro アルチンドーロ	Quella gente che dirà?
	あの者たちがなんというか？
Schaunard e Colline ショナールと コルリーネ	⟨La commedia è stupenda!⟩
	⟨この喜劇はすばらしい！⟩
Marcello マルチェルロ	⟨Se tu battessi alla mia porta, t'andrebbe il mio core ad aprir!⟩
	⟨もしきみがおれの扉をたたくなら きみのためおれの心は開けに行くが！⟩
Musetta ムゼッタ	Or la levo... *(si leva la scarpa e la pone sul tavolo)*
	じゃあ、脱ぐから… (片方の靴を脱ぎ、それをテーブルの上に置く)
Alcindoro アルチンドーロ	*(cercando trattenere Musetta)* Ma il mio grado...
	(ムゼッタに止めさせようとしながら) だが、わたしの地位を…
Musetta ムゼッタ	Eccola qua.
	さあ、ここにおいたわ。
Alcindoro アルチンドーロ	*(nasconde prontamente nel panciotto la scarpa di Musetta, poi si abbottona l'abito)* ...vuoi ch'io comprometta?
	(素早くムゼッタの靴をチョッキの下に隠し、それから服のボタンを掛ける) …おまえは危うくしろというのか？
Mimì ミミ	⟨Io vedo ben: ell'è invaghita di Marcello!⟩
	⟨わたしはよく分るわ、 あのかた、マルチェルロに夢中ね！⟩

Rodolfo ロドルフォ	〈Io vedo ben: la commedia è stupenda!〉	
	〈ぼくにはよく分る、 この喜劇はすばらしい！〉	
Musetta ムゼッタ	*(impazientandosi)* Corri, va, corri, presto, va! va!	
	（焦れてきて） 急いで行って、さあ、急いで行って、 早く、さあ！ ほら！	
Alcindoro アルチンドーロ	Aspetta! Musetta! Vo. *(corre*[1] *frettolosamente via)*[2]	
	待ってなさい！ ムゼッタ！ 行ってくるから。 （慌てて走り去る）	
Musetta ムゼッタ	Marcello![3] *(Musetta e Marcello si abbracciano con grande entusiasmo*[4]*)*	
	マルチェルロ！ （ムゼッタとマルチェルロ、大いに熱烈に抱き合う）	
Marcello マルチェルロ	Sirena!	
	セイレン！[5]	
Schaunard ショナール	Siamo all'ultima scena! *(un cameriere porta il conto)*	
	いよいよ大詰めだぞ！ （給仕が勘定書きを持ってくる）	

---

(1) 〈手〉この前に "Musetta spinge Alcindoro ad andarsene ; Alcindoro〜＝ムゼッタ、アルチンドーロを行くように急き立てる、アルチンドーロは〜" とある。
(2) 〈台〉この後に (appena partito Alcindoro, Musetta si alza e si getta nelle braccia di Marcello, che non sa più resistere＝アルチンドーロが去るとすぐ、ムゼッタ、立ち上がり、マルチェルロの腕の中に身を投げる、最早彼は抵抗できない) と入れている。
(3) 〈台〉前に Oh! と間投詞を入れている。
(4) 〈手〉con grande entusiasmo の代わりに "con effusione＝愛情の迸るままに"。
(5) ギリシア神話中の、シチリア近くの島にいたという上半身が女で下半身が鳥の海の精（下半身が魚となった人魚は中世以後）。美しい容姿と美声で船乗りを魅惑し、船を難破に至らしめた。そこから人を魅惑せずにおかない若く美しい女性の意にもなる。

第 2 幕　　　111

Schaunard e Colline[1] ショナール とコルリーネ	*(con sorpresa)* Il conto? （驚いて） 勘定？	
Rodolfo[1] ロドルフォ	*(con sorpresa, alzandosi assieme a Mimì)* Il conto? （驚いて、ミミと一緒に立ち上がりながら） 勘定？	
Schaunard ショナール	Così presto? こんなに早くか？	
Colline コルリーネ	Chi l'ha richiesto?! 誰がこんなものたのんだのだ?!	
Schaunard ショナール	*(al cameriere)*[2] Vediam! *(dopo guardato il conto lo passa agli amici)*[3] （給仕に） 見るとしよう！ （勘定書きを眺めてから、仲間に手渡す）	

(La Ritirata[4] *— è lontanissima e andrà sempre avvicinandosi a poco a poco)*

（軍隊の帰営 —— 非常に遠くであるが、絶えず少しずつ近づいてくることになる）

Rodolfo e Colline ドルフォと コルリーネ	*(osservando il conto)*[5] Caro! （勘定書きを調べて見ながら） 高い！	
Colline, Schaunard e Rodolfo コルリーネ、 ショナール、 そしてロドルフォ	*(tastandosi le tasche vuote)*[6] Fuori il danaro! （空のポケットを手探りしながら） 金を出そう！	

---

(1) 〈台〉2つを纏めて、ト書きはなく、"**Tutti** (meno Marcello)＝**全員**（マルチェルロを除く）: Il conto!＝勘定！" としている。
(2) 〈台〉このト書きなし。
(3) 〈台〉(si fa dare il conto, che fa il giro degli amici＝勘定書きを差し出させ、それを友人間で回す) としている。
(4) 〈手〉"La Ritirata francese＝フランス軍の帰営" とある。
(5) 〈台〉このト書きなし。
(6) 〈台〉このト書きなし。

Schaunard ショナール	Colline, Rodolfo e tu, Marcel?	
	コルリーネ、ロドルフォ、それにきみ、マルチェルロは？	
Monelli 腕白な子供たち	*(accorrendo da destra)* La Ritirata!	
	（右手から駆けつけて） 軍隊の帰営だぞ！	
Marcello マルチェルロ	Siamo[1] all'asciutto!	
	おれたち、文無しだ！	
Schaunard ショナール	Come?	
	なんだって？	
Sartine e Studenti お針子たちと 学生たち	*(sortono precipitosamente dal Caffè Momus)*[2] La Ritirata!	
	（カフェ・モミュスから大急ぎで出てくる） 軍隊の帰営！	
Rodolfo ロドルフォ	Ho trenta soldi in tutto!	
	ぼくはぜんぶで30スーだ！	
Borghesi 男女の市民たち	*(accorrendo da sinistra — la Ritirata essendo ancor lontana, la gente corre da un lato all'altro della scena, guardando da quale via si avanzano i militari)* La Ritirata!	
	（左手から駆けつけて —— 帰営がまだ遠いので、人々は兵隊たちがどの道から進んでくるのか確かめようと舞台の一方から他方へと走る） 軍隊の帰営だ！	

(1) 〈台〉"Sono all'asciutto!＝おれは文無しだ" としている。
(2) 〈台〉軍隊の帰営に関連した卜書きは、〈総譜〉のように細かく分けて台詞ごとに付すのでなく、ここで次のように一纏めにしている。(lontanissima si ode la ritirata militare, che poco a poco va avvicinandosi: la gente accorre da ogni parte, guardando e correndo di qua, di là onde vedere da quale parte giunge＝非常に遠くで軍隊の帰営の音が聞こえる、それは次第に近づいてくる、人々が四方八方から駆けつけ、あちこち眺め、走りながらどの方面から来るのか見ようとする）。この先も人物の分類と台詞ともに〈総譜〉より大まか、単純であり、両者にかなりの差があるので、記しておく。**市民**: La ritirata. Vien la ritirata.＝兵隊の帰営だ。帰営の兵隊が来る。／ Oh, largo, largo abbasso!＝ああ、あけてくださいよ、いいから道をあけるんだ！ **腕白な子供たち**: Come sarà arrivata＝ここまで来たら／ la seguiamo al passo.＝あとについていこうね。**市民**: In quel rullio tu senti＝あの太鼓連打には感じるってものだね、／ la patria maestà.＝祖国の威風を。**腕白な子供たち**: S'avvicinano —— attenti＝近づいてくる ——いいかい、／ in fila. Eccoli qua.＝隊列を組んでくる。ほら、もうここだ。(mamme e fanciulle alle finestre ed ai balconi guardando la ritirata che arriva＝母親と女の子が窓やバルコニーでやって来る帰営を眺めながら）**女の子たち**: Mammà voglio vedere.＝お母さん、見たいの。**男の子たち**: Papà voglio sentire.＝お父さん、聞きたいよ。**母親**: Lisetta vuoi tacere?＝リゼッタ、黙ったらどう？／ Tonio la vuoi finire?＝トニオ、やめたらどう？**男の子たち**: Prendimi in braccio.＝抱きあげてよ。**母親**: Sì.＝いいわよ。**女の子たち**: Vedere!＝見るの！ **全員**: Eccolo qui!＝ほらもう、ここに！ (la ritirata militare attraversa la scena＝軍隊の帰営、舞台を横切る）

Colline, Schaunard e Marcello コルリーネ、ショナール、そしてマルチェルロ	*(allibiti)* Come? Non ce n'è più? (うろたえて) なんだって？ それよりないのか？
Schaunard ショナール	*(terribile)* Ma il mio tesoro ov'è! (怖い調子で) じゃ、ぼくの大金はどこなんだ？
	(portano le mani alle tasche: sono vuote: nessuno sa spiegarsi la rapida scomparsa degli scudi di Schaunard: sorpresi si guardano in faccia l'un l'altro) (みんなポケットに手をやる、空である、誰もショナールの金がそんなに早く消え去った理由が分らない、そこで驚いて互いに顔を見合わせる)
Monelli 腕白な子供たち	S'avvicinan per di qua!? *(cercando orientarsi)* こっちから来るのか!？ (方向を見極めようとして)
Musetta ムゼッタ	*(al cameriere)* Il mio conto date a me.[1] (給仕に) わたしにはわたしのお勘定をちょうだい。
Sartine e Studenti お針子たちと学生たち	No! di là! ちがう！ あっちから！
Monelli 腕白な子供たち	*(indecisi, indicando il lato opposto)* S'avvicinan per di là! (はっきり分らずに、反対側を指して) あっちから来るよ！
Sartine e Studenti お針子たちと学生たち	Vien di qua! こっちからやって来る！
Momelli 腕白な子供たち	No! vien di là! ちがう！ あっちから来る！
	(si aprono varie finestre; appaiono a queste e sui balconi alcune mamme coi loro ragazzi, ed ansiosamente guardano da dove arriva la ritirata) (あちこちの窓が開く、そこに、そしてまたバルコニーに子供と一緒に何人かの母親が姿を現し、帰営の兵たちがやって来る方を待ち遠しそうに眺める)

---

(1) 〈台〉"Date il mio conto. È pronto?＝わたしのお勘定をちょうだい。用意できてて？"とある。

Musetta ムゼッタ	*(al cameriere che le mostra il conto)*[1] Bene! Presto, sommate[2] quello con questo! *(il cameriere unisce i due conti e ne fa la somma)*[3] Paga il signor che stava qui con me!
	（彼女に勘定書きを示す給仕に） いいわ！ 早くね、合計して、 あれをこれと！ （給仕、2つの勘定を一緒にし、その合計額を出す） お払いになるわ、ここでわたしといっしょだった紳士が！
Rodolfo, Marcello, Schaunard e Colline ロドルフォ、 マルチェルロ、 ショナール、 そしてコルリーネ	*(accennando dalla parte dove è andato Alcindoro)* *(comicamente)* Paga il signor! *(il cameriere presenta i due conti riuniti a Musetta)*
	（アルチンドーロが行った方角を指差しながら） （おどけて） お払いになる、あの紳士が！ （給仕は2組まとめた勘定書きをムゼッタに差し出す）
Schaunard e Colline[4] ショナールと コルリーネ	*(fra loro)* *(comicamente)* Paga il signor!
	（3人の間で順に） （おどけて） お払いになる、あの紳士が！
Marcello[4] マルチェルロ	*(fra loro)* *(comicamente)* ...il signor!...
	（3人の間で順に） （おどけて） …あの紳士が！…

---

(1) 〈台〉(al cameriere che lo consegna＝それを手渡す給仕に) としている。
(2) 〈台〉Sommate presto の語順。
(3) 〈台〉このト書きなし。
(4) 〈台〉ショナール、コルリーネ、マルチェルロの3人が順にムゼッタの台詞を繰り返す部分なし。

Musetta ムゼッタ	*(ponendo i due conti riuniti sul tavolo*[1] *al posto d'Alcindoro)* E dove s'è seduto, ritrovi il mio saluto!	

（テーブルの上のアルチンドーロの席に2組まとめた勘定書きを置きながら）

これであの人、座ってた場所に
わたしのご挨拶を見つけるといいわ！

Rodolfo, Marcello, Schaunard e Colline ロドルフォ、 マルチェルロ、 ショナール、 そしてコルリーネ	E dove s'è seduto ritrovi il suo saluto!

これであいつ、座ってた場所に
彼女の挨拶を見つけるがいい！

Borghesi e Venditori 男女の市民たちと 商人たち	*(irrompono dal fondo, facendosi strada tra la folla)* Largo! Largo!

（人込みを掻き分けながら、舞台奥から雪崩れ込んでくる）

あけてくださいよ！　道をあけて！

Ragazzi 子供たち	*(dalle finestre)* Voglio veder! Voglio sentir! Mamma, voglio veder! Papà, voglio sentir! Vuò veder la Ritirata!

（窓から）

見たいよ！　聞きたいよ！
お母さん、見たいよ！
お父さん、聞きたいよ！
兵隊さんの帰営が見たいよ！

Le Mamme 母親たち	*(dalle finestre)* Lisetta, vuoi tacer! Tonio, la vuoi finir! Vuoi tacer, la vuoi finir! *(la folla ha invaso tutta la scena: la Ritirata si avvicina sempre più dalla sinistra)*

（窓から）

リゼッタ、黙ったらどう！
トニオ、やめたらどう！
黙ったら、やめたら！

（群衆が舞台中を埋め尽くしてしまっている、帰営の軍隊が左手からますます近づいてくる）

---

(1) 〈台〉"sul tavolo＝テーブルの上に"なし。

Sartine お針子たち	S'avvicinano di qua! こっちからやって来るわ！
Borghesi 男女の市民たち	S'avvicinano di là! あっちから近づいてきますよ！
Sartine, Studenti, Borghesi e Venditori お針子たち、学生たち、男女の市民たち、そして商人たち	Sì, di qua! そう、こっちからだ！
Monelli 腕白な子供たち	Come sarà arrivata, la seguiremo al passo! *(i Bottegai e i Venditori chiudono le loro botteghe, e vengono in istrada)* ここまで来たら あとについていこうね！ （出店の物売りたちと商人たちは自分の店を閉め、それから通りへ出てくる）
Venditori 商人たち	*(parlando ad un gruppo di borghesi che incontrano)* In quel rullio tu senti la patria maestà! （出会った市民の一団に話しかけながら） あの太鼓連打には感じるってものだね、 祖国の威風を！
	(tutti guardano verso sinistra : la Ritirata sta per sbucare nel crocicchio ; allora la folla si ritira e, dividendosi, forma due ali, da sinistra al fondo a destra, mentre gli amici, con Musetta e Mimì, fanno gruppo a parte presso il Caffè) （全員、左手の方を見る、帰営の行進はまさに十字路に入ってこようとしている、すると群衆は後ろへ下がり、それから分れて舞台奥左から右手へと2つの列をなし、一方、ボヘミアンの仲間は、ムゼッタとミミも一緒に、カフェのそばで他から離れてまとまっている）
Sartine, Studenti, Borghesi, Bottegaie e Venditori お針子たち、学生たち、男女の市民たち、出店の女の物売りたち、そして商人たち	Largo, largo, eccoli qua! あけろ、道をあけて、ほらもうそこへ！
Monelli 腕白な子供たち	Ohe! attenti, eccoli qua! おうい！　いいかい、もうそこだよ！

Sartine, Studenti, Monelli, Borghesi, Bottegaie e Venditori お針子たち、学生たち、腕白な子供たち、男女の市民たち、出店の女の物売りたち、そして商人たち	In fila! 隊列を組んでくる！
Marcello[1] マルチェルロ	Giunge la Ritirata! 帰営の兵が到来する！
Marcello e Colline マルチェルロとコルリーネ	Che il vecchio non ci veda fuggir colla sua preda. 老人め、見つけてくれるなよ、われわれが やつの獲物を連れて逃げるところを。
Rodolfo ロドルフォ	Giunge la Ritirata! 帰営の行進が到来する！
Marcello, Schaunard e Colline マルチェルロ、ショナール、そしてコルリーネ	Quella folla serrata, il nascondiglio appresti! あのひしめき合う雑踏に 隠れ場をつくってもらおう！

(La Ritirata Militare — entra da sinistra — la precede un gigantesco Tamburo Maggiore, che maneggia con destrezza e solennità la sua Canna di Comando, indicando la via a percorrere)

(軍隊の帰営――左手から入ってくる――その先頭に大きな体躯の鼓笛隊長がいるが、彼は巧みにまた厳めしく指揮杖を操り、進んでいく道を指示している)

---

(1)〈台〉ここから 4 つの台詞をどれも 4 人の仲間全員のものとしている。次の Lesti, lesti, lesti! も同様で（行頭に "Via＝さあ" を入れて Via lesti, lesti, lesti!... としているが）、ミミとムゼッタなしで 4 人の仲間の台詞。そして〈台〉では 4 人の仲間の台詞は、ムゼッタを称える詩句がないままこれで終わり、第 2 幕を締めくくるのは人々の鼓笛隊長を称える賛辞のみということになる。〈総譜〉と〈手〉にある 4 人の仲間のムゼッタを称える詩句は、台本の最初の構想には入っていなかったのだろう。

Sartine, Studenti, Monelli, Borghesi, Bottegaie e Venditori[1] お針子たち、学生たち、腕白な子供たち、男女の市民たち、出店の女の物売りたち、そして商人たち	*(ammirando ed accennando)* Ecco il tambur maggiore! Più fier d'un antico guerrier! Il tambur maggior! (見惚れ、指差しながら) ほら、鼓笛隊長が! 昔の戦士よりも勇壮だ! 鼓笛隊長だ!
Mimì, Musetta, Rodolfo, Marcello, Schaunard e Colline ミミ、ムゼッタ、ロドルフォ、マルチェルロ、ショナール、そしてコルリーネ	Lesti, lesti, lesti! 早く、早く、早く!
Sartine, Studenti, Monelli, Borghesi, Bottegaie e Venditori お針子たち、学生たち、腕白な子供たち、男女の市民たち、出店の女の物売りたち、そして商人たち	I Zappator! I Zappatori, olà! 工兵だ! 工兵よ、ほら!
Monelli, Borghesi e Bottegaie 腕白な子供たち、男女の市民たち、そして出店の女の物売りたち	La Ritirata è qua! 帰営の行進がそこまで!
Sartine お針子たち	Il tambur maggior! 鼓笛隊長よ!
Studenti e Venditori 学生たちと商人たち	Pare un general! 将軍みたいだ!

(1) 〈台〉鼓笛隊長を称える人々の台詞もやはり〈総譜〉より大まかで、"La Folla＝群衆"と一纏めにして次のようである。 **群衆**: Ecco il tamburo maggior più fiero＝ほら、鼓笛隊長だ、もっと / d'un antico guerriero!＝昔の戦士より勇壮に見える! / Al gesto trionfale＝立派な身ぶりは / somiglia un generale.＝将軍のようだ。 / La canna è tutta d'or!＝指揮杖は全体、金だ! / e lui tutto splendor!＝そして彼は全身、輝いている! / Di Francia è il più bell'uom＝フランス一番の美丈夫だ、/ il bel tambur maggior!...＝素晴らしい鼓笛隊長だ!… 〈台〉トリノ版では上記の3行目から後、次に見るように〈台〉とも〈総譜〉とも異なる。Al gesto trionfale＝立派な身振りは / diresti un generale.＝将軍といっていいくらい。/ Che mustacci! Che pizzo! Che statura!＝なんという口髭! なんという顎鬚! なんという姿! / Che torace! Che canna! Che andatura!＝なんという胸! なんという指揮杖! なんという歩調! / Padron di tutti i cuori＝すべての者の心をとらえて / egli passa e non guarda.＝彼は行進し、だけど誰にも目を向けない。/ I zappatori!...＝工兵だ!… / Che belle barbe! Sembran fra le genti＝なんて素晴らしい頬鬚! 見てるみんなには / possenti monumenti semoventi!＝力あふれる動く彫像のようだ!

Sartine, Studenti, Monelli, Borghesi, Bottegaie e Venditori お針子たち、学生たち、腕白な子供たち、男女の市民たち、出店の女の物売りたち、そして商人たち	Eccolo là! Il bel tambur maggior! La canna d'or, tutto splendor! Che guarda, passa, va! ほら、彼だ、ねっ！ りっぱな鼓笛隊長だ！ あの金の指揮杖、ピカピカ光ってる！ 彼は目配りしながら、行進し、通り過ぎていく！
	(Musetta, non potendo camminare, perchè ha un solo piede calzato, è alzata a braccia da Marcello e Colline, che[1] *rompono le file degli astanti, per seguire la Ritirata: la folla, vedendo Musetta portata trionfalmente, ne prende pretesto per farle clamorose ovazioni. Marcello e Colline con Musetta si mettono in coda alla Ritirata: li seguono Rodolfo e Mimì a braccetto e Schaunard col suo corno imboccato: poi Studenti e Sartine, saltellando allegramente, poi Ragazzi, Borghesi, Donne che prendono il passo di marcia: tutta questa folla si allontana dal fondo, seguendo*[2] *la Ritirata Militare)* （ムゼッタは片方だけ靴を履いた状態のために歩くことができないので、マルチェルロとコルリーネに担ぎ上げられ、2人は帰営の行進の後を追うために見物人の列を掻き分けていく、群衆は、ムゼッタが意気揚々と運ばれていくのを目にして、それを機に彼女に盛んな拍手喝采をする。ムゼッタを連れたマルチェルロとコルリーネは帰営の行進の後に続き、ロドルフォとミミは腕を組んで、ショナールはホルンを口に当てながら、彼らの後を追う、さらに学生たちとお針子たちは小躍りしながら陽気に、そして子供たち、市民たち、女たちも、行進の歩調で歩いていく、これら群衆全員、帰営の行進の後を追って舞台奥の方へ遠ざかる）
Rodolfo, Marcello, Schaunard e Colline ロドルフォ、マルチェルロ、ショナール、そしてコルリーネ	Viva Musetta, cuor biricchin! Gloria ed onor, onor e gloria del Quartier Latin! ムゼッタ、万歳、 いたずら娘よ！ 栄光にして誇り、 誇りにして栄光よ、 このラテン区の！

(1) 〈台〉ここから：までなし。
(2) 〈台〉"この後 e cantando＝そして歌いながら"と入る。

Sartine, Studenti, Monelli, Borghesi, Bottegaie e Venditori
お針子たち、学生たち、腕白な子供たち、男女の市民たち、出店の女の物売りたち、そして商人たち

Tutto splendor!
Di Francia è il più bell'uom!
Il bel tambur maggior!
Eccolo là!
Che guarda, passa, va!
(grida del Coro internamente)

ピカピカ輝いている!
フランス一番の美丈夫だ!
りっぱな鼓笛隊長!
ほら、彼が、ねっ!
彼は目配りしながら、行進し、通り過ぎていく!
(舞台裏で合唱の叫び声)

(Intanto[1] Alcindoro, con un paio di scarpe bene incartocciate, ritorna verso il Caffè Momus,[2] cercando di Musetta: il cameriere, che[3] è presso al tavolo, prende [4] il conto lasciato da[5] questa e cerimoniosamente lo presenta ad Alcindoro, il quale, vedendo la somma, non trovando più alcuno, cade su di una sedia, stupefatto, allibito)

(そうこうする間にアルチンドーロ、きれいに紙で包んだ靴を持って、ムゼッタを捜しながらカフェ・モミュスの方へ戻ってくる。テーブルのそばにいた給仕はムゼッタがおいていった勘定書きを手に取り、恭しくアルチンドーロに差し出す。彼は金額を見て、もう誰もいないのを知り、啞然として、青くなり、椅子に倒れこむ)

---

(1) 〈台〉Intanto なし。トリノ版にはあり。
(2) 〈台〉cercando di Musetta の部分を "cerca inutilmente Musetta e s'avvicina alla tavola=ムゼッタを捜すが見つからないまま、テーブルに近づく" としている。
(3) 〈台〉"che è lì presso=そこのそばにいる(給仕)" としている。
(4) 〈台〉勘定書きを複数にして i conti lasciati や li presenta としている。
(5) 〈台〉da Musetta としている。

★ 手稿の最後のページに作曲家自筆で次のように記されている。
Fine atto 2°— Pescia (Castellaccio) — 19. 7. 95 — G. Puccini=第2幕終わり — ペッシャ(カステルラッチョ) — 95年7月19日 — G. プッチーニ

第3幕
QUADRO TERZO

QUADRO TERZO
第3幕

〈La voce di Mimì aveva una sonorità che penetrava nel cuore di Rodolfo come i rintocchi di un'agonia...

Egli però aveva per lei un amore geloso, fantastico, bizzarro, isterico...

Venti volte furono sul punto di dividersi.

Convien confessare che la loro esistenza era un vero inferno.

Nondimeno, in mezzo alle tempeste delle loro liti, di comune accordo si soffermavano a riprender lena nella fresca oasi di una notte d'amore... ma all' alba del domani una improvvisa battaglia faceva fuggire spaventato l'amore.

Così — se fu vita — vissero giorni lieti alternati a molti pessimi nella continua attesa del divorzio...〉

〈Musetta, per originaria malattia di famiglia e per materiale istinto, possedeva il genio dell'eleganza.〉

〈Questa curiosa creatura dovette, appena nata, domandare uno specchio.〉

〈Intelligente ed arguta, ribelle soprattutto a quanto sapesse di tirannia, non aveva che una regola: il capriccio.〉

〈Certo il solo uomo da lei veramente amato era Marcello — forse perchè egli solo sapeva farla soffrire — ma il lusso era per lei una condizione di salute.〉[1]

《ミミの声には、臨終の鐘の音のようにロドルフォの胸にしみわたる、そんな響きがあった…

彼は、しかし、彼女に対して嫉妬深く、妄想的、風変わり、ヒステリックな愛を抱いていた…

何度となく彼らはまさに別れるところまでいった。

彼らの生活が本物の地獄だったことは明らかにしておくのがよいだろう。

にもかかわらず、彼らは諍いの嵐の真っ只中でも、愛の一夜のさわやかなオアシスではおたがい気を合わせて休み、一息入れていた… だが、翌朝の夜明けには、突然起こる戦闘のために愛は驚き逃げ去るのだった。

こうして ── それが暮らしといえるなら ── 彼らは絶えず別離のときを待ちつつ、楽しい日々を多くの最悪の日々と交互に暮らしていた…》

《ムゼッタは、血筋のもたらす病気のため、また物に対する本能のため、おしゃれに天才的才能を持っていた。》

《この奇妙な娘は、生まれ出るや否や、鏡を要求したにちがいない。》

《頭がよくて機知に富み、何にもまして横暴の気配のするものすべてに反抗心を抱く彼女には、ひとつのルールしかなかった、それは気まぐれ。》

---

(1) 第3幕に添えられた原作の抜粋は、14章「ミミ嬢 (Mademoiselle Mimi)」と6章「ミュゼット嬢 (Mademoiselle Musette)」。「生まれてすぐ鏡〜」の記述は19章「ミュゼットの気まぐれ (Les Fantaisies de Musette)」から。

《確かなところ、彼女によって本当に愛されているただひとりの男はマルチェルロであったが —— 恐らく彼だけが彼女を苦しめることができたからだろう —— しかし贅沢は彼女にとって健康の条件だった。》

LA BARRIERA D'ENFER
アンフェールの関税徴収所[1]

　Al di là della barriera il boulevard esterno e, nell'estremo fondo, la route[2] d'Orleans che si perde lontana fra le alte case e la nebbia e bruma[3] del febbraio; al di qua, a sinistra, un Cabarè[4] ed il piccolo largo della barriera, a destra, il boulevard d'Enfer; a sinistra quello di S.t Jacques.

　A destra pure la imboccatura di rue d'Enfer che mette in pieno Quartier Latino.

　Il Cabarè ha per insegna il quadro di Marcello "Il passaggio del Mar Rosso", ma sotto invece a larghi caratteri vi è dipinto "Al porto di Marsiglia". Ai lati della porta vi[5] sono pure dipinti a fresco un turco e uno zuavo con una enorme corona d'alloro intorno al fez. Alla parete del Cabarè, che guarda verso la barriera, una finestra a pian terreno donde esce luce[6].

　I platani che costeggiano il largo della barriera, grigi, alti e in lunghi filari, dal largo si dipartono diagonalmente verso i due boulevards. Fra platano e platano sedili di marmo. È il febbraio, al finire[7]; la neve è dappertutto.

　All'alzarsi della tela [8]la scena è immersa nella incertezza delle luce della primissima alba. Seduti avanti ad un braciere stanno sonnecchiando i Doganieri. Dal Cabarè, ad intervalli, grida, cozzi di bicchieri, risate.

　徴収所の関門の向こうに外側の大通り、その遥か奥にオルレアン街道、これは遠くで高い家並みと2月の霧と靄のなかに消えている。関門のこちらは、左側に酒場と関門前の小さい広場、右側はアンフェール大通り、左側はサン・ジャック大通りになる。

　右側にはラテン区の真ん中へ通じるアンフェール街の進入口もある。

　酒場は看板にマルチェルロの画、「紅海の渡渉」が掛かっている、ところがその下には太い字体で「マルセイユの港にて」と書かれている。入り口の両側にはフレスコ画でひとりのトルコ人とトルコ帽の周りにひどく大きな月桂冠を飾って被ったひとりのズアーヴ兵[9]も描かれている。酒場の関門の方を向いた壁には1階に窓があり、そこから明かりが漏れている。

　関門の広場を囲む灰色の、背の高い、長い列をなすプラタナスは、広場から斜めに2本の大通りの方へ向って分れている。プラタナスとプラタナスの間には複数の大理石のベンチ。時は2月、それも末である、雪が辺り一面を覆っている。

　幕が上がると、場面は夜の明け初めの光のぼんやりしたなかに沈んでいる。税関兵たちが火鉢を前にして座り、居眠りしている。酒場から時折、叫び声、グラスのぶつかる音、笑い声など。

(1) アンフェールの関税徴収所の位置は、1879年までアンフェール広場（Place d'Enfer）といわれた、現在のモンパルナスのダンフェール＝ロシュロ広場（Place Denfert Rochereau）になる。かつてはここにフェルミエール＝ジェネロ（Fermiers Généraux）と名のついた城壁があり、そこにアンフェール門が開いていた。
(2) 〈台〉イタリア語に直して la strada d' Orléans としている。〈総譜〉は Orléans のアクセント記号を抜いているが、フランス語ではアクセント記号あり。〈台〉は rue d' Enfer も via d' Enfer とイタリア語にしている。
(3) 〈台〉e bruma なし。nebbia とほとんど同意義であるので意味上必要もないと思われるが、フランス語の brume に近い単語を加えてパリの雰囲気を添えようとしたのだろうか。
(4) フランス語の cabaret の発音をイタリア語綴りにした表記であるが、〈台〉ではフランス式に Cabaret を使っている。〈手〉ではイタリア語の "osteria＝居酒屋" が使われ、時折フランス語綴りの cabaret が混じる。
(5) 〈台〉vi はなく、sono pure dipinti としている。意味に大きな違いはないが、〈総譜〉は上記の vi è dipinto と形を合わせて "vi＝そこに" を入れたのだろう。
(6) 〈台〉luce でなく、"un chiarore rossiccio＝赤みがかった薄明かり" としている。
(7) 〈台〉al finire なし。
(8) 〈台〉この後〈総譜〉と少し異なり、"c'è nel cielo e sulle case il biancheggiare incerto della primissima alba＝空と家々の上に夜の明け初めのほんのりした白みが見られる" としている。
(9) フランス植民地の歩兵隊の兵士のこと。この部隊は1830年にアルジェリアで初めて編成された。

第 3 幕

	Un Doganiere esce dal Cabarè con vino. La cancellata della barriera è chiusa.	ひとりの税関兵が居酒屋から葡萄酒を持って出てくる。関門の柵格子は閉まっている。

Spazzaturai[1]
清掃夫たち

(dietro la cancellata chiusa, battendo i piedi dal freddo e soffiandosi su le mani intirizzite, stanno alcuni Spazzaturai)
Ohè, là![2] le guardie!... Aprite![3]
(i Doganieri rimangono immobili; gli Spazzaturai picchiano con le loro scope e badili sulla cancellata)
Ohè, là![2]
Quelli di Gentilly!... Siam gli spazzini.[4][5]

(閉まった柵格子の後ろに、寒さのために足踏みをし、かじかんだ手に息を吹きかけながら、数人の清掃夫がいる)
おうい、ちょいと！ 番兵はいるんだ！… 開けてくださいよう！
(税関兵、動かないままでいる、清掃夫は自分たちのホウキやシャベルで柵格子を叩く)
おうい、ちょいと！
ジャンティ[6]のもんで！… 掃除夫でさあ。

(battendo i piedi)[7]
Fiocca la neve!... Ohè, là![8] Qui s'agghiaccia![9]

(足踏みしながら)
雪が舞ってるんで！… おうい、ちょいと！ ここじゃ凍えちまう！

Doganiere
税関兵

(alzandosi assonnato e stirandosi le braccia)[10]
Vengo!
(va ad aprire; gli Spazzaturai entrano e si allontanano per rue d'Enfer. Il Doganiere rinchiude la cancellata)

(眠たげに立ち上がり、両腕を伸ばしながら)
今、行くよ！
(開けに行く、清掃夫たちは入ってきて、アンフェール街を通って遠ざかる。税関兵はまた柵格子を閉める)

---

(1) 〈台〉Spazzini としているが、意味は同じ。
(2) この2語に対する音符には符頭なし。
(3) 〈台〉この後に "Siamo noi！＝あっしらでして！" とある。
(4) 〈手〉"Siam quei di Gentilly... Spazzaturai！＝ジャンティのもんでして…掃除人の！" としている。
(5) 〈台〉後に (urlando＝喚いて) とト書きが加えられている。
(6) アンフェール門を出てそう遠くない、パリ郊外の村。19世紀には村人の主な生業は皮なめしだった。
(7) 〈台〉このト書きなし。
(8) 〈台〉Ohè, là！の繰り返しなし。このページの註(2)同様、符頭なし。
(9) 〈台〉この後に (i Doganieiri si scuotono＝税関兵たち、ぶるっと体を震わせる) とト書き。
(10) 〈台〉(sbadigliando e stirandosi le braccia, brontola＝あくびをし、両腕を伸ばしながら不満そうに呟く) としている。

Voci interne 舞台裏からの声	*(dal* Cabarè *Interno)*[1] Chi nel ber trovò il piacer,[2] nel suo bicchier, ah! d'una bocca nell'ardor, trovò l'amor!

(舞台裏で酒場から)

酒を酌んで喜びをみつけたおひと、
手にしたグラスのなかに、
ああ！　そのおひとは燃える唇に
愛をみつけた！

Musetta ムゼッタ	*(dal* Cabarè*)*[3] Ah! Se nel bicchiere sta il piacer[4] in giovin bocca sta l'amor!

(酒場から)

ああ！　グラスに喜びがあるなら
若い唇には愛がある！

Voci interne 舞台裏からの声	*(dal* Cabarè*)* Trallerallè... Eva e Noè! *(risata clamorosa)*[5]

(酒場から)

トラルレラルレェ…
イヴとノアよ！[6]
(騒々しい笑い)

---

(1) 舞台裏からの声に対するト書きは〈総譜〉、〈手〉、〈台〉それぞれの処理が少しずつ異なり、次のようである。〈手〉(dall'osteria accompagnandosi il canto battendo nei bicchieri＝居酒屋から、グラスを叩いて自分で歌の伴奏をしながら)、〈台〉(dal Cabaret voci allegre e tintinnio di bicchieri che accompagnano il lieto cantare＝居酒屋から、陽気な声と楽しく歌うのの伴奏をするグラスのチンチンという音)。〈総譜〉ではグラスを打楽器として扱い、譜面のその箇所に (accompagnano il canto, battendo nei bicchieri con coltelli＝ナイフでグラスを叩いて歌唱の伴奏をする) と記され、歌唱の箇所にはここにあるように (dal Cabarè Interno) とのみ。
(2) 〈台〉ここからの4行、次のようになる。"Chi trovò forte piacer＝激しい喜びを見つけた者は、/ nel suo bicchier,＝自らのグラスの中に、/ di due labbra sul bel fior＝両唇という花に / trovò l' amor.＝愛を見つけた。"この後ムゼッタの歌唱を挿まずに後の「舞台裏からの声」の2行が続く (従ってこれへのト書き dal *Cabarè* はない)。
(3) 〈台〉(nell'interno＝舞台裏で) としている。
(4) 〈台〉ムゼッタのこの2行は "Ai vegliardi il bicchier!＝御老体にはグラスを！/ La giovin bocca è fatta per l'amor.＝若き唇は愛のためのもの。" となる。
(5) 〈台〉このト書きはないが、〈総譜〉では後出の2つに分けられている類似のものをまとめてこの箇所におき、次のようにしている。(suoni di campanelli dallo stradale d'Orléans : sono carri tirati da muli. Schioccare di fruste e grida di carrettieri : hanno fra le ruote lanterne accese ricoperte di tela. Passano e si allontanano pel boulevard d'Enfer＝オルレアン大通りから鈴の音、ラバに引かれた荷車である。馬車引きの鞭のピシッという音と怒鳴り声、荷車には車輪の間に布で覆われ明かりの点った角灯がついている。アンフェール大通りを通って、遠ざかっていく)
(6) イヴは女を、ノアを聖書創世記9にあるように、方舟から出たあと葡萄を栽培し、初めて酒を作った人間であるところから酒を意味し、女と酒を称える言葉となる。

第3幕

Lattivendole[1] 牛乳売りの女たち	*(interno)*[2] Hopplà! Hopplà![3] *(il Sergente dei Doganieri esce dal Corpo di Guardia ed ordina di aprire la barriera)*[4]
	（舞台裏で） そらそら！ そうら！ （税関兵の軍曹が衛兵詰所から出てきて、柵格子を開けるように命令する）
Doganiere[5] 税関兵	Son già le lattivendole![6] もう牛乳売りの女たちか！
Carrettieri 馬車引きたち	*(interno)* Hopplà![3] *(schioccare di frusta)* *(pel Boulevard esterno passano dei carri, con le grandi lanterne di tela accese fra le ruote)*
	（舞台裏で） そらよっ！ （鞭のピシピシという音） （柵格子の外の大通りを何台かの荷馬車が、車輪の間に明かりの点った布製の大きな角灯をつけて通っていく）

---

(1) 〈台〉単に"Voci＝声"としている。したがって譜面上のソプラノを見ないと牛乳売りか、馬車引きか分らない。
(2) 〈台〉(dal boulevard esterno : dal fondo＝外の大通りから、つまり舞台奥から) とある。
(3) この掛け声に当たる音符に符頭なし。次ページの同じ掛け声も同様。
(4) 〈台〉(dal Corpo di Guardia esce il Sergente dei Doganieri, il quale ordina d'aprire la barriera) と語順や構文に多少の違いがあるが、ト書きの指示に変わりはない。
(5) 〈台〉複数の税関兵にしている。
(6) 〈台〉この後、牛乳売りの Buon giorno! まで、馬車引きと牛乳売りの掛け声の台詞はなく、ト書きは１つにまとめた次のもののみ。(passano per la barriera a dorso di asinelli e si allontanano per diverse strade dicendo ai Doganieri＝牛乳売り、ロバの背に乗り関税徴収所を通り、税関兵たちに挨拶しながら別々の道を遠ざかっていく)。〈総譜〉ではこの間に「霧が薄れ、夜が明け」、その後「雪がやむ」ことになる。

第 3 幕　127

Lattivendole 牛乳売りの女たち	*(vicinissime)* Hopplà! *(la nebbia dirada e comincia a far giorno)* *(entrano in scena a dorso di asinelli)* *(ai Doganieri, che controllano e lasciano passare)* Buon giorno![1] *(si allontanano per vie diverse)* *(cessa di nevicare)*

　　　　　（すぐ近くで）
　　　　　そらそら！
　　　　　（霧が薄れ、そして夜が明け始める）
　　　　　（ロバの背に乗って舞台へ登場してくる）
　　　　　（検査をして通してくれる税関兵に）
　　　　　おはようさん！
　　　　　（別々の道を遠ざかっていく）
　　　　　（雪がやむ）

6 Paesane[2] 6 人の田舎から来た女	*(entrano in iscena con cesti a braccio)*[3] *(ai Doganieri)*[4] Burro e cacio! *(pagano e s'avviano)*

　　　　　（笊を腕に舞台へ登場する）
　　　　　（税関兵たちに）
　　　　　バターとチーズ！
　　　　　（関税を払い、通っていく）

(ai Doganieri)
Polli ed ova![5]
(pagano e s'avviano)

　　　　　（税関兵たちに）
　　　　　鶏にタマゴ！
　　　　　（関税を払い、通っていく）

(dal crocicchio)
Voi da che parte andate?

　　　　　（道が交わる箇所で）
　　　　　あんたたち、どっちのほうへ行くのさ？

---

(1)〈総譜〉では、この挨拶は牛乳売りが 2 人ずつ 3 組に分れて 3 回繰り返される。
(2)〈台〉"Contadine＝農婦"としている。なお〈総譜〉では、6 人の女たちが 3 人ずつ 2 組に分れ、交互に台詞が発せられる。
(3)〈台〉(con ceste a braccio＝笊を腕に)とのみ。なお〈台〉では ceste と女性名詞にしているが、意味に違いはない。
(4)〈台〉女たちに関するト書きは (pagano e i Doganieri le lasciano passare＝税金を払い、税関兵は彼女たちを通す) と (giunte al crocicchio＝交叉路に着いて) を 1 箇所にまとめておいている。
(5)〈手〉Polli e ova! としている。

(dal crocicchio)
A San Michele!

（道が交わる箇所で）
サン・ミシェル[1]だよ！

Ci troverem più tardi?

じゃ、あとで会おうか？

A mezzodì!

昼に！

A mezzodì![2]
(si allontanano per vie diverse)

昼にね！
（別々の道を遠ざかっていく）

(i Doganieri ritirano le panche e il braciere[3]*)*

（税関兵たち、背もたれなしのベンチと火鉢を片づける）

(Mimì dalla rue d'Enfer : entra guardando attentamente intorno, cercando di riconoscere la località[4]*, ma, giunta al primo platano, la coglie un violento accesso di tosse*[5]*; poi rimessasi e veduto il Sergente, gli si avvicina)*

（アンフェール街からミミ、彼女は注意深くあたりに目を配りながら、場所を確かめるようにして登場、が、一番手前にあるプラタナスのところへ来ると激しい咳の発作が彼女を襲う、しばらくして回復し、軍曹を目にすると、彼に近づく）

Mimì *(al Sergente)*
ミミ Sa dirmi, scusi, qual'è l'osteria...
(non ricordandone il nome)
dove un pittor lavora?

（軍曹に）
教えてくださいますか、すみません、どれが居酒屋でしょうか…
（居酒屋の名前を思い出せずに）
絵描きが仕事をしているところなのですが？

Sergente *(indicando il Cabarê)*
軍曹 Eccola.

（酒場を指して）
あそこだよ。

---

(1) ラテン区を通り、同区の中心街となっている大通り。
(2) 〈台〉答えとしてのこの台詞なし。
(3) 〈手〉この後に（il Sergente manda un doganiere a prendere acquavite nel cabaret. Questi va e ritorna recandogliela=軍曹が１人の税関兵を居酒屋へ火酒を取りに行かせる。税関兵は行き、彼に火酒を持って戻ってくる）があったが、消されている。
(4) 〈台〉i luoghi、また rimessasi を riavutasi としているが、意味は変らない。
(5) 〈手〉は、〈台〉と〈総譜〉にないト書きがこの後に見られ、（per cui è costretta ad appoggiarsi ad una pianta. Rimessasi〜＝そのために木の１本に寄り掛からずにいられない。回復すると〜）とある。〈台〉、〈総譜〉での「激しい発作」の「激しい」は〈手〉にない。

第3幕

Mimì / ミミ

Grazie!
(tossisce)[1]
(una fantesca esce[2] *dal Cabarè; Mimì le si avvicina)*
O buona donna, mi fate il favore...
di cercarmi il pittore
Marcello? Ho da parlargli. Ho tanta fretta.
Ditegli, piano, che Mimì l'aspetta...[3]
(la fantesca rientra nel Cabarè)

ありがとう！
(咳をする)
(酒場から下働きの女が出てくる、ミミは彼女に近づく)
あの、あなた、わたしのためにご好意で…
捜していただけますかしら、絵描きの
マルチェルロを？ その人に話があって。とても急いでますの。
その人にいってくださいな、そっと、ミミが待っていると…
(下働きの女、酒場に再び入っていく)

Sergente / 軍曹

(ad uno che passa[4]*)*
Ehi[5], quel panier!

(通行しようとする男に)
おい、その篭！

Doganiere[6] / 税関兵

(dopo aver visitato il paniere)[7]
Vuoto!

(篭を調べ終わってから)
からです！

Sergente / 軍曹

Passi!
(dalla barriera entra altra gente: chi da una parte, chi dall'altra si allontana: [8]*dall'Ospizio Maria Teresa suona mattutino)*

通してやれ！
(柵格子から新たな人々が入ってくる、そしてある者はこちら、ある者はあちらと遠ざかっていく、マリー・テレーズ救護院で朝の礼拝の鐘が鳴る)

(è giorno fatto; giorno d'inverno, triste e caliginoso; dal Cabarè escono alcune coppie che rincasano)

(すでに夜が明けている、だが霧の深い陰気な冬の日である、酒場から家路につく幾組かの男女が出てくる)

---

(1) 〈台〉このト書きなし。
(2) 〈台〉esce una fantesca の語順。意味の違いはない。
(3) 〈台〉lo aspetta
(4) 〈手〉(ad uno che entra＝登場してくる男に) としている。
(5) この台詞の音符に符頭なし。
(6) 〈台〉複数の税関兵にしている。
(7) 〈台〉このト書きなし。
(8) 〈台〉意味そのものは変らないが、次のような表現にしている。(Le campane dell'ospizio Maria Teresa suonano mattutino＝マリー・テレーズ救護院の鐘が朝の礼拝を告げる)。

Marcello マルチェルロ	*(esce dal* Cabarè)[1] (sorpreso)[1] Mimì?! (酒場から出てくる) (驚いて) ミミ?!
Mimì ミミ	Speravo[2] di trovarvi qui. ここならあなたに[3]会えると思ったものですから。
Marcello マルチェルロ	È ver, siam qui[4] da un mese di quell'oste alle spese. Musetta insegna il canto ai passeggieri; io pingo quei guerrieri sulla facciata. *(Mimì tossisce)* È freddo! Entrate![3] そうなんだ、我われ、ここにいるんだ、ひと月まえから、 あの酒場の亭主の世話になって。 ムゼッタは客たちに歌を教えている、 ぼくはあの勇士どもを描いている、 店の表看板にね。 (ミミ、咳をする) 寒いよ！ 入りたまえ！
Mimì ミミ	C'è Rodolfo? いまして、 ロドルフォは？
Marcello マルチェルロ	Sì. ああ。

---

(1) 〈台〉(esce dal Cabaret e con sorpresa vede Mimì＝居酒屋から出てきて、そして驚いてミミを見る) としている。
(2) 〈台〉前に"Son io.＝わたしですの。"を入れている。
(3) ミミはこの場でマルチェルロに対して、家族やごく親しい相手、あるいはくだけた接し方をする相手に対して使う親称の 2 人称 tu でなく、尊称の 2 人称 voi を使っており（相手に対する人称代名詞の選択に関しては第 1 幕のロドルフォとミミの間の Lei、voi、tu の使い分けについての註を参照していただけるよう願いたい)、このことから彼女がマルチェルロに一定の節度ある接し方をしているのが理解できる。マルチェルロの言葉遣いについては、このすぐ後の彼の台詞に同番号の註をつけて示したが、やはり彼もミミに尊称の 2 人称 voi を用いており、互いに恋人の親友、親友の恋人にくだけすぎない態度をとっているのが分る。
(4) 〈手〉"son qui＝ぼくはここにいる"としている。

Mimì ミミ	Non posso entrar, no, no !(1) *(scoppia in pianto)*(2)

入れませんわ、いえ、駄目！
（わっと泣き出す）

Marcello マルチェルロ	Perchè?(3)

どうして？

Mimì ミミ	*(disperata)* O buon Marcello, aiuto! Aiuto!

（絶望的になって）
親切なマルチェルロ、助けて！　助けてくださいな！

Marcello マルチェルロ	Cos'è avvenuto?

何があったのだ？

Mimì ミミ	Rodolfo m'ama, Rodolfo m'ama(4) e mi fugge, il mio Rodolfo si strugge per gelosia. Un passo, un detto, un vezzo, un fior... lo mettono in sospetto onde corrucci ed ire.

ロドルフォは、わたしを愛しています、わたしを愛してますの、
なのにわたしを避けますの、あのロドルフォは嫉妬に身を苛んで。
ちょっとした足音、ちょっとした言葉、
ちょっとしたお愛想、花一本… それが彼に疑いをいだかせ
そのため不機嫌にさせ、怒らせて。

Talor la notte fingo di dormire
e in me lo sento fiso
spiarmi i sogni in viso.

ときおり、夜、わたしは眠ったふりをしますの、
すると彼のことを感じるんです、じっとわたしの
顔からどんな夢を見ているかうかがっているのを。

---

(1) 〈台〉no, no! を入れていない
(2) 〈台〉ここでなく、ミミの次の台詞のト書きとして〈総譜〉のト書き（disperata）に代っておかれている。
(3) 〈台〉(sorpreso＝驚いて) とト書きあり。
(4) 〈台〉この行と次行は "Rodolfo m'ama. Rodolfo si strugge＝ロドルフォはわたしを愛しています。でもロドルフォはひどく苦しんでいます、/ di gelosia e mi fugge＝嫉妬に、そしてわたしを避けるのです。" とある。

Mi grida ad ogni istante:
non fai per me, ti prendi[1] un altro amante!
Ahimè![2] In lui parla il rovello;
lo so,[3] ma che rispondergli, Marcello?

わたしにしょっちゅう怒鳴りもします、
きみはぼくと合わない、別の恋人をつくれと！
なんてこと！ 妄想があの人にいわせるんですわ、
それは分りますけど、でもあの人にどう答えれば、マルチェルロ？

Marcello
マルチェルロ

Quando s'è come voi[4]
non si vive in compagnia.
Son lieve a Musetta: ell'è lieve[5]
a me perchè ci amiamo in allegria...
Canti e risa,[6] ecco il fior[7]
d'invariabile amor[8]!

きみたちのようになると
普通はいっしょに暮らさないが。
ぼくはムゼッタに気軽でいる、また彼女は気軽でいる、
ぼくに、なぜっておたがい楽しく愛し合っているんだ…
歌と笑い、これこそ秘訣だ、
いつまでも変わらない愛の！

---

(1) 〈台〉prenditi と、よりはっきりした命令法の形にしている。
(2) 〈台〉この感嘆詞なし。
(3) 〈手〉il so とある。意味は同じ。
(4) 〈台〉この行の後と次行の頭に"l'amor si beve＝愛は消耗されて、／a sorsi e〜＝少しずつ、そして"とある。
(5) 〈台〉Io son lieve a Musetta ed ella è lieve と、Io を入れ、「ぼくは」と主語の強調。また ella と語尾の母音を落していない。
(6) 〈手〉Canto e riso とどちらも単数にしているが、意味に違いはない。
(7) 〈台〉fiore
(8) 〈台〉"di un giovanile amore＝若いときの愛の"としている。

Mimì	Dite ben, dite bene. Lasciarci conviene.[1][2]	
ミミ	Aiutateci, aiutateci voi; noi s'è provato	
	più volte, ma invano.	
	Fate voi per il meglio.	

その通り、その通りですわ。別れるほうがいいのね。
あなたが助けて、わたしたちを助けて、わたしたちはやってみて、
何度も、それで駄目ですの。
あなたがやってくださいな、なんとか良いように。

Marcello	Sta ben![3] Ora lo sveglio.
マルチェルロ	

よし！　今、彼を起こしてくるから。

Mimì	Dorme?
ミミ	

眠ってますの？

Marcello	È piombato qui[4]
マルチェルロ	un'ora avanti l'alba,[5] s'assopì
	sopra una panca.
	(fa cenno a Mimì di guardare per la finestra dentro il Cabarè*)*[6]
	Guardate...
	(Mimì tossisce[7] *con insistenza)*
	(compassionandola)[8]
	Che tosse!

ここへ飛び込んできて、
夜明け一時間前に、で、うたた寝してしまったのだ、
ベンチで。
（窓から酒場の中を見るようにミミに合図する）
見てみたまえ…
（ミミ、しきりに咳をする）
（彼女が可哀想になって）
なんて咳を！

(1) 〈総譜〉繰り返しでは Dite ben, dite ben... Lasciarci convien! としている。
(2) 〈総譜〉で4行のこの台詞は〈台〉では8行と長く、次のようである。〈総譜〉と同じ詩句もあるが、8行すべてを記しておく。Dite bene. Dividerci conviene.＝あなたのいわれる通りですわ。離れるほうがいいのね。／ Aiutateci voi; noi s'è provato＝あなたが助けてくださいな、わたしたちやってみて、／ più volte invan. Quando tutto è deciso＝何度も駄目ですの。すべて決めても／ se ci guardiamo in viso＝おたがい顔を見てしまうと／ ogni savio pensiero è fiaccato.＝どんな賢い考えも力が失せて。（〈台〉のトリノ版では pensiero でなく "proposito＝覚悟"）／ Da sera a giorno e d'oggi alla dimane＝晩から夜が明けるまで、そして今日から明日と／ s'indugia la partenza e si rimane. 出て行くのを先送りし、そのままいてしまうのです。／ Fate voi per il meglio.＝あなたがやってくださいな、なんとか良いように。
(3) 〈台〉Sta bene!
(4) 〈台〉この後に1行 "senza dir che si fosse＝何事もまったくいわずに" とある。
(5) 〈台〉, でなく "e＝そして" と接続詞にしている。
(6) ここのト書きは〈台〉では (va presso alla finestra e fanno cenno a Mimì di guardare＝窓のところへ行き、そしてミミに見るように合図をする)、〈台〉のトリノ版では前半を (va a guardare alla finestra＝窓へ見に行き、そして～)、〈手〉は後半 (～di guardare dentro l'osteria dalla finestra＝～窓から居酒屋の中を見るように) としている。
(7) 〈台〉この後になし。
(8) 〈台〉このト書きなし。

Mimì ミミ	Da ieri ho l'ossa rotte.[1] Fuggì da me stanotte dicendomi: È finita! A giorno sono uscita e me ne venni[2] a questa volta.	

きのうから疲れきってますの。
あの人はゆうべわたしから逃げていったんです、
こういって、もう終わりだ！
それで夜が明けると家を出て
やってきましたの、こちらの
方へ。

Marcello マルチェルロ	(*osservando Rodolfo nell'interno del* Cabarè) Si desta... s'alza, mi cerca... viene...	

（酒場の中にいるロドルフォを観察しながら）

目を覚ました…
起き上がり、ぼくを捜してる… こっちへ来るぞ…

Mimì ミミ	Ch'ei non mi veda!	

あの人に見つかりたくないのだけれど！

Marcello マルチェルロ	Or rincasate,[3] Mimì, per carità! Non fate scene qua! (*spinge dolcemente Mimì verso l'angolo del* Cabarè, *di dove però quasi subito sporge curiosa la testa*) (*Marcello va*[4] *incontro a Rodolfo*)	

なら、家に帰りたまえ、
ミミ、後生だ！
ここで騒ぎを起こさないでくれたまえ！
（ミミをそっと酒場の角の方へ押しやる、ところがほとんど間をおかず、
ミミは様子を知りたくてそこから頭をのぞかす）
（マルチェルロ、ロドルフォの方へ向かって行く）

---

(1) 〈手〉(con angoscia＝喘ぎながら) とト書きあり。
(2) 〈台〉"me ne corsi＝急いで（走って）来た"としている。
(3) 〈台〉この1行の代わりに "Ebbene,＝よし分った、/ meglio è che rincasiate…＝家にもどるほうがいい…" とある。〈台〉トリノ版と〈手〉ではこのマルチェルロの台詞とト書きは非常に短く、トリノ版は "Ebbene, celatevi !...＝よし分った、隠れていなさい！… (Mimì si ripara dietro gli alberi＝ミミ、木々の後ろに身を寄せる)"、〈手〉は "Celatevi colà＝向こうへ隠れていなさい。(indicandole di nascondersi fra gli alberi＝彼女に木々の間に身を隠すように指さして)" とのみ。
(4) 〈台〉"corre＝走っていく" としている。

Rodolfo	*(esce dal* Cabarè, *ed accorre verso Marcello)*[(1)]	
ロドルフォ	Marcello, finalmente!	
	Qui niun ci sente.	
	Io voglio separarmi da Mimì.	
	(酒場から出てきて、マルチェルロの方へ走り寄る)	
	マルチェルロ、よかった!	
	ここは誰もぼくらのことを聞いていない。	
	ぼくはミミと別れるつもりだ。	
Marcello	Sei volubil così?	
マルチェルロ	おまえはそんなに移り気なのか?	
Rodolfo	Già un'altra volta credetti morto il mio cor,[(2)]	
ロドルフォ	ma di quegl'occhi azzurri allo splendor	
	esso è risorto.	
	Ora il tedio l'assal[(3)]...	
	ぼくは以前、すでにぼくの心は死んだと思った、	
	だがあの青い目の輝きに	
	心は甦った。	
	だが今、煩わしさが心を襲ってきて…	
Marcello	E gli vuoi rinnovare il funeral?[(4)]	
マルチェルロ	それでまたそいつのために葬式をしようと?	
	(Mimì, non potendo udire le parole, colto il momento opportuno, inosservata[(5)], *riesce a ripararsi dietro a un platano*[(6)] *presso al quale parlano i due amici)*	
	(ミミ、言葉を聞き取れないので、ころあいを見計らって、気づかれないように、そのそばで友人同士2人が話しているプラタナスの後ろにうまく身を隠す)	
Rodolfo	*(con dolore)*	
ロドルフォ	Per sempre!	
	(悲しみを込めて)	
	永遠にな!	

---

(1) 〈台〉(correndo verso Marcello=マルチェルロの方へ走ってきながら)とのみ。
(2) 〈台〉意味上大きな違いはないが、この行を2行にして Già un'altra volta credetti che morto / fosse il mio cuor と複文、「死んだものと」というほどの意味。
(3) 〈台〉l'assale
(4) 〈台〉il funerale
(5) 〈台〉"inosservata=気づかれないように"なし。
(6) 〈台〉この後 "avvicinandosi così ai due amici=こうすることにより友人同士の2人に近づく" としている。〈手〉と〈台〉トリノ版には、この部分に (Mimì cautamente si avvicina per udire=ミミ、聞くために用心深く近寄る) とある。

Marcello マルチェルロ	Cambia metro. Dei pazzi è l'amor tetro, che lacrime distilla. Se non ride e sfavilla, l'amore è fiacco e roco. Tu sei geloso.

やり方をかえろ。
馬鹿者のものさ、陰鬱な
涙をしたたらすなんて恋は。
笑えず、そして火花が散らぬなら
そんな恋は力なく、味わいもない。
おまえは嫉妬深いんだ。

Rodolfo ロドルフォ	Un poco.

ちょっとは。

Marcello マルチェルロ	Collerico, lunatico, imbevuto di pregiudizi, noioso, cocciuto!

短気で、気まぐれで、ずっぷりつかってて、
ひがみにな、面倒で、片意地で！

Mimì ミミ	*(fra sè)*[1] Or lo fa incollerir! Me poveretta!...

(独白)

これではあの人をおこらせてしまう！ あたし、困るわ！…

Rodolfo ロドルフォ	*(con amarezza ironica)*[2] Mimì[3] è una civetta, che frascheggia con tutti. Un moscardino *(con grande ironia)*[4] di Viscontino le fa l'occhio di triglia.

(皮肉に恨みっぽく)

ミミは浮気女さ、
誰にでも媚びるんだ。しゃれ男が、

(ひどく皮肉に)

子爵の息子だかの、
そんなやつが彼女に色目をつかってね。

---

(1) 〈台〉(che ode, fra sè, inquieta＝聞いていて、心配げに、独白) とある。
(2) 〈台〉このト書きなし。
(3) 〈台〉この前に "E＝それでだが" あり。
(4) 〈台〉このト書きなし。

第3幕

(con ironia crescente)[1]
Ella sgonnella e scopre la caviglia
con un far promettente e lusinghier...[2]

（ますます皮肉に）

彼女はスカートをひらひらさせ、足首を見せる、
脈のありそうな、そそるようなそぶりをして…

Marcello
マルチェルロ

Lo devo dir? Non mi sembri sincer[3].

いわしてもらおうか？ おれにはおまえが本気とは思えない。

Rodolfo
ロドルフォ

Ebbene, no, non lo son[4]. Invan nascondo
la mia vera tortura.
Amo Mimì sovra ogni cosa al mondo,
(Mimì è commossa)[5]
io l'amo[6], ma ho paura, ma[7] ho paura!
(Mimì, sorpresa, si avvicina ancora più, sempre nascosta dietro gli alberi)

そうなんだ、ちがうんだ、本気じゃない。とても隠しておけない、
ぼくの本当の苦しみを。
ぼくはこの世のどんなものよりミミを愛している、

（ミミ、感動する）

ぼくは愛している、けどこわいんだ、けど心配なんだ！

（ミミ、驚いて、やはり木々の後ろに身を隠しながら、さらにもっと彼らに近づく）

(tristamente)[8]
Mimì è tanto malata!
Ogni dì più declina.
La povera piccina
è condannata!

（悲しみにくれて）

ミミはひどく病んでる！[9]
日ごとますます弱っていく。
かわいそうなあの娘は
もう不治の病と宣せられてる！

---

(1) 〈台〉このト書きなし。
(2) 〈手〉con far compromettente〜 と不定冠詞を抜いているが、意味上は大差ない。〈台〉lusinghiero
(3) 〈台〉sincero
(4) 〈台〉non lo sono
(5) 〈台〉このト書きなし。
(6) 〈台〉io l'amo, なし。
(7) 〈台〉繰り返しの台詞に ma を入れていない。
(8) 〈台〉このト書きなし。
(9) 原作では、すでに病が篤く、長い命でないと告白するのはミミ自身。22章「ロドルフとミミ嬢の恋の終末」で、何度目かミミに出て行かれたロドルフとミュゼットを諦めたマルセルはまた同じアパルトマンの別部屋で暮らし始めているが、そこへ子爵と別れて住む場を失ったミミがマルセルの部屋を訪ねて1人でやってくる。たまたまマルセルの部屋にいたロドルフと会うことになり、彼と一夜を過ごしたミミは、ロドルフが朝食を調達しに出かけたその留守の間に、自分の命が長くないことをマルセルに告げる。

	(Marcello temendo che Mimì possa udire, tenta di allontanare Rodolfo)[1]
	（マルチェルロ、ミミに聞こえるかもしれないのを恐れて、ロドルフォを遠ざけようとする）
Marcello マルチェルロ	Mimì!⁽²⁾
	ミミが！
Mimì ミミ	*(fra sè)*[3] Che vuol dire?
	（独白） どういうこと？
Rodolfo ロドルフォ	Una terribil tosse l'esil petto le scuote già[4] le smunte gote di sangue ha rosse...
	容赦ない咳が 彼女のやせた胸をふるわせ 今もうやつれた頬は 血のように赤くなるし…[5]
Marcello マルチェルロ	*(agitato, accorgendosi che Mimì ode)*[6] Povera Mimì![7]
	（ミミが聞いているのに気づいたために、動揺して） かわいそうなミミ！
Mimì ミミ	*(piangendo)*[8] Ahimè, morire?!
	（泣きながら） まさか、死ぬの?!

---

(1) 〈台〉このト書きなし。〈台〉トリノ版にはあるが、置かれた位置はロドルフォの"Mimì è tanto malata!"のすぐ後ろ。

(2) 〈台〉(sorpreso=驚いて) とト書きがある。また台詞には！ではなく？が付されている。〈台〉トリノ版ではここのマルチェルロの台詞とト書きは他と大きく異なり、(agitato, temendo che Mimì possa udire=ミミが聞いているかもしれないのを恐れて、動揺して) Rodolfo!=ロドルフォ！ / No!... Bada!...=やめろ！… 気をつけろ！… / Taci! Taci!...＝言うな！ 黙れ！… (vorrebbe allontanare Rodolfo=ロドルフォをなるべく遠ざけたがる) Ah, vieni via...=ああ、こっちの方へ来い… とある。

(3) 〈台〉この箇所のト書きは次のようになっている。(sorpresa, si avvicina ancora più, sempre nascosta dietro gli alberi=驚き、やはり木々の後ろに隠れながら、さらにいっそう近寄る)。

(4) 〈台〉この前に"e=それに"を入れている。

(5) 咳をするために力が入って頬が「血のように赤くなる」と訳したが、言葉の上からは、(結核による吐血で) 頬が「血で赤い」の方が順当であろう。だがこれは残酷過ぎるリアリズムと思われ、「血のように」とした。

(6) 〈台〉この箇所のト書きは (commosso=気持ちを高ぶらせて) とある。

(7) 〈手〉"Bada!=用心しろ！"とある。

(8) 〈台〉このト書きなし。

Rodolfo ロドルフォ	La mia stanza è una tana squallida... il fuoco ho spento. V'entra e l'aggira il vento di tramontana.

> ぼくの部屋はあなぐらだ、
> わびしくて…
> 火も絶やしてしまった。
> そこに入ってくるし、吹きまくる、風が、
> 北風が。

Essa canta e sorride,
e il rimorso m'assale.[1]
Me, cagion del fatale
mal che l'uccide!

> 彼女は歌い、笑っている、
> それでかえって呵責の念がぼくをおそう。
> このぼくなんだ、原因は、忌まわしい
> 彼女を死にいたらせる病の！

Mimì di serra è fiore.
Povertà l'ha sfiorita,
per richiamarla[2] in vita
non basta amor[3]!

> ミミは温室の花だ、
> 貧しさが彼女をしおれさせてしまった、
> 彼女を生き返らせるには
> 愛だけではじゅうぶんでない！

---

(1) 〈台〉e me il rimorso assale. と、補語人称代名詞の位置が異なるが、意味上の違いはない。
(2) 〈台〉per ritornarla としているが、意味上の違いはない。
(3) 〈台〉amore

Marcello マルチェルロ	*(vorrebbe allontanare Rodolfo)*[(1)] Che far dunque? Oh, qual pietà![(2)] Poveretta! Povera Mimì!

(ロドルフォをなるべく遠ざけたがる)
それで、どうするつもりだ？
ああ、なんと哀れを誘うことか！
かわいそうな女！
かわいそうなミミ！

Mimì[(3)] ミ ミ	*(desolata)* O mia vita! *(angosciata)* Ahimè! È finita! O mia vita![(4)] È finita! Ahimè, morir! *(la tosse ed i singhiozzi violenti rivelano la presenza di Mimì)*

(悲嘆にくれて)
わたしの命よ！[(5)]
(苦悩に満ちて)
ああ、そんな！　終わったのね！
わたしの命よ！　終わったのね！
ああもう、死ぬのだわ！
(咳と激しい咽び泣きがミミのいることを明かしてしまう)

Rodolfo ロドルフォ	*(accorrendo*[(6)] *a Mimì)* Chè?! Mimì! Tu qui?[(7)] M'hai sentito?

(ミミのところへ駆け寄りながら)
なぜ?!　ミミ！　きみがここに？
ぼくのいうこと、聞いたの？

Marcello[(8)] マルチェルロ	Ella dunque ascoltava?

彼女は、それじゃ、聞いていた？

(1) 〈台〉このト書きなし。
(2) 〈台〉ここからの3行なし。〈手〉は前出のトリノ版に近い台詞で、次のようである。"Ah! vien via! Taci! Rodolfo!... non sai...＝ああ、こっちの方へ来い！　言うな！　ロドルフォ！…　おまえは知らないが…"
(3) 〈台〉ここのミミの台詞とト書きは次のようになっている。"È finita!...＝終わったのね！…／(angosciata＝苦悩に満ちて) O mia vita!＝わたしの命よ！"
(4) 〈手〉"Ah! mia vita!＝ああ！わたしの命！"と、呼びかけの"o"でなく、感嘆詞の"Ah"にしている。
(5) 「なんてわたしの命は哀れで可哀想なの」という意味。
(6) 〈台〉前に"vedendola e＝彼女を目にし、それで"と入っている。
(7) 〈台〉この2行は"Chè? Mimì! Tu sei qui?＝なぜ？　ミミが！　きみがここにいるなんて？／M'udisti? Vaneggiai. Ti rassicura：＝ぼくの言ったこと聞いていたの？　ぼくはどうかしてたんだ。安心おし、"となり、次のfacile alla paura～へ続く。
(8) 〈台〉〈手〉このマルチェルロの台詞なし。

Rodolfo ロドルフォ	Facile alla paura per nulla io m'arrovello. Vien là nel tepor ![1] *(vuol farla entrare nel Cabarè)*

すぐ心配するほうだから
ぼくはなんでもないことにも気をもんでしまうのさ。
あっちの暖かいところへおいで！
(酒場へ彼女を入れようとする)

Mimì ミミ	No, quel tanfo mi soffoca!

いいえ、あそこのにおいは息をつまらせるわ！

Rodolfo ロドルフォ	Ah, Mimì![2] *(stringe amorosamente fra le sue braccia Mimì[3] e la accarezza)*

ああ、ミミ！
(愛情込めてミミを両腕に抱きしめ、そして愛撫する)

(dal Cabarè odesi Musetta ridere sfacciatamente)[4]

(酒場からムゼッタが無遠慮に笑うのが聞こえる)

Marcello マルチェルロ	*(accorrendo alla finestra)*[5] È Musetta che ride. Con chi ride? *(parlato)*[6] Ah, la civetta! Imparerai. *(entra impetuosamente nel Cabarè)*

(窓のところへ駆けていって)
ムゼッタだ、
笑っているのは。
誰と笑ってる？
(話し口調で)
ああ、あの浮気女！
思い知ることになるぞ。
(猛烈な勢いで酒場の中へ入る)

Mimì ミミ	*(svincolandosi da Rodolfo)* Addio!

(ロドルフォから身を振り解きながら)
さようなら！

---

(1) 〈台〉tepore
(2) 〈台〉この台詞はなく、ト書きのみ。
(3) 〈台〉このあとのト書きなし。
(4) 〈台〉意味は変らないが、語順が異なっている。(dal Cabaret si ode ridere sfacciatamente Musetta)。
(5) 〈台〉意味に大差はないが (corre alla finestra del Cabaret＝酒場の窓のところへ走っていく) としている。
(6) 〈台〉このト書きなし。

Rodolfo ロドルフォ	*(sorpreso*[1]*)* Che! Vai? （驚いて） 何！ 行くの？
Mimì ミミ	Donde lieta uscì[2][3] al tuo grido d'amore, torna sola Mimì al solitario nido. Ritorna un'altra volta a intesser finti fior! あなたの愛の呼び声に[4] 喜び出てきたあそこへ ひとりミミはかえります、 あの淋しい巣へと。 もいちど、もどって 見せかけの花をつむぎます！
	Addio, senza rancor! お別れしましょう、恨みっこなしに！
	Ascolta, ascolta. Le poche robe aduna che lasciai sparse. Nel mio cassetto stan chiusi quel cerchietto d'or[5], e[6] il libro di preghiere. 聞いて、聞いてちょうだい。 少しばかりのものをまとめてくださいな、おきっぱなしに してきたものを。わたしの引出しに しまってありますの、あの金の腕輪[7]と それにお祈りの本が。
	Involgi tutto quanto in un grembiule e manderò il portiere... それをみんなエプロンにくるんでおいてくださいな、 そしたら門番を取りにやります…

---

(1) 〈台〉後に "～ dolorosamente＝悲しそうに" がある。
(2) 〈手〉には (affettuosamente＝情愛を込めて) とト書きあり。
(3) 〈台〉これと次行は語順が異なり、D'onde lieta al tuo grido / d'amore uscì, としている。また〈台〉には D'onde とあるが、Donde と変りない。
(4) 原文の語順は、「喜び出てきたあそこへ / あなたの愛の呼び声に」
(5) 〈台〉d'oro
(6) 〈台〉この前に "i nastrini＝リボン" もある。
(7) 原文では「金の」は次行。

> Bada... sotto il guanciale
> c'è la cuffietta rosa.
> Se vuoi serbarla a ricordo d'amor[(1)]!
> Addio, senza, rancor[(2)]!

それと、いいかしら… 枕の下に
ピンクのボンネットがありますの。
もしよければ、とっておいてくださいな、愛の形見に！
お別れしましょう、恨みっこなしに！

Rodolfo
ロドルフォ
Dunque: è proprio finita!...
Te ne vai, te ne vai, la mia piccina.
Addio, sogni d'amor![(3)]

それでは、ほんとにおしまいなのだね！…
きみは行くのだね、行ってしまうのだね、ぼくの可愛い子なのに。
さらば、愛の夢よ！

Mimì
ミミ
Addio, dolce svegliare alla mattina!

さようなら、朝の甘い目覚めよ！

Rodolfo
ロドルフォ
Addio, sognante vita

さらば、夢見る人生よ、

Mimì
ミミ
(sorridendo)
Addio, rabbuffi e gelosie!...

（微笑みながら）
さようなら、咎めだてと焼きもち！…

Rodolfo
ロドルフォ
...che un tuo sorriso acqueta!

…きみの笑みがしずめてくれる夢見る人生なのに！

Mimì
ミミ
Addio, sospetti,

さようなら、疑いの心、

Rodolfo
ロドルフォ
...baci,

…口づけ、

---

(1) 〈台〉d'amore
(2) 〈台〉rancore
(3) 〈台〉" Addio sognante vita.＝さようなら、夢見る生活" としている。〈総譜〉では次のミミの台詞の後にこの同じ台詞が用いられるが、そのミミの台詞から、使われている単語と卜書きは同じながら、台詞の掛け合いのつなぎ方、順序、繰り返しのあり方等、〈総譜〉と微妙に異なる。そこで〈台〉のものを記しておきたい。　ミミ: Addio dolce svegliare alla mattina!＝さようなら、朝の甘い目覚めよ！ (sorridendo＝微笑みながら) Addio rabbuffi!＝さようなら、咎めだて！（この台詞は〈総譜〉になし。）　ミミ: Sospetti!＝疑いの心！　ロドルフォ: Con subite paci!＝そのあとすぐ仲直りして！（この台詞は〈総譜〉になし。）　ロドルフォ: Baci!＝口づけ！　ミミ: E gelosie!＝そして焼きもち！　ロドルフォ: Che un tuo sorriso acqueta.＝それをきみの微笑がしずめてくれるのに。　ミミ: E pungenti amarezze.＝そして刺すようなつらい思い。　ロドルフォ: Che io da vero poeta＝それをぼくは、詩人だからそれらしく / rimavo con carezze.＝詩にしてあげた、愛撫で。　ミミ: Soli l'inverno è cosa da morire＝ひとりぼっちだと冬は死ぬほどつらいわ。　ロドルフォ: Mentre al primo fiorire＝でも最初に花が咲けば / di primavera ci è compagno il sole.＝春になってね、太陽がぼくたちの友になってくれる。

Mimì ミミ	...pungenti amarezze!	
	…刺すようなつらい思い!	
Rodolfo ロドルフォ	Ch'io, da vero poeta, rimavo con carezze!	
	それをぼくは、詩人だからそれらしく 詩にしてあげた、愛撫で!	
Mimì ミミ	Soli d'inverno è cosa da morire!	
	冬にひとりぼっちは死ぬほどつらいわ!	
Rodolfo ロドルフォ	Soli è cosa da morire!	
	ひとりぼっちは死ぬほどつらい!	
Mimì ミミ	Soli!	
	ひとりぼっちは!	
Mimì e Rodolfo ミミとロドルフォ	Mentre a primavera c'è compagno il sol!	
	でも春なら 太陽がわたしたちの友になってくれる!	
Marcello マルチェルロ	*(di dentro)*[1][2] *(concitato)*[2] Che facevi? Che dicevi presso al fuoco[3] a quel signore?	
	(舞台裏で) (激して) 何をしていた? 何をしゃべってた、 暖炉のそばであの紳士野郎に?	
	(nel Cabarè *fracasso di piatti e bicchieri rotti)*[2]	
	(酒場の中で皿とグラスの割れる騒音)	
Musetta ムゼッタ	*(di dentro)*[4] Che vuoi dir? *(esce correndo)*[5]	
	(舞台裏で) 何、いいたいの? (走り出てくる)	

(1) 〈手〉(dall'osteria=居酒屋で) としている。
(2) 〈台〉これらのト書きは、3つをまとめた形で次のようにしている。(dal Cabaret fracasso di piatti e bicchieri rotti: si odono le voci concitate di Musetta e Marcello=酒場から割れる皿やグラスの騒音、ムゼッタとマルチェルロの激した声が聞こえる)。
(3) 〈台〉il foco とあるが、意味上の違いなし。
(4) 〈台〉このト書きなし。
(5) 〈台〉ここのト書きは〈総譜〉の次のト書きと合わせたような形で、こうなっている。(Musetta esce stizzita: Marcello la segue fermandosi sulla porta=ムゼッタ、ぷりぷり怒って出てくる、マルチェルロは彼女の後を追ってきて入り口のところで立ち止まる)。

Mimì[1]	ミミ	Niuno è solo l'april![2]
		四月には誰もひとりぼっちでないわ！
Marcello	マルチェルロ	*(fermandosi sulla porta del Cabarè, rivolto a Musetta)* Al mio venire hai mutato di colore.
		（酒場の入り口で立ち止まり、ムゼッタの方に向って） おれが入ってったら 顔色が変ったぞ。
Musetta	ムゼッタ	*(con attitudine di provocazione)*[3] Quel signore mi diceva: Ama[4] il ballo, signorina?
		（挑発するような態度で） あの殿方、あたしにいってたのよ、 ダンスはお好きですか、お嬢さん？
Rodolfo	ロドルフォ	Si parla coi gigli e le rose.[5]
		ユリやバラと話せるからね。
Marcello	マルチェルロ	Vana, frivola civetta![6]
		見栄っ張りの、尻軽の浮気女！
Musetta	ムゼッタ	Arrossendo[7] rispondeva: ballerei[8] sera e mattina...
		顔を赤らめ、あたしこたえたわよ、 朝でも晩でもよろしければ踊りますわ…
Marcello	マルチェルロ	Quel discorso asconde mire disoneste[9];
		その言い草にいかがわしい狙いがひそんでいる、
Mimì	ミミ	Esce dai nidi un cinguettio gentile.
		どの巣からも優しいさえずりが生まれて。
Musetta[10]	ムゼッタ	Voglio piena libertà!
		あたしはどこまでも自由がほしいの！

(1) ここからの台詞の進行は〈総譜〉と〈台〉の間で大体一致するようになる。
(2) 〈台〉l'aprile
(3) 〈台〉このト書きなし。
(4) Ama〜 と大文字なのは、直接話法を強調しているため。
(5) 〈台〉"Si discorre coi gigli e le viole.＝みんな、ユリやスミレと語り合う。" としている。
(6) この台詞は後で繰り返されるが、その場合は frivola の後に，を入れて「尻軽の」を強調している。
　なお〈台〉ではこの箇所にこの台詞はおかず、〈総譜〉での繰り返しの位置にあるのみ。
(7) 〈台〉前に "io＝あたし" と入れている。
(8) 〈台〉では(4)同様に、直接話法をはっきりさせるために Ballerei と大文字にしている。
(9) 〈台〉この前に "licenziose e＝いやらしくて" がある。
(10) 〈台〉この台詞はここでなく、後の Fo all'amor con chi mi piace! の後ろに置かれている。

Marcello マルチェルロ	*(quasi avventandosi contro Musetta)* ...io t'acconcio per le feste,[1] se ti colgo a incivettire!

(ムゼッタに飛びかからんばかりに)
…おれはおまえをひどい目にあわせてやる、
浮気してるとこをつかまえたら!

Musetta ムゼッタ	Che mi canti? Che mi gridi?[2] All'altar non siamo uniti.

なんであたしに文句いうの? なんであたしに怒鳴るの?
あたしたち、祭壇で結ばれてるんじゃないのよ。

Mimì e Rodolfo ミミとロドルフォ	Al fiorir di primavera[3] c'è compagno il sol!

春のさかりには
太陽がわたしたちの友になってくれる!

Chiacchieran le fontane.
La brezza della sera
balsami stende sulle doglie umane.
Vuoi che aspettiam
la primavera ancor!

どの噴水もおしゃべりするし。
夕べのそよ風は
香油を人びとの傷の痛みにぬってくれるし。
いいね、ふたりで待つのが、
やっぱり春を!

Marcello マルチェルロ	Bada, sotto il mio cappello non ci stan certi ornamenti!

いいか、おれの帽子の下には
その種の飾りはないんだ![4]

(1) 〈台〉この行と次行の順序が逆。
(2) 〈台〉Che mi gridi? Che mi canti? と2つの台詞が逆。
(3) 〈台〉前出のこの2行の繰り返しはなく、またこの先の台詞がロドルフォ、ミミの2人で発せられる設定はない。そして終幕まで〈台〉での2人の台詞は〈総譜〉に比べて単純な構成であり、ト書きも少ない。両者に詩句そのものに大差はないが、〈台〉のありようを示しておきたい。対訳は、ト書きの1箇所と dei fiori と fiorita の違い(意味に違いなし)の他は〈総譜〉と同じであるので、ト書き1つを除いて省く。　**ロドルフォ**: Chiacchieran le fontane.　**ミミ**: La brezza della sera / balsami stende sulle doglie umane.　**ロドルフォ**: Vuoi che aspettiamo ancora la primavera (〈総譜〉は la primavera ancora の語順)?　**ミミ**: Sempre tua... per la vita.　**ロドルフォ**: Ci lascieremo (〈総譜〉は lasceremo) alla stagion fiorita! (s'avviano=退場していく)　**ミミ**: Vorrei che eterno / durasse il verno!
(4) 妻を寝取られた男には角が生えるという俗諺をほのめかしている。

Musetta ムゼッタ	Io detesto quegli amanti che la fanno da ah!⁽¹⁾ ah! ah! mariti! あたしはそんな愛人どもは、大きらい、 するようなのはね、ハ！ ハ！ ハ！ 亭主づらを！
Marcello マルチェルロ	Io non faccio da zimbello ai novizi intraprendenti. おれは引き立て役になるつもりはない、 身のほど知らずの新参者などの。
Musetta ムゼッタ	Fo all'amor con chi mi piace! あたしは自分の好きな男と恋をします！
Marcello マルチェルロ	Vana, frivola, civetta! 見栄っ張りの、尻軽の、浮気女！
Musetta⁽²⁾ ムゼッタ	Non ti garba? Fo all'amor con chi mi piace! あなたのお気に召さない？ でもあたしは自分の好きな男と恋をします！
Marcello⁽³⁾ マルチェルロ	Ve n'andate? Vi ringrazio: or son ricco divenuto. *(ironico)* Vi saluto. Son servo e me ne vo! 立ち去られますか？ 感謝申し上げましょう、 これで金持ちになれましたよ。⁽⁴⁾ （皮肉に） では失礼いたします。 謹んで、行かせていただきます。

---

(1)〈台〉感嘆詞の ah! なし。〈総譜〉ではこの ah! に対する音符に符頭なし。
(2) この後、ムゼッタとマルチェルロの罵倒の応酬までの台詞は〈総譜〉と〈台〉で少し差異があるので、台本のこの部分を記しておく。 **ムゼッタ**: Non ti garba? Ebbene pace,＝あなたのお気に召さない？ なら仲直りもいいわ、/ ma Musetta se ne va.＝でもやっぱりムゼッタはおいとまします。/ Lunghe al gel notti serene,＝長い凍るような静かな夜、/ magri pranzi e magre cene,＝貧しい昼食に貧しい夕食、/ vi saluto. Signor mio,＝そんなおまえたちにはお別れよ。私の旦那様、/ con piacer vi dico: addio.＝喜んであなた様に申します、おさらばを。 **マルチェルロ**: Vana, frivola, civetta,＝見栄っぱりの、尻軽の、浮気女／ senza cuor nè dignità.＝心も操もなしさ。/ Il tuo nome di Musetta＝おまえのムゼッタって名は / si traduce: infedeltà.＝いいかえりゃ、不実さ。/ Ve ne andate? Economia.＝立ち去られますか？ 金を使わないですむぞ。/ Or son ricco divenuto.＝これで金持ちになれましたよ。/ Vi ringrazio; vi saluto.＝あなた様に御礼申しまして、失礼いたします。/ Servo a vostra signoria.＝あなた様に謹んで。
(3) これと次のムゼッタの台詞では、ここだけ相手に対して親称の2人称 tu を使うのをやめて尊称のvoi に変え、皮肉の表現を強めている。
(4)「貢ぐ女がいなくなり、金を使わなくてすむのでありがたい」ということ。

Musetta ムゼッタ	Musetta se ne va, sì, se ne va! *(ironico)* Vi saluto. Signor, addio vi dico con piacer! *(s'allontana, correndo furibonda ; poi a un tratto si sofferma e grida)*[1] Pittore da bottega![2]	

ムゼッタはおいとまします、
ええ、おいとまします！
（皮肉に）
失礼いたします。
旦那様、喜んであなた様におさらばを申します！
（怒りにまかせて走って遠ざかる、それから急に立ち止まって叫ぶ）
看板絵描き！

Marcello マルチェルロ	*(dal mezzo della scena)*[3] Vipera!	

（舞台中央から）
マムシ！

Musetta ムゼッタ	Rospo! *(esce)*[4]	

ヒキガエル！
（退場）

Marcello マルチェルロ	Strega! *(entra*[5] *nel Cabarè)*	

鬼ばば！
（酒場に入る）

Mimì ミミ	*(avviandosi con Rodolfo)*[6] Sempre tua per la vita.	

（ロドルフォと立ち去りながら）
ずっと、命のかぎりあなたのものよ。

Rodolfo ロドルフォ	Ci lasceremo	

別れることにしよう、

Mimì ミミ	Ci lasceremo alla stagion dei fior...	

別れることにしましょう、花の季節に…

---

(1) 〈台〉ここのト書きは〈総譜〉と少し異なり、(si allontana furiosa ; ma poi ad un tratto si sofferma e gli grida ancora velenosa＝猛烈な勢いで遠ざかる、だがそれから急に立ち止まり、さらなる毒を含んで彼に叫ぶ) とある。
(2) これから後のマルチェルロとムゼッタの台詞に対する音符はすべて符頭なし。
(3) 〈台〉このト書きなし。
(4) 〈台〉(parte) としているが、意味上は変らない。
(5) 〈台〉"rienta＝再び入る" としている。
(6) 〈台〉このト書きなし。

Rodolfo ロドルフォ	...alla stagion dei fior. …花の季節に。
Mimì ミミ	*(carezzevole)*[(1)] Vorrei che eterno durasse il verno! (甘く誘うように) いいのに、永遠に 冬がつづいたなら！
Mimì e Rodolfo[(2)] ミミとロドルフォ	*(interno)* *(allontanandosi)* Ci lascerem alla stagion dei fior! (舞台裏で) (次第に遠のきながら) 別れることに、花の季節に！

(1) 〈台〉このト書きなし。
(2) 〈台〉にこの繰り返しはないが、〈総譜〉の繰り返しでは前出の lasceremo が語尾切断されて lascerem となっている。なお〈台〉には繰り返しがないことから、当然この台詞へのト書きはない。

★ 台本作家たちによる台本の最初の構想では、同じ4幕仕立てではあるが、第1幕が「屋根裏の部屋」と「ラテン区」の2つの場（現行の1幕と2幕）、第2幕が「アンフェール門」、第3幕に現行の台本にない「ラブリュイエール街8番地の家の中庭」が入り、そして第4幕の「屋根裏の部屋」という場面構成になっていた。ということは、この現行の第3幕の後にムゼッタのアパルトマンのあるラプリュイエール街の家の中庭の場面がある。ここではムゼッタ主催のパーティーが開かれるのだが、彼女は国務院参議という要人のパトロンに逆らったために彼に家賃支払いを拒絶されて追い立てをくらい、さらに家具は競売に付されるといった情況。しかしすでにパーティーを開く段取りで客を招待してしまっていたムゼッタのもとへは人々がやってきて、部屋へ入れないために中庭に集う。その中にミミを交えたボヘミアンの仲間や学生や若い貴族等々がいる。片方でパーティー、片方で競売のための荷物の運び出しという中で、ムゼッタはミミをある子爵の息子にロドルフォがその場にいるにもかかわらず彼女が自由の身であると紹介する（この経緯からすると、現行第3幕でのロドルフォの台詞「ミミは浮気女さ、／誰にでも媚びるんだ。しゃれ男が、／子爵の息子だかの、／そんなやつが彼女に色目をつかってね」は中庭の場面が削除となった後から手が加えられたものと考えられる。2人は意気投合、ダンスに興じ、ただならぬ雰囲気に…　これにより、現行の第3幕の終わりで一時の和解を約したミミとロドルフォが第4幕では別れ別れになっている具体的な理由が説明されることになる。しかしプッチーニは台本作家の第3幕をすっかり削除し、現行の第1幕「屋根裏の部屋」、第2幕「ラテン区」、第3幕「アンフェール門」、第4幕「屋根裏の部屋」とすることを望んだ。これによりミミとロドルフォがどのような過程を経たかより最後にロドルフォのもとへ戻って死のうとしたことだけに焦点が当てられていることになる。台本作家の第3幕の全面的削除にプッチーニのどのような音楽的美意識があったかへの言及は、単なる台本の対訳者である筆者には僭越であると感じてここに述べないが、レオンカヴァルロの《ラ・ボエーム》と対照研究するとき、これは興味深いことだろう。作曲されなかった幕の台本テキストはパッセリーニ・ランディ（Passerini Landi）の図書館にある。これはジュリオ・リコルディの手書き原稿とのことである。恐らく台本作家2人が互いに意見交換しながら作成し、出来た原稿をリコルディが筆写したものだろう。全面的に削除された台本作家の第3幕は1958年に雑誌『ラ・スカーラ（La Scala）』に掲載されたが、この対訳書ではページ数の関係から省くことにした。また別の機会にご紹介できたならと考えている。

第4幕
QUADRO QUARTO

QUADRO QUARTO
第4幕

‹...in quell'epoca già da tempo gli amici erano vedovi.

Musetta era diventata un personaggio quasi officiale; — da tre o quattro mesi Marcello non l'aveva incontrata.

Così pure Mimì; — Rodolfo non ne aveva più sentito parlare che da se medesimo quando era solo.

Un dì che Marcello di nascosto baciava un nastro dimenticato da Musetta, vide Rodolfo che nascondeva una cuffietta — la cuffietta rosa — dimenticata da Mimì:

— Va bene! mormorò Marcello, egli è vile come me!›

‹Vita gaia e terribile!...›[1]

《…そのころ、すでにしばらく前から友人たちはやもめであった。

ムゼッタはほとんど生活を改め、まとも人間になってしまっていて、――三、四か月前からマルチェルロは彼女に出会うこともなかったのだった。

ミミもやはり同様で、――ロドルフォはもはや彼女について消息は、彼がひとりきりでいるとき自分で語るほかに何も耳にしていなかったのだった。

ある日、マルチェルロはムゼッタの忘れていったリボンにそっと接吻をしていたが、ロドルフォを見ると、彼はミミの忘れていったボンネットを――あのピンクのボンネットだが――隠し持っていた、

―― いいぞ！ とマルチェルロはつぶやいた、やつもおれと同じに意気地なしか！》

《楽しくもまた恐ろしい生活よ！…》

IN SOFFITTA
屋根裏部屋で

Come nel QUADRO PRIMO　　　　　　　第1幕と同様

> *(Marcello sta ancora dinanzi al suo cavalletto, come Rodolfo sta seduto al suo tavolo: vorrebbero persuadersi l'un l'altro che lavorano indefessamente, mentre invece non fanno che chiacchierare)*
>
> (マルチェルロ、やはりまた画架の前にいる、同様にロドルフォは机に向かって座っている、自分が懸命に仕事をしていると2人どちらも相手に信じさせたい、が、ところがそういかず喋るほか何もしていない)

---

(1) 第4幕に添えられた原作の抜粋は、22章「ロドルフとミミ嬢の恋の結末（Epilogue des amours de Rodolphe et de mademoiselle Mimi)」から。最後の1行のみ序文からの抜粋。

Marcello マルチェルロ	In un *coupé*?[1]
	「箱型馬車」でか？
Rodolfo ロドルフォ	Con pariglie e livree. Mi salutò ridendo: To'[2]! Musetta! Le dissi: E[2] il cuor? "Non batte, o non lo sento, grazie al velluto che il copre."
	二頭立てで従僕のお供つきさ。 笑いながらぼくに会釈したぜ、おや！ ムゼッタ！ ぼくは彼女にいった、で、心臓[3]は？ 「打ってないわ、でなきゃ聞こえないのね、 心臓包んでるベルベットのおかげさまで」とさ。
Marcello マルチェルロ	(*sforzandosi di ridere*)[4] Ci ho gusto davver!
	（無理に笑おうとしながら） そりゃいい、 まったく！
Rodolfo ロドルフォ	(*fra sé*) 〈Loiola, va! Ti rodi e ridi!〉 (*ripiglia il lavoro*)[5]
	（独白） 〈ロヨラ[6]め、そうかい！ ジリジリしながらニコニコとはな！〉 （再び仕事を始める）
Marcello マルチェルロ	Non batte? Bene!! (*dipinge a gran colpi di pennello*)[7] Io pur vidi...
	打ってないって？ なるほど!! （荒い筆使いで描く） おれも会った…[8]
Rodolfo ロドルフォ	Musetta?
	ムゼッタに？

(1) 〈台〉(continuando il discorso＝お喋りを続けて) と、ト書きあり。
(2) 大文字なので直接話法で語っていることになる。
(3) 心臓はハートで、恋の意味をかけている。ベルベットとレースは高価な衣装の二大素材。ベルベットは柔らかだがフワフワと厚いので、心臓の鼓動も外へ伝わらないということ。
(4) 〈台〉このト書きなし。
(5) 〈台〉このト書きなし。
(6) スペインの軍人で聖職者であり、1534年にイエズス会を創立したイグナティウス・デ・ロヨラ (Ignatius de Loyola 1491～1556)。イエズス会の反対者たちがデ・ロヨラはずる賢い手段を用いると非難したことから、策謀家、詭弁家、偽善者、嘘つきの代名詞として使われる。
(7) 〈台〉このト書きなし。
(8) 原作ではロドルフォ自身が盛装して馬車で行くミミと町中で出会い、それをマルチェルロに語る。

Marcello マルチェルロ	Mimì.	
	ミミさ。	
Rodolfo ロドルフォ	*(trasalendo, smette di scrivere)*[1] L'hai vista? *(si ricompone)* Oh, guarda!...	
	（びくっとして、書くのをやめる） 彼女に会った？ （平静な態度を取り戻す） ほう、それはまた！…	
Marcello マルチェルロ	*(smette il lavoro)*[2] Era in carrozza vestita come una regina.	
	（仕事をやめる） 馬車に乗ってたぞ、 女王さまのような身なりをして。	
Rodolfo ロドルフォ	*(allegramente)*[3] Evviva! Ne son contento.	
	（陽気に） いいぞ！ それなら満足だ。	
Marcello マルチェルロ	*(fra sè)* 〈Bugiardo, si strugge d'amor[4]!〉	
	（独白） 〈嘘つきめ、恋しさに身を苛(さいな)んでるくせに！〉	
Rodolfo ロドルフォ	Lavoriam.	
	仕事をしよう。	
Marcello マルチェルロ	Lavoriam.[5] *(riprendono il lavoro)*[6]	
	仕事をしよう。 （２人、また仕事を始める）	

---

(1) 〈台〉(trasalisce＝びくっとする) とだけ。
(2) 〈台〉このト書きなし。
(3) 〈台〉このト書きなし。
(4) 〈台〉この前に "d'ira e＝怒りと" がある。
(5) 〈台〉Lavoriamo
(6) 〈台〉(si mettono al lavoro＝仕事をし始める) としている。

第4幕

Rodolfo
ロドルフォ

Che penna infame!
(getta la penna)
(sempre seduto e molto pensieroso)[1]

忌々しいなんてペンだ！
（ペンを投げ出す）
（座ったまま、そしてひどく物思いに沈んで）

Marcello
マルチェルロ

Che infame pennello!
(getta il pennello)
(guarda fissamente il suo quadro, poi, di nascosto da Rodolfo, estrae dalla tasca un nastro di seta e lo bacia)[2]

なんて忌々しい絵筆だ！
（絵筆を投げ出す）
（自分の絵をじっと眺め、それから、ロドルフォに隠れてポケットから絹のリボンを取り出してそれに接吻する）

Rodolfo
ロドルフォ

〈O Mimì, tu più non torni[3],
o giorni belli,
piccole mani, odorosi capelli...
collo di neve!
Ah! Mimì, mia breve gioventù!

〈ミミよ、きみはもうもどってこない、
幸せだった日々よ、
小さな手よ、香しい髪よ…
雪のようなうなじよ！
ああ！ ミミ、ぼくのはかなかった青春よ！

---

(1) 〈台〉このト書きなし。
(2) 〈台〉このト書きなし。
(3) ロドルフォとマルチェルロの二重唱は、前者は〈総譜〉の最初の5行、後者は4行、〈台〉との違いが微妙にだが見られ、ニュアンスの差がある。その部分を記しておこう。また〈台〉ではト書きは2者のどちらにも付されていない。〈総譜〉のロドルフォの5行分に当る〈台〉の詩句は次のとおり。〈Mimì ne andasti, e più non torni. ＝ミミ、きみは行ってしまった、そしてもうもどってこない。/ O giorni lontani e belli. ＝もう遠い、幸せだった日々よ、/ piccole mani, odorosi capelli. ＝ちいさな手よ、香しい髪よ、/ collo di neve! O gioventù mia breve! ＝雪のようなうなじよ！ ぼくのはかなかった青春よ！/ Sto poche morte cose a guardare. ＝ぼくは今、命失せたわずかなものをながめている。/ Foglie di rose ＝バラの花びらよ、/ già poste a segno di pagine care. ＝もう懐かしいページの栞になって。/ Questa piccola fiala ＝この小さなガラス壜、/ che olezzi un giorno ed or veleno esala. ＝これは以前よい香を、今は毒を発散している。〉また、〈総譜〉のマルチェルロの4行分に当る〈台〉の詩句はこうなっている。〈Io non so come sia＝おれには分らない、どうしてなのか、/ che il mio pennel per suo conto lavori＝おれの絵筆が勝手に動いて / e segni forme ed impasti colori＝そして形を描き、絵の具をまぜるのは、/ contro ogni voglia mia. ＝おれのどんな意思にもさからって。〉

第 4 幕

(dal cassetto del tavolo leva la cuffietta di Mimì)
E tu, cuffietta lieve,
che[1] sotto il guancial partendo ascose,
tutta sai la[2] nostra felicità,
vien sul mio cuor, sul mio cuor morto!
ah[3], vien sul mio cuor[4]; poichè è[5] morto amor[6]!⟩

（机の引き出しからミミのボンネットを出す）
おまえ、ふわふわとしたボンネット、
彼女が出ていくとき枕の下にかくしたおまえは
ぼくたちの幸福をすべて、知っている、
おいで、ぼくの胸に、ぼくの死んでしまった胸のうえに！
ああ、おいで、愛が死んでしまったために死んだぼくの胸に！⟩

Marcello
マルチェルロ

(ripone il nastro ed osserva di nuovo il suo quadro)
⟨Io non so come sia
che il mio pennello lavori
e impasti colori
contro voglia mia.

（リボンをしまうと、また自分の絵を眺める）
⟨おれはどうしてか分らない、
おれの絵筆がうごいたり
絵の具をまぜたりするのか、
おれの意思にさからって。

Se pingere mi piace
o cieli, o terre, o inverni, o primavere,
egli mi traccia due pupille nere
e una bocca procace.
E n'esce di Musetta[7]
il viso ancor.

おれには絵にするのが望みなのに、
空や、大地や、冬や、春を、
こいつは描いてしまう、ふたつの黒い瞳と
なまめかしい口を。
そしてそこには現れてくる、ムゼッタの
顔があいかわらず。

---

(1) ⟨台⟩と⟨手⟩ch'ella として、「彼女が」と主語を入れている。
(2) ⟨台⟩la breve nostra felicità と、「短かった」を入れている。
(3) ⟨台⟩この感嘆詞なし。
(4) ⟨台⟩cuore
(5) ⟨台⟩poich'è としている。
(6) ⟨台⟩amore
(7) ⟨台⟩この行と次行が抜け、そのために⟨総譜⟩では繰り返されている詩句がなく、前行からピリオドなしで続いて "e n'esce di Musetta / il viso tutto vezzi e tutto frode." としている。

> E n'esce di Musetta
> il viso tutto vezzi tutto frode.
> Musetta intanto gode
> e il mio cuor vile la chiama
> e aspetta[1] il vil mio cuor!〉

> そこには現れてくる、ムゼッタの
> 愛嬌いっぱい、偽りいっぱいの顔が。
> ムゼッタはこの間も遊びたわむれ
> そして未練なおれの心は彼女を呼んでいる、
> そして待っている、おれの未練な心は!〉

Rodolfo
ロドルフォ

(pone sul cuore la cuffietta, poi, volendo nascondere a Marcello la propria commozione, si volge a lui e disinvolto gli chiede)[2]
Che ora sia?

(ボンネットを胸に押し当て、それからマルチェルロに自分の心の動揺を隠したいために彼の方へ振り向き、そして何気ない調子で彼に尋ねる)
何時ころだろう?

Marcello
マルチェルロ

(rimasto meditabondo, si scuote alle parole di Rodolfo e allegramente gli risponde)[3]
L'ora del pranzo di jeri.[4]

(物思いに沈んでいたが、ロドルフォの言葉で我に返り、快活に答える)
きのうの昼飯の時間さ。

Rodolfo
ロドルフォ

E Schaunard non torna?

なのにショナールはもどらないのか?

(entrano Schaunard e Colline: il primo porta quattro pagnotte e l'altro un cartoccio)[5]

(ショナールとコルリーネ登場、前者は丸パン4個、後者は紙包みを持っている)

Schaunard
ショナール

Eccoci.
(depone le[6] *pagnotte sul tavolo)*

ただいま到着。
(丸パンをテーブルの上に置く)

Rodolfo
ロドルフォ

Ebben?[7]

それで?

---

(1) 〈台〉ed aspetta. と文末にし、後の語はなし。
(2) 〈台〉このト書きなし。
(3) 〈台〉このト書きなし。
(4) 〈台〉ieri と表記。
(5) 〈台〉このト書きなし。
(6) 〈台〉"quattro" pagnotte=「4個」の丸パンとしている。
(7) 〈台〉Ebbene

Marcello マルチェルロ		Ebben?[(1)] *(con sprezzo)* Del pan?[(2)]
		それで？ (軽蔑を込めて) パンか？
Colline コルリーネ		*(apre il cartoccio e ne estrae un'aringa che pure colloca sul tavolo)*[(3)] È un piatto degno di Demostene: un'aringa...
		(紙包みを開き、ニシンを引っ張り出すと、それをやはりテーブルの上に並べる) デモステネス[(4)]にふさわしき一品なり、 つまりニシンだ…
Schaunard ショナール		...salata.
		…塩漬けの。
Colline コルリーネ		Il pranzo è in tavola. *(siedono a tavola*[(5)]*, fingendo d'assistere ad un lauto pranzo)*
		ごちそう、整いましたぞ。 (全員テーブルに着き、豪勢な正餐に列席しているのを装う)
Marcello マルチェルロ		Questa è cuccagna da Berlingaccio.
		これぞ楽園だ、 謝肉祭[(6)]なみの。
Schaunard ショナール		*(pone il cappello di Colline sul tavolo e vi colloca dentro una bottiglia d'acqua)* Or lo sciampagna mettiamo in ghiaccio.
		(コルリーネの帽子をテーブルの上に置き、その中に水のビンを立てる) さて、シャンパンを 氷に浸けましょうな。

---

(1) 〈台〉Ebbene
(2) 〈台〉Del pane
(3) 〈台〉(mostrando un'aringa＝ニシンを見せながら) としている。
(4) アテネの政治家で弁論家（384〜322BC）。彼の駆使した「弁論」は arringa、魚の「ニシン」は aringa で、両者が似ていることからの言葉遊び。
(5) 〈台〉"attorno alla tavola＝テーブルの周りに"。後の d'assistere を d'essere としているが意味に大差はない。
(6) 「謝肉祭」と訳した原語の Berlingaccio は Giovedì grasso のトスカーナ方言で、四句節前の最後の、つまり謝肉祭の最後の木曜日を指す。カトリック教では四句節の間は肉食を絶つことからその前に肉食に別れを告げる祝祭があり、それが謝肉祭で、肉やその他の豪華な食事をしたり、騒ぎ遊んだりする。特に最後の木曜日が質量ともに飲食の頂点になる。

Rodolfo ロドルフォ	*(a Marcello, *[1]*offrendogli del pane)* Scelga, o Barone, trota, o salmone?
	（マルチェルロにパンを差し出しながら） お選びなされ、男爵よ、 マスか、それともサケか？
Marcello マルチェルロ	*(ringrazia, accetta, poi si volge a Schaunard e gli presenta un altro boccone di pane)*[2] Duca, una lingua di pappagallo?
	（謝意を表し、受け取り、それからショナールの方へ向いて別のパンの固まりを差し出す） 公爵、舌は、 オウムの？
Schaunard ショナール	*(gentilmente rifiuta: si versa un bicchiere d'acqua, poi lo passa a Marcello)*[3] Grazie, m'impingua. Stasera ho un ballo.
	（慇懃に断る、グラスに水を注ぎ、それからマルチェルロにそれを回す） かたじけない、だが肥えますので。 今宵は舞踏会がありまして。
	(l'unico bicchiere passa da uno all'altro. Colline, che ha divorato in gran fretta la sua pagnotta, si alza)[4]
	（たった１つのグラスは仲間に次々と回される。コルリーネ、自分の丸パンを大急ぎで貪り食うと、立ち上がる）
Rodolfo ロドルフォ	*(a Colline)*[5] Già sazio?
	（コルリーネに） はや、ご満腹で？
Colline コルリーネ	*(con importanza e gravità)*[6] Ho fretta. Il Re m'aspetta.
	（勿体をつけ、重々しく） 急ぎおるので。 王がわしをお待ちである。

---

(1) 〈台〉この後なし。
(2) 〈台〉(a Schaunard＝ショナールに) とのみ。
(3) 〈台〉このト書きなし。
(4) 〈台〉(Colline ha mangiato e si alza＝コルリーネは食べてしまうと立ち上がる) としている。
(5) 〈台〉このト書きなし。
(6) 〈台〉(solenne＝厳粛に)。

Marcello マルチェルロ	*(premurosamente)*[(1)] C'è qualche trama?	

（気遣わしげに）
何かの謀りごとがおありか？

Rodolfo ロドルフォ	Qualche mister[(2)]?	

何かの密約が？

Shaunard[(3)] ショナール	*(si alza, s'avvicina a Colline, e gli dice con curiosità comica)* Qualche mister?	

（立ち上がり、コルリーネに近づき、おどけた好奇心を顕わにして彼にいう）
何かの密約が？

Marcello マルチェルロ	Qualche mister?	

何かの密約が？

Colline コルリーネ	*(passeggia, pavoneggiandosi con aria di grande importanza)*[(4)] *(con importanza)* Il Re mi chiama al minister[(5)]!	

（非常に勿体をつけた様子で気取って歩き回る）
（勿体をつけて）
王はわしをお召しだ、
大臣にと！

Rodolfo, Shaunard e Marcello[(6)] ロドルフォ、 ショナール、 そしてマルチェルロ	*(circondano Colline e gli fanno grandi inchini)*[(7)] Bene! （コルリーネを取り囲み、彼に恭^{うやうや}しいお辞儀をする） 結構なこと！	

Colline コルリーネ	*(con aria di protezione)*[(8)] Però... vedrò... Guizot!	

（皆の後ろ盾といった態度で）
となれば…
会うことになる… ギゾー[(9)]に！

---

(1) 〈台〉このト書きなし。
(2) 〈台〉mistero
(3) 〈台〉ショナールのこれと次のマルチェルロの台詞なし。当然ショナールへのト書きもなし。
(4) 〈台〉このト書きなし。
(5) 〈台〉al ministero
(6) 〈台〉ショナール1人の台詞としている。
(7) 〈台〉このト書きなし。
(8) 〈台〉(con importanza＝勿体をつけて) としている。
(9) ギゾー (Francois Guizot) はフランスの政治家で歴史学者 (1787～1874)。ソルボンヌ大学の歴史学教授を経て、1830年の七月革命でルイ・フィリップが国王に即位するとともに内相となった。

Schaunard ショナール	*(a Marcello)* Porgimi il nappo!	
	（マルチェルロに） わたしめに酒盃をくだされ！	
Marcello マルチェルロ	*(gli dà l'unico bicchiere)* Sì! Bevi, io pappo!	
	（彼にたった1つのグラスを渡す） かしこまった！ 飲みなされ、こっちは食いますれば！	
Schaunard ショナール	*(solenne,*[1] *sale su di una sedia e leva in alto il bicchiere)* *(con enfasi)* Mi sia permesso, al nobile consesso...	
	（厳かに、椅子の上に乗り、グラスを高く差し上げる） （大袈裟に） わたしめにお許しあらば、この重鎮お集まりの場で…	
Rodolfo e Colline[2] ロドルフォ とコルリーネ	*(interrompendolo)* Basta!	
	（ショナールを遮って） たくさんだ！	
Marcello マルチェルロ	Fiacco!	
	へっぽこ！	
Colline コルリーネ	Che decotto!	
	なんたる出来損ない！	
Marcello マルチェルロ	Leva il tacco!	
	とっとと失せろ！	
Colline コルリーネ	*(prendendo il bicchiere a Schaunard)*[3] Dammi il gotto!	
	（ショナールからグラスを取り上げながら） おれにコップをよこせ！	
Schaunard ショナール	*(fa cenno a gli amici di lasciarlo continuare)*[4] *(ispirato)* M'ispira irresistibile l'estro della romanza!	
	（友人たちに話しを続けさせてくれるように合図する） （霊感を受けたように） 抑えがたいほどぼくをけしかけてるんだ、 ロマンス[5]の着想が！	

(1) 〈台〉この後のト書きなし。次のト書きもなし。
(2) 〈台〉ロドルフォのみの台詞としている。
(3) 〈台〉このト書きなし。
(4) 〈台〉このト書きなし。
(5) 音楽家のショナールの言葉であるので、楽曲としての「ロマンツァ＝ロマンス」を意味するだろう。

Gli altri 他の者たち	*(urlando)* No!	

(喚いて)
ごめんだ!

Schaunard ショナール	*(arrendevole)* Azione coreografica allora?	

(従順な態度で)
踊りってことで
それだったら?

Gli altri 他の者たち	Sì! sì! *(tutti applaudendo, circondano Schaunard e lo fanno scendere dalla sedia)*[1]	

いいな! よかろう!
(全員、拍手しながら、ショナールを取り囲んで椅子から降ろす)

Marcello[2] マルチェルロ	La danza con musica vocale!	

踊りを、
声楽つきの!

Colline コルリーネ	Si sgombrino le sale! *(portano da un lato la tavola e le sedie e si dispongono a ballare)* *(proponendo ognuno una danza)*[3] Gavotta!	

広間をかたづけるとしよう!
(テーブルと椅子を片側に寄せ、踊るための用意をする)
(各人、1つずつ踊りを提案して)
ガヴォット!

Marcello マルチェルロ	Minuetto.	

メヌエット。

Rodolfo ロドルフォ	Pavanella![4]	

パヴァーヌ!

Schaunard ショナール	*(marcando la danza spagnola)*[5] Fandango.	

(スペイン舞踊であることが分るように見せながら)
ファンダンゴ。

---

(1) 〈台〉(applaudendo) とのみ。
(2) 〈台〉ショナールの台詞としている。
(3) 〈台〉このト書きなし。
(4) 〈台〉提案の順序が次のファンダンゴとこれとが逆。
(5) 〈台〉このト書きなし。

第4幕

Colline コルリーネ	Propongo la quadriglia. *(Marcello approva)*[1] *(Shaunard approva)*[1]
	カドリールを提案しよう。 （マルチェルロ、同意する） （ショナール、同意する）
Rodolfo ロドルフォ	*(allegramente approvando)*[1] Mano alle dame!
	（快活に同意して） お相手のご婦人に手を！
Colline コルリーネ	Io detto! *(finge d'essere in grandi faccende per disporre la quadriglia)*[2]
	我輩が仕切る！ （カドリールを踊る段取りをするために大わらわのふりをする）
Schaunard[3] ショナール	*(improvvisando, batte il tempo con grande, comica importanza)* Lallera, lallera, lallera la!
	（即興に音楽を作って、大袈裟な、おどけた仰々しさで拍子を取る） ラルレラ、ラルレラ、ラルレラ、ラ！
Rodolfo ロドルフォ	*(si avvicina a Marcello, gli fa un grande inchino, offrendogli la mano e galantemente gli dice)*[4] Vezzosa damigella...[5]
	（マルチェルロに近づき、彼に大仰なお辞儀をし、手を差し出しながら、そして慇懃に彼にいう） 愛らしきお嬢さま…
Marcello マルチェルロ	*(imitando la voce femminile, con modestia)*[6] Rispetti la modestia! *(con voce naturale)*[6] La prego.[7]
	（女の声を真似ながら、はにかんで） 内気なのでおよろしく！ （普通の声で） おねがいいたします。
Schaunard[8] ショナール	Lallera, lallera, lallera la!
	ラルレラ、ラルレラ、ラルレラ、ラ！

---

(1) 〈台〉これらのト書きなし。
(2) 〈台〉このト書きなし。
(3) 〈台〉ト書きも含めてこのショナールはなし。
(4) 〈台〉このト書きは、(galante a Marcello＝慇懃にマルチェルロに) とのみ。
(5) 〈台〉次に1行 "a Venere sei figlia!＝あなたはヴィーナスの娘" とある。
(6) 〈台〉これらのト書きなし。
(7) この台詞に対する音符に符頭なし。
(8) 〈台〉このショナールなし。

Colline コルリーネ		*(ordina la figurazione)*[1] *Balancez!*[2] *(Rodolfo e Marcello ballano la quadriglia)*[3]
		（踊りの型を指図する） 「バランセ！」 （ロドルフォとマルチェルロ、カドリールを踊る）
Marcello[4] マルチェルロ		Lallera, lallera, lallera!
		ラルレラ、ラルレラ、ラルレラ！
Schaunard ショナール		*(provocante)*[5] Prima c'è il *Rondò*.
		（挑戦的に） まえに「ロンド」があるんだ。
Colline コルリーネ		*(provocante)*[5] No![6] *(gridato)*[5] Bestia! *(Rodolfo e Marcello continuano a ballare)*[5]
		（挑戦的に） ちがう！ （怒鳴って） 馬鹿者！ （ロドルフォとマルチェルロ、踊り続ける）
Schaunard ショナール		*(con disprezzo esagerato)* Che modi da lacchè!
		（大袈裟な軽蔑を込めて） なんたる下郎の態度か！
Colline コルリーネ		*(offeso)*[7] Se non erro lei m'oltraggia. Snudi il ferro! *(corre al camino ed afferra le molle)*[8]
		（気分を害されて） 思い違いでなくば 貴殿、それがしを侮辱されおる。 剣を抜かれよ！ （暖炉のところへ走っていき、火ばさみを掴む）

(1) 〈台〉(dettando le figure＝踊りの型を指示しながら)
(2) この台詞に対する音符に符頭なし。
(3) 〈台〉このト書きなし。
(4) 〈台〉このマルチェルロなし。
(5) 〈台〉これらのト書きなし。
(6) 〈台〉No, bestia! と1センテンスにしている。
(7) 〈台〉このト書きなし。
(8) 〈台〉(prende le molle＝火ばさみを取る) としている。

Schaunard ショナール	*(prende la paletta del camino)*(1) Pronti!(2) Assaggia!(3) *(mettendosi in posizione per battersi)*(4) Il tuo sangue io voglio ber!(5)	

(暖炉の十能を取る)

いざ！

受けてみよ！

(戦うために身構えながら)

貴様の血、拙者が飲んでやる！

Colline コルリーネ	*(fa altrettanto)*(6) Un di noi qui si sbudella! *(Rodolfo e Marcello cessano dal ballare, e si smascellano dalle risa)*(7)	

(同じように構える)

我らの一方、ここにて腸(はらわた)をさらすのだ！

(ロドルフォとマルチェルロ、踊るのをやめる、そして顎が外れるほど大笑いする)

Schaunard ショナール	Apprestate una barella!	

担架の用意をたのみ申す！

Colline コルリーネ	Apprestate un cimiter! *(Schaunard e Colline si battono)*(8)	

墓場の用意たのみ申す！

(ショナールとコルリーネ、戦う)

---

(1) 〈台〉"del camino＝暖炉の"なし。
(2) 〈台〉この後に（tira un colpo＝一撃をかける）とある。
(3) この台詞に対する音符に符頭なし。
(4) 〈台〉このト書きなし。
(5) 〈台〉この1行を次のコルリーネの1行の後においている。
(6) 〈台〉註(4)のト書きがないため、このト書きでなく（battendosi＝戦いながら）とある。
(7) 〈台〉このト書きなし。
(8) 〈台〉これと次の2つのト書きをまとめてここにおき、（mentre si battono, Marcello e Rodolfo ballano loro intorno cantando＝2人が戦う間、マルチェルロとロドルフォは歌いながら2人の周りを回って踊る）としている。

Rodolfo e Marcello ロドルフォ とマルチェルロ	*(allegramente)*[1] Mentre incalza la tenzone gira e balza Rigodone.[2] *(Rodolfo e Marcello ballano intorno ai duellanti, con pazza allegria)*[1]

(陽気に)

激するにつれ、

この闘いが、

まわり、はねる、

リゴドンが。

(ロドルフォとマルチェルロ、決闘する2人の周りを途方もない陽気さで回って踊る)

(i colpi si moltiplicano)[3]
(i duellanti fingono d'essere sempre più inferociti, battono i piedi e gridano... la!... prendi!... a te!... muori!)[3]

(剣のぶつかり合う回数が増える)

(決闘者はますます猛り狂った振りをし、足を踏み鳴らし、叫ぶ… それっ!… 受けてみろ!… 貴様に!… 死ね!)

(si spalanca l'uscio ed entra Musetta in grande agitazione)

(ドアが開き、ムゼッタが大変な興奮状態で入ってくる)

Marcello マルチェルロ	*(scorgendola)*[4] Musetta![5]

(彼女と分かって)

ムゼッタ!

Musetta ムゼッタ	*(con voce strozzata)*[6] C'è Mimì, c'è Mimì che mi segue e che sta male. *(tutti attorniano con viva ansietà Musetta)*[7]

(絞り出すような声で)

ミミがいるの[8]、

ミミがいるの、あたしについてきてるの、で、ぐあいが悪いの。

(全員、ひどく心配してムゼッタを取り囲む)

---

(1) 前ページの註(8)参照。
(2) 〈台〉この後に次の7行があり、7行目の詩句を遮るようにムゼッタが登場する。Qual licore=見かけより強い / Traditore=リキュールと同じ / la bolletta=文無しで / c'impazzì.=みな気がおかしくなった。/ Chi è più forte=運命にまして / della sorte=強い者は / può...=だが…（1、2行目の"licore"と"Traditore"、5、6行目の"forte"と"della sorte"は訳語の語順が原文と逆。）
(3) 〈台〉前註のようにロドルフォとマルチェルロが歌う間にムゼッタの登場となるため、〈総譜〉にある舞台上の演技についての指示はない。
(4) 〈台〉(colpito=衝撃を受けて)としている。
(5) 〈台〉この後に (tutti rimangono attoniti=全員びっくり仰天する) と入れている。
(6) 〈台〉(ansimante=息を切らして)としている。
(7) 〈台〉主語の"tutti=全員"を入れていない。
(8) 原作では、第3幕の註にも記したが、ミミはマルチェルロの下宿へ独りで現れる。

Rodolfo ロドルフォ	Ov'è?[1] どこにいる？
Musetta ムゼッタ	Nel far le scale più non si resse. *(si vede, per l'uscio aperto, Mimì seduta sul più alto gradino della scala)* 階段をのぼってて もう立っていられなくなったの。 （開いたドアから、階段の最上段に腰を下ろしているミミが見える）
Rodolfo ロドルフォ	Ah! *(si precipita verso Mimì. Marcello accorre anche lui)* ああ！ （ミミの方へ飛んでいく。マルチェルロもまた駆け寄る）
Schaunard ショナール	*(a Colline;* [2] *ambedue portano innanzi il letto)* Noi accostiamo[3] quel[4] lettuccio. （コルリーネに向かって、そして2人でベッドを前の方へ運んでくる） ぼくたちはこっちへもってこよう、 あのぼろベッドを。
Rodolfo ロドルフォ	*(Rodolfo e Marcello sorreggono Mimì, conducendola verso il letto)*[5] Là.[6] Da bere.[7] （ロドルフォとマルチェルロでミミを支えてベッドの方へ連れていく） あそこへ。 飲むものを。
	(Musetta accorre col bicchiere dell'acqua e ne fa bere[8] *un sorso a Mimì)* （ムゼッタが水の入ったグラスを持って駆け寄り、ミミにそれを一口飲ませる）
Mimì ミミ	*(con grande passione)*[9] Rodolfo! （激しい思いを込めて） ロドルフォ！

---

(1) 〈台〉(atterrito＝怯えて) とト書きあり。
(2) 〈台〉この後のト書きなし。
(3) 〈台〉accostiam
(4) 〈台〉"questo＝この" としている。
(5) 〈台〉(coll'aiuto di Marcello porta Mimì fino al letto, sul quale la mette distesa＝マルチェルロの助けを借りてミミをベッドまで連れていき、その上に寝かせる) としている。
(6) 〈手〉(indicando il lettuccio＝ぼろベッドを指し示しながら) とある。
(7) 〈台〉(agli amici, piano＝友人たちに、そっと) とある。
(8) 〈台〉ne fa bere でなく、"ne dà＝与える"
(9) 〈台〉(riavutasi e vedendo Rodolfo presso di sè＝気力を取り戻し、それから自分のそばにロドルフォを見て) としている。

Rodolfo ロドルフォ	*(adagia Mimì sul letto)*[1] Zitta, riposa.

（ミミをベッドに用心深く横たえる）
しっ、しずかに、休むんだ。

Mimì ミミ	*(abbraccia Rodolfo)*[2] O mio Rodolfo! Mi vuoi qui con te?

（ロドルフォを抱きしめる）
あたしのロドルフォ！
ここにあなたといていいかしら？

Rodolfo ロドルフォ	Ah! mia Mimì,[3] sempre! sempre! *(persuade Mimì a sdraiarsi sul letto e stende su di lei la coperta, poi con grandi cure le accomoda il guanciale sotto la testa)*[4]

ああ！ ぼくのミミ、
いつまでも！ いつまでも！
（ベッドに横になるようにミミを説き伏せ、彼女の上に毛布をかけ、それから非常に注意して頭の下の枕を具合良く直す）

---

(1) 〈台〉このト書きなし。
(2) 〈台〉このト書きと次行の台詞なし。
(3) 〈台〉この1行なし。
(4) 〈台〉ここのト書きは次のようになっている。(amorosamente fa cenno a Mimì di tacere, rimanendo ad essa vicina＝優しく黙るようにミミに合図をし、そのまま彼女のそばにいる)。

Musetta ムゼッタ	Intesi[1] dire che Mimì, fuggita dal Viscontino, era in fin di vita. Dove stia? Cerca, cerca... la veggo[2] passar per via... trascinandosi a stento.

あたし、うわさに聞いたの、ミミが逃げ出したけど、
子爵の息子[3]のところから、死にそうだったって。
どこかしらって？ 捜しに捜してたら… 彼女を見たの、
道を歩いているところを…
はうようにしてやっと。

Mi dice: "Più non reggo...
muoio! lo sento.
(agitandosi; senz'accorgersi alza la voce)[4]
Voglio morir con lui! Forse m'aspetta..."

あたしにいうの、「もう、もたないわ…
死ぬのよ！ そういう気がするの。
(興奮して、知らず知らず声を高める)
彼のとこで死にたいわ！ あの人はたぶんわたしを待ってる…」

Marcello マルチェルロ	*(a Musetta perchè abbassi la voce)*[5] Sst![6]

(声を低くするようにとムゼッタに)
しっ！

---

(1) 〈台〉この前に "Or son poche sere＝今から数晩前なのだけれど" と1行あり。〈手〉ではここからのムゼッタの9行は〈総譜〉、〈台〉とかなり違い、次のようである。 Mi disser che Mimì l'avea finita＝みんながあたしにいったことには、ミミは関係が終った、/ col viscontino ed era all'ospedale...＝子爵の息子と、そして病院にいるって… / penso d'andar da lei...＝あたしは彼女のところへ行こうと思って… / scendo e la veggo giù nella via...＝南へ向っていたらあっちの方の道で彼女と会ったの… / "Sai, son fuggita!＝「知ってるわね、あたし逃げたのよ！ / — mi dice,— più non reggo,＝ —— 彼女、あたしに言うの、—— もう持ちこたえられないわ、/ io muoio, ecco il mio male!＝あたし死ぬの、あたしの病気はそんななの！ / Voglio morir da lui, forse m'aspetta. ＝彼のところで死にたいわ、 たぶん彼、あたしを待ってて。/ M'accompagni, Musetta?" ＝連れていってくれる、ムゼッタ？」
(2) 〈台〉"Or or la veggo＝今しがた彼女を見たの" とある。
(3) 原作では子爵の息子とミミの関係がしばしば語られる。最初に2人が出会うのは、4人のボヘミアン仲間に興味を持ったボヘミアンに憧れる金持ちのある人物が子爵の息子のパーティーに4人とその恋人を連れて行った折で、その後ミミの男性遍歴の相手の1人として、関係が続く。子爵の囲われ者としての生活もするが、ロドルフォの詩が雑誌に掲載された時、それを大事に読んでいたことから子爵の嫉妬を呼び、ミミは彼のもとを飛び出す。そして生活に困ってマルセルの下宿に空き部屋がないかと訪ねてくることになる。オペラでは、台本作家たちの最初の構想によると、第3幕の註にも記したが、ムゼッタの家でのパーティーの場でムゼッタがミミに子爵を紹介し、2人はダンスをして意気投合する設定になっている。
(4) 〈台〉このト書きなし。
(5) 〈台〉Sst! に対するト書きは、(fa cenno di parlare piano＝小声で話すように合図をする) とある。またマルチェルロのこの Sst! を次のムゼッタの台詞が終ったその後においている。
(6) Sst! に対する音符に符頭なし。

Musetta
ムゼッタ

(si porta a maggiore distanaza da Mimì)[1]
"M'accompagni, Musetta?"

(ミミからより遠のいたところへ移る)
「わたしを連れていってくれる、ムゼッタ?」

Mimì
ミミ

Mi sento assai meglio
lascia ch'io guardi intorno.

ずっと楽になった気がしてよ、
まわりを見させておいて。

(con dolce sorriso)[2]
Ah, come si sta bene qui!
Si rinasce. Ancor sento la vita qui.
(alzandosi un poco e riabbracciando Rodolfo)
No, tu non mi lasci più!

(優しい笑みを浮かべて)
ああ、なんてここは居心地いいんでしょう!
生き返るわ。ここだとまた生きる力を感じるわ。
(少し身を起こし、そしてロドルフォを再び抱きしめながら)
けして、あなたもうわたしを離さないわね!

Rodolfo
ロドルフォ

Benedetta bocca.
Tu ancor mi parli!

愛すべき口。
おまえがまたぼくに語りかけてくれる!

(Schaunard osserva cautamente Mimì)

(ショナール、ミミを慎重に観察する)

---

(1) 〈台〉このト書きなし。〈手〉では (Musetta al movimento di Marcello si porta a più distanza di Mimì=ムゼッタ、マルチェルロの合図の動きを受けてミミからより遠のいたところへ移る) としている。

(2) 〈台〉ここから〈台〉と〈総譜〉の間に台詞の順序、語句で多少の違いが見られるので記しておこう。〈台〉は次のようになる。**ムゼッタ**: Se ci fosse=あればいいのに、/ qualche cordiale!...=何か気付薬が!… / (ai tre = 3人に) Dite, che ci avete=言ってみて、何があるの、/ in casa?=この家に? **マルチェルロ**: Nulla!=何も! **ムゼッタ**: Non caffè? Non vino?=コーヒーもないの? 葡萄酒もないの? **マルチェルロ**: Nulla! Ah! miseria!=なんにも! ああ! 情けない! **ショナール**: (tristamente a Colline, traendolo disparte=コルリーネに悲しげに、彼を脇へ引っ張っていきながら) Fra mezz'ora è morta!=30分もしたら死ぬぞ! **ミミ**: Ah! come si sta bene=ああ! なんて居心地いいの、/ qui... Si rinasce... mi torna la vita!=ここは… 生きかえるわ… 元気が戻ってくるわ! / Qui vivo ed amo!=わたし、ここで暮らし、そして愛するわ! **ロドルフォ**: O benedetta bocca=愛すべき口よ、/ tu ancor mi parli!...=おまえがまたぼくに語りかけてくれる!… **ミミ**: Ho tanto, tanto freddo...=わたし、とてもとても寒いわ… / Se avessi un manicotto! Queste mani=マフがあればね! この手、/ non si potranno dunque riscaldare=でも、温められることはないでしょうね、/ mai più, mai più?...=もうけして、二度と?… (tossisce=咳をする) **ロドルフォ**: (le prende le mani nelle sue riscaldandogliele=彼女の手を自分の手の中に取り、温めてやりながら) Qui, nelle mie, ma taci!=ここのぼくの手の中でね、でも黙るんだよ! / Il parlare ti stanca.=話すと疲れるから。

Musetta ムゼッタ	*(da parte, agli altri tre)* Che ci avete in casa?	

(離れたところで、他の3人に)

家に何があって？

Marcello e Colline マルチェルロと コルリーネ	Nulla!	

なんにも！

Musetta ムゼッタ	Non caffè? Non vino?	

コーヒーないの？　葡萄酒ないの？

Marcello マルチェルロ	*(con grande sconforto)* Nulla! Ah, miseria.	

(ひどく気落ちして)

なんにも！　ああ、情けない。

Schaunard ショナール	*(tristamente a Colline, traendolo in disparte)* Fra mezz'ora è morta!	

(コルリーネに、彼を脇へ引っ張っていきながら、しんみりして)

半時間もしたら死んでしまう。

Mimì ミミ	Ho tanto freddo! Se avessi un manicotto! Queste mie mani riscaldare non si potranno mai? *(tossisce)*	

とても寒いわ！

マフがあったらね！[(1)] このわたしの手、

もう暖かくなるなんてことないかしら？

(咳をする)

Rodolfo ロドルフォ	*(prende nelle sue mani di Mimì, riscaldandogliele)* Qui nelle mie! Taci! Il parlar ti stanca.	

(ミミの手を自分の手中に取り、暖めてやりながら)

ここのぼくの手のなかでね！　黙って！

しゃべると疲れるよ。

Mimì ミミ	Ho un po' di tosse! Ci sono avvezza.	

ちょっと咳がでるの！

でもこれ、なれていてよ。

---

(1) ミミの欲しがるマフについては、台本作家の序文の註に記したが、原作の18章の「フランシーヌのマフ」に病床のフランシーヌがマフを手にする場面が描かれている。

(vedendo gli amici di Rodolfo, li chiama per nome: essi accorrono premurosi [1]*verso di lei)*
Buon giorno, Marcello,
Schaunard, Colline... buon giorno.
(sorridendo)[2]
Tutti qui, tutti qui
sorridenti a Mimì.

（ロドルフォの友人たちを見ながら、彼らの名を呼ぶ、彼らはすぐに彼女の傍へ駆け寄る）

こんにちは、マルチェルロ、

ショナール、コルリーネ… こんにちは。

（微笑んで）

みんな、ここね、みんなここにいて

ミミに笑いかけてくれるのね。

Rodolfo Non parlar, non parlar.[3]
ロドルフォ

話しちゃいけない、話さないで。

Mimì Parlo pian.[4]
ミミ Non temere. Marcello,
(facendo cenno a Marcello di appressarsi)[5]
date retta, è assai buona Musetta.

静かに話すわ。

心配しないで。マルチェルロ、

（マルチェルロに近くへ寄るように合図をしながら）

聞いてくださいな[6]、ムゼッタはとてもいい人よ。

Marcello Lo so, lo so.
マルチェルロ *(porge la mano a Musetta)*

分ってる、分ってるとも。

（ムゼッタに手を差し伸べる）

(Schaunard e Colline si allontanano tristamente: Schaunard siede al tavolo, col viso fra le mani: Colline rimane pensieroso)[7]

（ショナールとコルリーネ、しんみりして遠のく、ショナールはテーブルのところに座って両手で顔を覆う、コルリーネは物思いに沈む）

---

(1) 〈台〉この後、意味は変らないが presso Mimì としている。
(2) 〈台〉このト書きなし。
(3) 〈台〉non parlare
(4) 〈台〉parlo piano
(5) 〈台〉このト書きなし。
(6) 第3幕の註にも記したが、ミミはマルチェルロに対して尊称の2人称の"あなた＝voi"を使っている。
(7) 〈台〉このト書きなし。

Musetta[(1)] ムゼッタ	*(conduce Marcello lontano da Mimì, si toglie gli orecchini e glieli porge, dicendogli sottovoce)* A te, vendi, riporta qualche cordial, manda un dottore!...

(マルチェルロをミミから離れたところへ連れていき、イヤリングを外し、それを彼に差し出して小声でいう)

あなたにあずけるわ、売って、もってきて、
なにか気つけ薬を、お医者様も呼んで！…

Rodolfo ロドルフォ	Riposa! *(Marcello fa per partire — Musetta lo arresta, e lo conduce più lontano)*[(2)]

お休み！
(マルチェルロ、出て行こうとする——ムゼッタ、それを引き止めてミミからいっそう離れたところへ連れていく)

Mimì ミミ	Tu non mi lasci?

あなた、わたしから離れない？

Rodolfo ロドルフォ	No! no![(3)] *(Mimì poco a poco si assopisce: Rodolfo prende una scranna e siede presso al letto)*[(4)]

けして！ けして！
(ミミ、次第にまどろむ、ロドルフォは簡易椅子を持ってきてベッドのそばに座る)

Musetta ムゼッタ	Ascolta! Forse è l'ultima volta che ha espresso[(5)] un desiderio, poveretta! Pel manicotto io vo... Con te verrò.

聞いてちょうだい！
おそらくこれが最後だわ、
彼女が願いを口にするのは、かわいそうに！
マフをとりにあたし行くわ… あなたと行くことにする。

(mentre Marcello e Musetta parlavano, Colline si è levato il pastrano)

(マルチェルロとムゼッタが話している間に、コルリーネは厚地の外套を脱いでいる)

---

(1) 〈台〉この台詞は次のロドルフォ、ミミ、さらにロドルフォの No! no! の後におかれており、ということはムゼッタの Ascolta! で始まる4行の台詞と1つにつながる。そのためにト書きも〈総譜〉とは異なることになり、ここの台詞へのト書きは (si leva gli orecchini e li porge a Marcello＝自分のイヤリングを外し、それをマルチェルロに差し出す) としている。また manda un dottore!... の後に (Marcello si precipita＝マルチェルロ、急いで行こうとする) と入れている。
(2) 〈台〉このト書きなし。
(3) 〈台〉No. と1回のみ。
(4) 〈台〉このト書きなし。
(5) 〈台〉espresso ha の語順にしている。意味に変りはない。

Marcello マルチェルロ	*(affettuosamente)*[1] Sei buona, o mia Musetta. *(Musetta e Marcello partono frettolosi)*

(情愛を込めて)
いい子なんだね、おれのムゼッタったら。
(ムゼッタとマルチェルロ、足早に出て行く)

Colline コルリーネ	*(con commozione crescente)*[2] Vecchia zimarra, senti, io resto al pian, tu ascendere il sacro monte or devi. Le mie grazie ricevi.

(次第に感動を高ぶらせながら)
古き外套よ、聞くがいい、
われは野にとどまり、なんじは登らねばならぬ、
今、聖なる山[3] へと。
わが感謝をうけよ。

Mai non curvasti il logoro
dorso ai ricchi ed[4] ai potenti.[5]
Passar nelle tue tasche,
come in antri tranquilli,
filosofi e poeti.

なんじはけして曲げはせなんだ、
すりきれし背を富にも、権力にも。
なんじのポケットには訪れた、
あたかも静寂の洞窟のように
哲学者と詩人たちが。

---

(1)〈台〉(commosso＝感動して)としている。
(2)〈台〉このト書きなし。
(3) "monte＝山" には公債等を扱う銀行・金融機関の意味があり、"monte di pietà＝慈悲の山" というと「質屋」を意味する。ここでは「聖なる山」を質屋の「慈悲の山」にかけて、コートを質入れすることをいっている。
(4)〈台〉"ed＝そして" なし。
(5)〈台〉この後に2行、次の語句がある。"nè cercasti le frasche＝はすっぱ女を求めもしなかった、／ dei dorati gingilli.＝金メッキの安物をつけた。"

> Ora che i giorni lieti
> fuggir, ti dico: Addio,[(1)]
> *(con commozione)*
> fedele amico mio,
> addio, addio![(2)]

　　だが、楽しき日々の過ぎ去りし今、
　　なんじに告げよう、さらば、
　　（感動込めて）
　　わが忠実なりし友よ、
　　さらば、さらば！

> *(fatto un involto del pastrano, se lo pone sotto il braccio e s'avvia: ma, vedendo Schaunard, si avvicina a lui, gli batte una spalla, dicendogli tristemente)*[(3)]
> Schaunard, ognuno[(4)] per diversa via
> *(Schaunard alza il capo)*[(5)]
> mettiamo insieme[(6)] due atti di pietà;
> io... questo!
> *(additando il pastrano)*[(7)]
> E tu...[(8)]
> lasciali soli là![(9)]
> *(Schaunard si leva in piedi)*[(10)]

　　（外套を丸めるとそれを小脇に抱え、そして出て行く、が、ショナールを見ると彼に近づき、彼の肩を叩いてしんみりという）
　　ショナール、各人やり方はそれぞれとしても
　　（ショナール、頭を上げる）
　　我われともに、情けの行為をふたつ実行しようではないか、
　　わたしは… これだ！
　　（外套を示しながら）
　　で、きみは…
　　彼らだけにしといてやれ、あそこで！
　　（ショナール、立ち上がる）

---

(1) Addio, と大文字なのは直接話法であるため。
(2) 〈台〉addio, addio! なし。
(3) 〈台〉総譜と少し異なり、次のようである。(Colline, fattone un involto, se lo pone sotto il braccio, ma vedendo Schaunard, gli dice sottovoce＝コルリーネ、それを丸めると腕の下に抱え込む、が、ショナールを見て、彼に小声で言う)。
(4) 〈台〉ciascuno としている。意味は変らない。
(5) 〈台〉このト書きなし。
(6) 〈台〉insiem
(7) 〈台〉(gli mostra la zimarra che tiene sotto il braccio＝腕の下に抱えている外套を彼に示す) としている。
(8) 〈台〉この後 (accennandogli Rodolfo chino su Mimì addormentata＝眠ったミミの上に身を屈めているロドルフォを指し示して) とト書きあり。
(9) 〈手〉Soli lasciali là の語順にしている。
(10) 〈台〉このト書きなし。

Schaunard ショナール	*(commosso)* Filosofo, ragioni! *(guarda verso il letto)* È ver!... vo via! *(Schaunard*[1] *guarda intorno — e per giustificare la sua partenza — prende la bottiglia dell'acqua e scende dietro a Colline, chiudendo con precauzione l'uscio)*

（心を動かされて）
哲学者、仰せのとおりだ！
（ベッドの方を見る）
ほんとうだよ！… ぼくは出て行く！
（ショナール、あたりを見回し、——それから出て行く理由づけのために——水のビンを取り、ドアを用心深く閉めるとコルリーネの後から階段を降りて行く）

(Mimì apre gli occhi, vede che sono tutti partiti ed allunga la mano verso Rodolfo, che gliela bacia amorosamente)[2]

（ミミが目を開き、全員出て行ったのを見てロドルフォの方に手を伸ばし、彼はそれに情愛深く口づけする）

Mimì ミミ	Sono andati? Fingevo di dormire, *(Rodolfo accenna di sì)*[3] perchè volli con te sola restare.

みんな出ていって？ わたし眠ったふりしていたの、
（ロドルフォ、そうだという身振りをする）
あなたとふたりきりになりたかったから。

Ho tante cose che ti voglio dire
o una sola, ma grande come il mare,
(rizzandosi un poco sul letto)[4]
come il mare profonda ed infinita.
(Rodolfo si alza e l'aiuta)[5]
Sei il mio amor[6] e tutta la mia vita!
(mette le braccia al collo di Rodolfo)[7]

あなたにたくさんいいたいことがあるの、
それともたったひとつかしら、でも海のように大きく
（ベッドの上に少し身を起こして）
海のように深くて限りなくて。
（ロドルフォ、立ち上がり、ミミに手を貸す）
あなたはわたしの愛、そしてわたしの命のすべてよ！
（ロドルフォの首に両腕をかける）

(1) 〈台〉意味に違いはないが、主語がなく"si guarda intorno＝自分の周りを見て"とある。
(2) 〈台〉このト書きなし。
(3) 〈台〉このト書きなし。
(4) 〈台〉このト書きなし。
(5) 〈台〉このト書きなし。
(6) 〈台〉amore。〈総譜〉も繰り返しでは amore と歌われる。
(7) 〈台〉このト書きなし。

Rodolfo ロドルフォ	Ah! Mimì,[(1)] mia bella Mimì!	

ああ！ ミミ、
ぼくの美しいミミ！

Mimì ミミ	*(lascia cadere le braccia)*[(2)] Son bella ancora?	

(腕が落ちるままにする)
まだ美しいかしら？

Rodolfo ロドルフォ	Bella come un'aurora!	

夜明けのように美しいよ！

Mimì ミミ	Hai sbagliato il raffronto. Volevi dir: bella come un tramonto.	

たとえがまちがったわね。
いうつもりだったのでしょう、夕暮れのように美しいって。

"Mi chiamano Mimì:
[(3)]il perchè non so..."

「みんなわたしのことをミミって、
でもなぜかは分りませんの…」

Rodolfo ロドルフォ	*(carezzevole ed intenerito)*[(4)] Tornò al nido la rondine e cinguetta. *(si leva di dove l'aveva riposta, sul cuore*[(5)], *la cuffietta di Mimì e gliela porge)*	

(甘い調子で、愛おしさを募らせて)
ツバメは巣にもどった、そしてさえずっている。
(ミミのボンネットを、しまっていた胸の内から取り出し、それを彼女に差し出す)

---

(1) 〈台〉この2行を1行で"O mia bella Mimì＝ぼくの美しいミミよ"としている。
(2) 〈台〉このト書きなし。
(3) 〈台〉接続詞の ed あり。
(4) 〈台〉語順が (intenerito e carezzevole)。
(5) 〈台〉意味は変らないが in sul cuore とある。

Mimì *(gaiamente)*[(1)]
 La mia cuffietta...
 Ah![(2)]
 (tende a Rodolfo la testa, questi le mette la cuffietta)
 Te lo rammenti quando sono entrata
 (fa sedere presso a lei Rodolfo e[(3)] *rimane con la testa appoggiata al*[(4)] *di lui petto)*
 la prima volta, là?

 (明るく)
 わたしのボンネット…
 ああ！
 (ロドルフォに頭を差し出すと、彼はボンネットを被せてやる)
 おぼえていて、わたしが入ってきたときのこと、
 (ロドルフォを自分の傍らに座らせ、頭を彼の胸にもたせかけたままにする)
 初めて、あそこへ？

Rodolfo Se lo rammento!
 おぼえてるかだって！

Mimì Il lume s'era[(5)] spento...
 明かりが消えてしまったもので…

Rodolfo Eri tanto turbata.[(6)]
 Poi smarristi la chiave...
 きみはとてもこまっていた。
 それから鍵をなくして…

Mimì[(7)] E a cercarla
 tastoni ti sei messo!
 それであなたは捜し
 始めて、手探りでね！

Rodolfo E cerca, cerca...
 そして捜して、捜して…

---

(1) 〈台〉(raggiante＝喜々として)
(2) 〈台〉この間投詞なし。
(3) 〈台〉これより前のト書きなし。
(4) 〈台〉意味は同じだが、sul petto di lui としている。
(5) 〈台〉si era spento
(6) 〈台〉この後、次のようなミミの台詞あり。"E tu cortese e grave...＝あなたは礼儀正しく、真面目に…"
(7) 〈台〉このミミと次のロドルフォの台詞なし。

Mimì ミミ	*(graziosamente)*[1] Mio[2] bel signorino, posso ben dirlo adesso, lei la trovò assai presto.[3]

（丁寧な態度で）
わたくしの素敵な可愛いご主人さま、
今だから申せますけれど
あなた様、ずいぶん早くに鍵をお見つけでしたわ…[4]

Rodolfo ロドルフォ	Aiutavo il destino. 運命に手をかしたのさ。

Mimì ミミ	*(ricordando l'incontro suo con Rodolfo la sera della vigilia di Natale)* Era buio, e[5] il mio rossor non si vedeva. "Che gelida manina...[6] Se la lasci riscaldar!..." Era buio, e la man tu mi prendevi...[7] *(Mimì è presa da uno spasimo di soffocazione e[8] lascia ricadere il capo, sfinita)*[9]

（クリスマス・イヴの宵のロドルフォとの出会いを思い出しながら）
暗かったわ、それでわたしが赤くなったの見えなくて。
「なんと冷たい可愛い手…
ぼくに温めさせてください！…」
暗かったわね、
そしてわたしの手をあなたはとっていて…
（ミミ、呼吸困難の発作に襲われ、そしてぐったりして頭を垂れてしまう）

Rodolfo ロドルフォ	*(spaventato* [10] *la sorregge)* Oh! Dio! Mimì!

（びっくりして彼女を支える）
ああ！　どうしよう！　ミミ！

---

(1) 〈台〉このト書きなし。
(2) 〈台〉この前に呼びかけの O を入れている。
(3) 〈台〉この後に1行 "e a intascarla fu lesto.＝そしてそれをポケットにお入れになるのが素早かったこと。" がある。
(4) ここでミミは思い出を語りながら、なかば冗談めいた雰囲気をつくるため、わざわざ相手に最初に会った時と同じに敬称の Lei を使って話し、他と口調を変えている。
(5) 〈台〉il rossor non si vedeva とあり、「それで」と「わたしが」はない。
(6) 〈台〉前に (sussurra le parole di Rodolfo＝ロドルフォの言葉を囁く) とト書きがあり、また文頭に感嘆詞の Ah, を入れている。
(7) 〈台〉意味上大差ないが、接続詞の e がなく、tu la man mi prendevi と語順が異なる。また前行の Era buio はない。そしてこの台詞はロドルフォの言葉を思い出して口にする上の2行の前におかれている。
(8) 〈台〉接続詞の e はない。
(9) 〈手〉短く (sviene＝気を失う) とのみ。
(10) 〈台〉この後なし。

Schaunard ショナール	*(in questo momento ritorna: al grido di Rodolfo accorre presso Mimì)* Che avvien?[1]	
	(このとき戻ってくる、ロドルフォの叫び声を聞いてミミのそばへ駆け寄る) どうした？	
Mimì ミミ	*(apre gli occhi e sorride per rassicurare Rodolfo e Schaunard)* Nulla...[2] Sto bene.	
	(目を開き、ロドルフォとショナールを安心させるために微笑む) なんでもないわ… 大丈夫よ。	
Rodolfo ロドルフォ	*(l'adagia sul cuscino)*[3] Zitta, per carità!	
	(彼女をクッションにそっと寄りかからせる) 黙って、たのむから！	
Mimì ミミ	Sì, sì, perdona. Or sarò buona...	
	ええ、ええ、ごめんなさい。 もうおとなしくしますから…	
	(Musetta e Marcello entrano cautamente[4]*: Musetta porta un manicotto, Marcello una boccetta)*	
	(ムゼッタとマルチェルロ、用心深く入ってくる、ムゼッタはマフを、マルチェルロは小瓶を持っている)	
Musetta ムゼッタ	*(a Rodolfo)* Dorme?	
	(ロドルフォに) 眠ってるの？	
Rodolfo ロドルフォ	*(avvicinandosi a Marcello)*[5] Riposa.	
	(マルチェルロに近づきながら) 休んでるよ。	
Marcello マルチェルロ	Ho veduto il dottore! Verrà; gli ho fatto fretta. Ecco il cordial![6] *(prende una lampada a spirito, la pone sulla tavola e l'accende)*	
	医者に会ってきた！ 来るだろう、急がせたから。 さあ、気つけ薬だ！ (アルコールランプを取り、テーブルの上に置き、そして火をつける)	

(1) 〈台〉avviene
(2) 〈台〉Non è nulla. とある。意味上は変らない。
(3) 〈台〉このト書きなし。
(4) 〈台〉これより前のト書きなし。
(5) 〈台〉このト書きなし。
(6) 〈台〉il cordiale

Mimì ミミ	Chi parla?
	誰の声かしら？
Musetta ムゼッタ	*(si avvicina a Mimì e porge il manicotto)*[(1)] Io... Musetta.
	（ミミに近づき、マフを差し出す） あたしよ… ムゼッタよ。
Mimì ミミ	*(aiutata da Musetta si rizza sul letto, e con gioia quasi infantile prende il manicotto)* Oh! come è bello e morbido. Non più le mani allividite[(2)]. Il tepore... le abbellirà... *(a Rodolfo)* Sei tu che me lo doni?
	（ムゼッタに助けられてベッドの上に起き上がり、まるで子供のように喜んでマフを受け取る） まあ、なんてステキで柔らかいの。もうこれで むらさき色の手じゃないわ。ぬくもりが… きれいにしてくれるでしょうから… （ロドルフォに） あなたね、 これをくださったの？
Musetta ムゼッタ	*(pronta)* Sì.
	（即座に） そうよ。
Mimì ミミ	*(stende una mano a Rodolfo)*[(3)] Tu! Spensierato! Grazie! Ma costerà.
	（ロドルフォに片手を伸ばす） あなたって！ お馬鹿さんね！ ありがとう！ でも高いんでしょうね。

---

(1) 〈台〉このト書きなし。
(2) 〈台〉後に"ora＝これから"がある。
(3) 〈台〉このト書きなし。

(Rodolfo scoppia in pianto)[(1)]
Piangi? Sto bene...
Pianger così perchè?
Qui amor... sempre con te!...
(mette le mani nel manicotto — poco a poco si assopisce, inclinando graziosamente la testa sul manicotto, in atto di dormire)[(2)]
Le mani al caldo...e...dormire...[(3)]

（ロドルフォ、泣き崩れる）

泣いてるの？ わたしは大丈夫よ…

そんなに泣くなんてなぜ？

ここで、愛するあなた… いつまでもあなたと！…

（マフに両手を入れる、――頭をマフの上に優美に傾けて眠る格好を取り、次第にまどろむ）

手が温まって… それで… 眠る…[(4)]

Rodolfo
ロドルフォ

(rassicurato nel vedere Mimì che si è addormentata, cautamente si allontana da essa e fatto cenno agli altri di non far rumore, si avvicina a Marcello)[(5)]
Che ha detto
il medico?

（ミミが眠ったのを見定めると、彼女のそばから用心深く離れ、他の者たちに音を立てないようにと合図をしてからマルチェルロのそばへ行く）

なんといった、
医者は？

Marcello
マルチェルロ

Verrà.

来るよ。

(Musetta in questo frattempo ha messo a scaldare la medicina portata da Marcello sul fornello a spirito, e, mentre è tutta intenta a questa bisogna,[(6)] *quasi inconsciamente mormora una preghiera)*

（ムゼッタ、その間に、マルチェルロが持ってきた薬をアルコールランプで暖め始め、そしてこの作業に一心不乱になりながら、ほとんど無意識に祈りの言葉を呟く）

---

(1) 〈台〉このト書きなし。
(2) 〈台〉ここのト書きは短く、(assopendosi a poco a poco＝次第にまどろみながら)。そして1行上の詩句の前におかれている。
(3) 〈台〉この後 (silenzio＝静寂) とト書きあり。
(4) dormire は動詞の原形であるので、これだけでは意味が完結しない。補助動詞を補って「眠ることができるわ」とか「眠らなければね」とか、あるいは「眠るのにいいわ」、「眠ることにするわ」等々の意味が考えられる。
(5) 〈台〉(a Marcello＝マルチェルロに) とだけのト書き。
(6) 〈台〉この前の部分は短く、(fa scaldare la boccetta alla lampada a spirito, e 〜＝アルコールランプで薬ビンを温め、そして) とあり、その後は総譜に同じ。

(Rodolfo, Marcello e Schaunard parlano assai sottovoce fra di loro: di tanto in tanto Rodolfo fa qualche passo verso il letto, sorvegliando Mimì, poi ritorna presso gli amici)[1]

(ロドルフォ、マルチェルロ、そしてショナールは3人でごく低い声で話している、時々ロドルフォは数歩ベッドの方へ足を運び、ミミを注意して眺め、それから仲間のそばへ戻る)

Musetta
ムゼッタ

Madonna benedetta,[2]
fate la grazia a questa poveretta,
che non debba morire.

祝福されし聖母様、
このあわれな娘に恩寵をなしたまえ、
死なずにすみますよう。

(s'interrompe e fa cenno a Marcello, che s'avvicina ad essa e mette un libro ritto sulla tavola, formando paravento alla lampada)[3]
Qui ci vuole un riparo,
perchè la fiamma sventola.
Così...[4]

(言葉を切ってマルチェルロに指図をすると、彼は彼女に近づいてテーブルに本を1冊立ててランプに風除けを作ってやる)
ここに風除けがいるわ、
炎がゆらゆらするから。
これでいいわ…

E che possa guarire.
Madonna santa, io sono
indegna di perdono
mentre invece Mimì
è un angelo del cielo.

そして治ることができますよう。
尊き聖母様、このわたしは
お許しにあたいいたしません、
それとちがってミミは
天上の天使です。

---

(1) 〈台〉このト書きなし。
(2) 〈台〉"Dio benedetto,=尊き神様、／Madonna benedetta,=祝福されし聖母様、／Gesù bambino caro,=愛しき幼子イエス様"と3者に呼びかけている。
(3) 〈台〉これは (interrompendosi, a Marcello=途中で止めて、マルチェルロに) とのみのト書き。後は mette un libro 〜 からの部分を2行先においている。
(4) 〈台〉この後に (ripiglia la preghiera=祈りの言葉を再び始める) とト書きあり。

184 第4幕

Rodolfo
ロドルフォ

(si avvicina a Musetta)[1]
Io spero ancora. Vi pare che sia grave?

（ムゼッタに近づく）
ぼくはまだ望みをもっている。きみ[2]には見えるかな、むずかしいように？

Musetta
ムゼッタ

Non credo.

思いませんよ。

Schaunard[3]
ショナール

(camminando sulla punta dei piedi, va ad osservare Mimì: fa un gesto di dolore e ritorna presso Marcello)
Marcello, è spirata!

（爪先立ちで歩いてミミの様子を観察しに行く、悲しみの身振りをし、そしてマルチェルロのそばへ戻る）
マルチェルロ、息がない！

---

(1)〈台〉意味上は大差ないが（mentre Musetta prega, Rodolfo le si è avvicinato＝ムゼッタが祈りを口にしている間、ロドルフォ、彼女に近寄っている）としている。

(2) ロドルフォはムゼッタに対し、やはり尊称の2人称のvoiを使っている。第2幕、第3幕、この幕の註P.172註(6)、次ページで註(1)を付したやはり尊称のvoiを使うところから、4人の仲間が友人の恋人に一定の節度ある態度を保って会話を交わしているのをうかがうことができるだろう。

(3) ここから終幕まで、〈総譜〉と〈台〉の間で台詞は大差ないが、ト書きはかなり異なる。相違点のみを示して両者の照合をしていただくのは込み入った作業かと思われるため、〈総譜〉と同じ部分には下線を付して〈台〉の該当箇所全文を記すことにする（〈台〉のテキストであるので、〈総譜〉にあって〈台〉にないト書きはその旨の註がないが、お許しいただきたい）。下線の部分の対訳は〈総譜〉に同じであるので適当に省略するが、〈総譜〉から補っていただきたい。　**ショナール**: (si è avvicinato al lettuccio, poi è corso senza farsi scorgere fino a Marcello. — Piano a Marcello＝ほろ寝台へ近づいたが、それから誰にも気づかれないようにマルチェルロのところまで走ってくる。——マルチェルロにそっと) Marcello, è spirata...＝マルチェルロ、息がない… (intanto Rodolfo si è avveduto che il sole dalla finestra della soffitta sta per battere sul volto a Mimì e cerca intorno come porvi riparo; Musetta se ne avvede e gli indica la sua mantiglia. Rodolfo la ringrazia con uno sguardo, prende la mantiglia, sale su di una sedia e studia il modo di distenderla sulla finestra＝その間、ロドルフォは屋根裏部屋の窓から入る日の光がミミの顔の上に当りそうになっているのに気づき、どのように日除けをしようかと辺りを捜す、ムゼッタはそれに気づき、それで彼に自分のショールを指さす～) (Marcello si avvicina a sua volta al letto e se ne scosta atterrito; intanto entra Colline che depone del danaro (＝denaro) sulla tavola presso a Musetta＝～その間にコリーネが登場、彼はムゼッタのそばのテーブルの上にいくらかの金を置く) **コリーネ**: (a Musetta＝ムゼッタに) Prendete.＝取ってくれたまえ。(poi visto Rodolfo che solo non riesce a collocare la mantiglia attraverso alla finestra, corre ad aiutarlo chiedendogli di Mimì＝それから1人で窓にショールを広げて掛けることができないでいるロドルフォを見て、彼を手助けするために走り寄り、ミミについて尋ねる) Come va?... **ロドルフォ**: Vedi?... È tranquilla. (si volge verso Mimì: in quel mentre Musetta gli fa cenno che la medicina è pronta. — Nell'accorrere presso Musetta si accorge dello strano contegno di Marcello e Schaunard che, pieni di sgomento, lo guardano con profonda pietà＝ミミの方へ振り向く、ちょうどその時ムゼッタが彼に薬の用意が出来たと合図する。——ムゼッタのそばへ走り寄りながらひどくうろたえて彼を深い同情を込めて眺めているマルチェルロとショナールの異様な態度に気づく) Ebbene... che vuol dire...～ / quell'andare e venire.... / quel guardarmi così... **マルチェルロ**: (non regge più, corre a Rodolfo e abbracciandolo stretto a sé con voce strozzata gli mormora＝もう堪えきれず、ロドルフォのところへ走り寄り、そして強く自分の胸に彼を抱きしめながら、絞り出すような声で彼に囁く) Coraggio. **ロドルフォ**: Che?!＝なんだって?! (accorre al lettuccio＝ほろ寝台へ駆け寄る) Mimì!... Mimì!... Mimì!...　この後のト書きは一切なし。〈手〉は終幕のト書きを次のようにしている。(I Bohèmi in diverse attitudini piangono disperatamente＝ボヘミアンの仲間はそれぞれの姿で絶望して泣く)

(Marcello si avvicina a sua volta al letto e se ne scosta atterrito)

(マルチェルロ、彼も自分でベッドのところへ近づいていき、それから恐れ戦いて遠のく)

(Un raggio di sole dalla finestra batte sul volto di Mimì; Rodolfo se ne avvede e cerca come porvi riparo: Musetta gl'indica la sua mantiglia. Rodolfo la ringrazia con uno sguardo, prende la mantiglia, sale su di una sedia e studia il modo di stenderla sulla finestra)

(窓からの日の光がミミの顔に射している、ロドルフォはそれに気づき、そこへどう日除けをするか見つけようとする、ムゼッタが彼に自分のショールを指さす。ロドルフォ、彼女に目つきで感謝するとショールを取り、椅子の上に乗り、そしてそれを窓に広げる方法を考える)

Colline
コルリーネ
(entra cautamente e depone del denaro sulla tavola presso a Musetta)
Musetta a voi!
(corre a Rodolfo per aiutarlo a stendere la mantiglia e gli chiede notizie di Mimì)
Come va?

(用心深く入ってきて、そしてムゼッタのそばのテーブルの上にいくらかの金をおく)

ムゼッタ、きみ[1]にこれを！
(ロドルフォのところへショールを広げる手助けをするために走り寄り、そしてミミの容態を尋ねる)
どうだい？

Rodolfo
ロドルフォ
Vedi? È tranquilla.
(volgendosi, vede Musetta che gli fa cenno essere pronta la medicina: scende dalla sedia, ma nell'accorrere presso Musetta si accorge dello strano contegno di Marcello e Schaunard)

分るだろ？ 落ち着いてる。
(振り向くと、薬の用意が出来たと合図するムゼッタが目に入る、椅子から降り、が、ムゼッタのそばへ駆け寄りながら、マルチェルロとショナールの異様な態度に気づく)

(con voce strozzata dallo sgomento)
Che vuol dire
quell'andare e venire...
quel guardarmi così?!...
(allibito, fissando ora l'uno, ora l'altro)

(動転したために絞り出すような声で)
どういうことなんだ、
そうして行ったり来たりするのは…
そうしてそんなふうにぼくを見るのは?!…
(驚愕して、1人、また1人と見据えながら)

---

(1) 前ページの註(2)参照。

Marcello マルチェルロ	*(non regge più, corre a Rodolfo ed abbracciandolo gli grida)* Coraggio!...

(もう堪えきれず、ロドルフォのところへ走り寄り、そして彼を抱きしめながら叫ぶ)

しっかりしろ！…

Rodolfo ロドルフォ	*(si precipita al letto di Mimì, la solleva e scuotendola grida colla massima disperazione)* Mimì!... Mimì!... *(si getta sul corpo esanime di Mimì)*

(ミミのベッドに突進し、彼女を抱き上げ、そして彼女を揺すりながら絶望の極みで叫ぶ)

ミミ！… ミミ！…

(ミミの息絶えたからだの上に身を投げる)

(Musetta spaventata corre al letto, getta un grido angoscioso, buttandosi ginocchioni e piangente ai piedi di Mimì dalla parte opposta di Rodolfo — Schaunard si abbandona accasciato su di una sedia, a sinistra della scena — Colline va ai piedi del letto, rimanendo atterrito per la rapidità della catastrofe — Marcello singhiozza, volgendo le spalle al proscenio)

(驚いたムゼッタはベッドに走り寄り、悲痛な叫び声をあげ、ロドルフォと反対側のミミの足元に泣きながらがくっと膝を落とす —— ショナール、舞台左側でがっくりと椅子の上にくずおれる —— コルリーネ、ベッドの裾の方へ行き、破局の早い訪れのために愕然とする —— マルチェルロ、舞台前面に背を向けながらすすり泣く)[1]

---

(1) ミミの臨終は、原作では病院である。P166の註(8)に記したように、マルセルとロドルフのいる下宿へ現れたミミはすでに病篤く、4人のボヘミアンは医者になりたての知人を呼んで診察を頼む。少しでも快方へと望むなら病院へ、自分が慈善病院を世話するからという医者の勧めでミミは入院する決心をする。ロドルフは日曜日を待って見舞いに行き、次の見舞いの約束をするが、その日の前に医者からミミは死んだと知らされる。落胆した彼はそのまま病院を訪れもせずにいるが、実は死亡の知らせは医者の勘違い。再び医者から知らせを受けたロドルフが病院へ駆けつけると、その朝早く、今度は本当にミミは死んでいた。そして引き取り手のない遺骸として共同墓地行きの馬車に乗せられていた。ミミがロドルフの部屋で死ぬ設定は舞台劇の発案である。第2幕 P.78の註(3)で記したように、芝居ではミミはロドルフのおじの別れ話を受け入れ、ロドルフの許を去るが、彼も紆余曲折の後ミミへの愛情から安アパルトマンへ戻る。そこへもう病の回復見込みないミミが行き倒れて収容された病院を抜け出してやってくる。オペラとは異なり、ロドルフのおじやらミミの恋敵の未亡人やらが訪れてくるなか、ミミはロドルフに看取られて息を引き取る。

★ 手稿の最後のページに作曲家は次のように記している。
a dì 10 dicembre 1895 — ore 12 di notte — Torre del lago — G. Puccini＝1895年12月10日に —— 夜12時 —— トルレ・デル・ラーゴ —— G.プッチーニ

訳者あとがき

　1893年3月22日付けの手紙でこうジャコーザがいっています、「拝読し、きみに脱帽。きみは、小生、旨味はあるが舞台化にはあまり馴染まぬと思うところの長編の小説からうまく脚本を引き出したものだ」。これはプッチーニの《マノン・レスコー》に次ぐ作品が《ラ・ボエーム》と決まり、その台本の構想をイルリカが初めて台本共同作成者のジャコーザに知らせ、それに対し彼がイルリカに書き送ったものです。プッチーニの四作目、イタリアでの近年15年間の野外オペラを含めたオペラ上演4870回のうち回数の多い順にヴェルディの《椿姫》に次ぐ第二位にランクされるほどの人気演目となる《ラ・ボエーム》が作成へ向けて踏み出した瞬間です。楽譜出版元のリコルディ社のジュリオ・リコルディの手紙を検証した研究書等を見ると、すでに前年秋、彼はプッチーニに具体的な名称は避けるものの次作はすでに胸中にあり、イルリカと話し合った、と告げており、それは《ラ・ボエーム》と考えるのが妥当とのことです。

　プッチーニと台本作家のイルリカ、ジャコーザのコンビの結びつきは、《マノン・レスコー》の台本が作曲家の要求過多から難航した折にジャコーザがリコルディの依頼をうけ、この詩人はイルリカを推薦し、ともども制作に加わったことに始まります。プッチーニが台本に神経質であるのを台本作家コンビはここでじゅうぶん知るわけですが、《ラ・ボエーム》ではその比でない、台本作家の想像をこえる、まさに改作というべきまでの変更、書き直しがつぎつぎ求められます。コンビは作曲家の意向を実現しようと努力しつつも、ときに我慢の限界にまで達し、危うく喧嘩別れの場面もしばしばで、三者のあいだでリコルディはひたすら説得の手紙を書くことになるのでした。こうした経緯について知るには多くの書がありますし、特に日本語訳もある信じがたいほどに広範にして深く誠実なプッチーニ伝であり、研究書であるモスコ・カーナー（Mosco Carner）の著『プッチーニ ── 生涯・芸術・作品研究（Puccini ─ a critical biography, 1958)』は、プッチーニとジュリオ・リコルディと台本作家コンビがどのようにこの作品を仕上げていったかを見事に示してくれています。これを見たあと、浅学の対訳者に作品の制作過程について記すべきことはないと思われます。のちにリコルディはプッチーニとジャコーザとイルリカの三人の協力関係を三位一体と呼んで称えましたが、まさにこの三位一体からプッチーニの名作《ラ・ボエーム》、《トスカ》、《蝶々夫人》が誕生するのです。

　少しだけ台本作家二人を見てみますと、ジャコーザとイルリカは十歳違いの先輩と後輩の関係で、ジャコーザは1847年、トリノ近郊のコルレレット・パレルラ生まれ、法学を修めると弁護士だった父のもとでしばらく働き、72年に韻文の戯曲で劇作家としてデビュー、すぐに人気を得て、作家活動に専念することになり

ます。イタリア特有のロマン主義に沿った初期の作品から、87年のエレオノーラ・ドゥーゼのために書いた『悲恋』や1900年の『木の葉のように』でレアリズムの作風を得彼本来の境地が花開きます。そしてサラ・ベルナールに提供した歴史劇『シャラン夫人』などの名作を発表して当時のイタリア文学界をリードする存在として活躍をします。88年からはミラノの演劇学校や音楽院で教鞭をとり、またジャーナリストとしても多くの新聞に執筆し、1901年には月刊文芸誌の「レクチャー」を創刊します。オペラ台本はプッチーニに協力したのみで、その三作のなかで彼自身は《ラ・ボエーム》を一番好いていたということです。1906年に故郷で没し、53年に故郷の地名はコルレレット・ジャコーザとなりました。

イルリカは1857年にピアチェンツァ郊外のカステルラルクアートに生まれ、地元とクレモナで中学・高校に通うものの、生まれつき血気盛んで学業より冒険を選び、二十歳までの四年間、ヨーロッパ各地をまわり、77年にはブルガリアでロシア゠トルコ戦争に加わったりします。78年にイタリアへもどるとジャーナリストとしての活動をはじめ、81年にはボローニャで日刊紙の「ドン・キショッテ」（ドン・キホーテのイタリア名）を創刊します。翌年、短編集の『蝶』を出版して作家活動をはじめ、その後、劇作も試み、86年、ズマレッリアのオペラ《シゲトの家臣》の台本をポッツァと共同作成して台本作家としての自分に目覚めます。彼は、ジャコーザが優れて感性豊かで繊細な詩人であり、短編小説家であり、劇作家であったのに比べると、着想力と構成力に富んで融通性のある速筆という特質から台本作家としての存在であったといえるでしょう。事実、ジャコーザとの共同作業では、彼が筋書きの構想をたて、場面構成を考え、台詞の骨組みを記述し、それにジャコーザが言葉づけをするという作業分担になっていました。彼が提供したオペラ台本はカタラーニの《ワリー》、ジョルダーノの《アンドレア・シェニエ》、マスカーニの《イリス》など、二十人以上の作曲家の八十篇以上にのぼります。五十八歳の1915年、義勇軍の伍長として大戦におもむき、そして19年、故郷近くのコロンバローネで没しました。

《ラ・ボエーム》の原作がミュルジェールの『ボヘミアンの生活情景』であることは人のよく知るところですが、これは1845年から49年までパリの小冊子型の定期刊行物「海賊魔王（Le Corsaire Satan）」（この奇妙な名称は、軽い文芸・演劇批評やエッセイや社交情報などを同じようにあつかう「Le Corsaire」と「Le Satan」の二つが合体したことに因ります。通常は魔王の"魔"のイメージを避けるために「Le Corsaire」と呼ばれていました）に連載された、パリに暮す芸術家の卵である放浪の民（ボヘミアン）の生活と彼らに関連した挿話をつづった風俗小説で、かなりの好評を得たことから T. バリエール（Barrière）の協力で芝居にし、これが小説以上の評判となり、結果、51年、小説が単行本として出版されてミュルジェールは富を手にすることになったのでした。この原作がどのような考えのもとにオペラの台本となったかは、台本作家たちの序文を付しましたので、ご参

照いただければ有難いことです。また、この対訳では、参考になればと、原作のフランス語の小説と芝居の双方を台本と比較し、その相違や同一点を最小限ながら註に入れました。

　原作の登場人物は、ミュルジェールの交際仲間がモデルといわれます。原作に登場しオペラにも対応する人物が実際の誰であったのか、少し当時のボヘミアンたちを知るために検証すると、ロドルフ（オペラのロドルフォ）のモデルは作者自身と見られ、マルセル（同マルチェルロ）は画家のラザール（Lazare）とタバール（Tabar）、詩人のシャンフルリ（Champfleury）の寄せ合わせ、ショナール（オペラ同名）は音楽に通じ、絵も描き、のちに実業家として成功するシャンヌ（Schanne）、コリーヌ（オペラのコルリーネ）は神学生のヴァロン（Wallon）といつも古い外套を着ていた大男のトラパドゥ（Trapadoux）という青年をモデルとしているようです。家主のベノアは本文中の註にも記しましたが、マルセルの家主、第4幕でミミの診断をたのみに行く医者も実在の友人ピオジェ（Piogey）です。女性の登場人物のモデルは、ミュゼット（オペラのムゼッタ）は上記のシャンフルリの愛人で、画家アングルのモデルをしたこともあるマリイ・ルウ（Marie Roux）とボードレールの友人でもあったピエール・デュポン（Pierre Dupont）の妻のふたり。ミミ（オペラ同名）は、原作ではイタリア名でルチーアとなるリュシルというお針子の渾名で、ロドルフと恋物語を展開しますが、必ずしも一人の恋人に真心を捧げる純情可憐ひたむきな乙女ではなく、時に移り気でロドルフとの愛の巣を出たり入ったりする。現実にミュルジェールの恋人でこのタイプの女性は、最初の恋人だったマリイ・ヴィマル（Marie Vimal）でした。彼女は白い可愛い手をして華奢で青い目の金髪で、これがミュルジェールの好みに合ったのです。が、そのあと、小説のなかの名そのままにリュシルというお針子の恋人ができ、彼女は貧乏暮らしのなかで肺病を病み、二十歳そこそこで死にます。愛を貫いて貧しく死んでゆく薄幸な彼女は、原作では「フランシーヌのマフ」の章のフランシーヌとなって現れます。そしてオペラのミミは原作の同名の人物とフランシーヌとなった人物が合わさった女性といえます。これが台本作家たちが序文で述べていることであり、オペラ独自のミミということになるでしょう。

　ミュルジェールは小説の第1章「ボヘミアンの由来」で、ボヘミアンとは何かと説明をします。それによれば真のボヘミアンの生活といえる経験をした原作中のボヘミアンたちは、ミミを失い、その後どうしたでしょうか。因みにご紹介しますと、ミミが死んで一年あまり、ロドルフとマルセルは相変わらず親しい友人ですが、詩人は一冊の著作で世の注目を浴びて紙誌の批評欄を賑わし、画家はサロンに当選して作品がさばけ、アトリエを構えるまでになります。ショナールは出版した作曲集の作品がひんぱんに演奏会で聞かれるようになっています。コリーヌは恰好な結婚相手に恵まれ、遺産を手に入れ、優雅な生活に入りました。ミ

ュゼットは久しぶりにマルセルを訪れて、ボヘミアンたちと決別して村役場の役人と結婚すると告げます。みな、ボヘミアンの生活を通り抜け、これからは安楽椅子に座して過去のこととして見つめたいと思うのでした。
　オペラのボヘミアンたちはどうでしょうか。あるイタリア人の指揮者が《ラ・ボエーム》を振るために来日し、雑談をしていたとき、彼はいいました、「ミミが死んでみな悲嘆にくれる。だがどれほど涙を流し、絶望しても、プッチーニの《ラ・ボエーム》の音楽に青春の終焉の響きはない。4幕の最後の音が鳴って一瞬、さあと1幕の冒頭にアタックすれば、そこにはまた限りない青春の屋根裏部屋が出現する」と。これがプッチーニの《ラ・ボエーム》かと思ったものでした。
　さて、この対訳の訳語についてですが、この対訳ライブラリーでずっと私が試みてきたのは、原語のある対訳であることから、原文の各行ごとにそれに対応する日本語を置く作業をすることです。これにより作曲家が原語の台詞に付した音楽を聴きながら、あるいは原語のテキストを追いながら、原語そのままを日本語で知ることができるかと思われるからです。問題は、言語体系の異なるイタリア語と日本語のあいだで徹底した逐語的交換をすると、日本語が不自然、かつ分りにくいということです。けれど意訳の美しい翻訳ではなく、音楽に従いながらその個所の意味をそのまま日本語で知ることをめざすものとしてご寛恕いただければ幸いです。
　この対訳のためにはいろいろな方のお助けをいただきました。先ず本書のテキスト作成のためにご高見を賜った髙崎保男氏に心よりお礼を申し上げます。外国語を理解するのは才能のない者には永遠の苦行、それをお分かりいただいて不安のある詩句に適切なお答えを賜った詩人のルイージ・チェラントラ氏には伏して感謝をいたします。この対訳シリーズで、たえず寛容に仕事のおそい私に忍耐をお持ちくださる音楽之友社の石川勝氏、要求の多い我が儘な訳者であるにもかかわらず編集の作業をお引き受けくださった今川祐司氏には、ただただありがとうと申すばかりです。
　対訳には自分なりに努力したつもりですが、浅学の身のこと、間違いや思い違いや不備などがあるかと思います。そうしたことごとをお教えいただけたなら幸せと、読者の皆様にお願いする次第です。

2006年1月30日　対訳者

訳者紹介

小瀬村幸子（こせむら・さちこ）

東京外国語大学イタリア科卒業。同大学教務補佐官、桐朋学園大学音楽学部講師、昭和音楽大学教授を歴任。訳書に、R. アッレーグリ『スカラ座の名歌手たち』、C. フェラーリ『美の女神イサドラ・ダンカン』、R. アッレーグリ『真実のマリア・カラス』など。イタリア語・フランス語オペラ台本翻訳、オペラ字幕多数。

オペラ対訳ライブラリー

プッチーニ　ラ・ボエーム

2006年3月5日　第1刷発行
2025年4月30日　第14刷発行

訳　　者　小瀬村幸子
発行者　時　枝　　正

東京都新宿区神楽坂6-30
発行所　株式会社　音楽之友社
電話　03(3235)2111(代)
振替　00170-4-196250
郵便番号　162-8716
http://www.ongakunotomo.co.jp/
印刷　星野精版印刷
製本　誠幸堂

Printed in Japan　　　　　　　　　　　　　装丁　柳川貴代
乱丁・落丁本はお取替えいたします。

ISBN 978-4-276-35570-5 C1073

この著作物の全部または一部を権利者に無断で複製(コピー)することは、著作権の侵害にあたり、著作権法により罰せられます。

Japanese translation©2006 by Sachiko KOSEMURA

オペラ対訳ライブラリー(既刊)

ワーグナー	《トリスタンとイゾルデ》 高辻知義=訳	35551-4	定価(1900円+税)
ビゼー	《カルメン》 安藤元雄=訳	35552-1	定価(1400円+税)
モーツァルト	《魔笛》 荒井秀直=訳	35553-8	定価(1600円+税)
R.シュトラウス	《ばらの騎士》 田辺秀樹=訳	35554-5	定価(2400円+税)
プッチーニ	《トゥーランドット》 小瀬村幸子=訳	35555-2	定価(1600円+税)
ヴェルディ	《リゴレット》 小瀬村幸子=訳	35556-9	定価(1500円+税)
ワーグナー	《ニュルンベルクのマイスタージンガー》 高辻知義=訳	35557-6	定価(2500円+税)
ベートーヴェン	《フィデリオ》 荒井秀直=訳	35559-0	定価(1800円+税)
ヴェルディ	《イル・トロヴァトーレ》 小瀬村幸子=訳	35560-6	定価(2000円+税)
ワーグナー	《ニーベルングの指環》(上) 《ラインの黄金》・《ヴァルキューレ》 高辻知義=訳	35561-3	定価(2900円+税)
ワーグナー	《ニーベルングの指環》(下) 《ジークフリート》・《神々の黄昏》 高辻知義=訳	35563-7	定価(3200円+税)
プッチーニ	《蝶々夫人》 戸口幸策=訳	35564-4	定価(1800円+税)
モーツァルト	《ドン・ジョヴァンニ》 小瀬村幸子=訳	35565-1	定価(1800円+税)
ワーグナー	《タンホイザー》 高辻知義=訳	35566-8	定価(1600円+税)
プッチーニ	《トスカ》 坂本鉄男=訳	35567-5	定価(1800円+税)
ヴェルディ	《椿姫》 坂本鉄男=訳	35568-2	定価(1400円+税)
ロッシーニ	《セビリャの理髪師》 坂本鉄男=訳	35569-9	定価(1900円+税)
プッチーニ	《ラ・ボエーム》 小瀬村幸子=訳	35570-5	定価(1900円+税)
ヴェルディ	《アイーダ》 小瀬村幸子=訳	35571-2	定価(1800円+税)
ドニゼッティ	《ランメルモールのルチーア》 坂本鉄男=訳	35572-9	定価(1500円+税)
ドニゼッティ	《愛の妙薬》 坂本鉄男=訳	35573-6	定価(1600円+税)
マスカーニ レオンカヴァッロ	《カヴァレリア・ルスティカーナ》 《道化師》 小瀬村幸子=訳	35574-3	定価(2200円+税)
ワーグナー	《ローエングリン》 高辻知義=訳	35575-0	定価(1800円+税)
ヴェルディ	《オテッロ》 小瀬村幸子=訳	35576-7	定価(2400円+税)
ワーグナー	《パルジファル》 高辻知義=訳	35577-4	定価(1800円+税)
ヴェルディ	《ファルスタッフ》 小瀬村幸子=訳	35578-1	定価(2600円+税)
ヨハン・シュトラウスⅡ	《こうもり》 田辺秀樹=訳	35579-8	定価(2000円+税)
ワーグナー	《さまよえるオランダ人》 高辻知義=訳	35580-4	定価(2200円+税)
モーツァルト	《フィガロの結婚》改訂新版 小瀬村幸子=訳	35581-1	定価(2300円+税)
モーツァルト	《コシ・ファン・トゥッテ》改訂新版 小瀬村幸子=訳	35582-8	定価(2300円+税)

※各品番はISBNの978-4-276-を略して表示しています